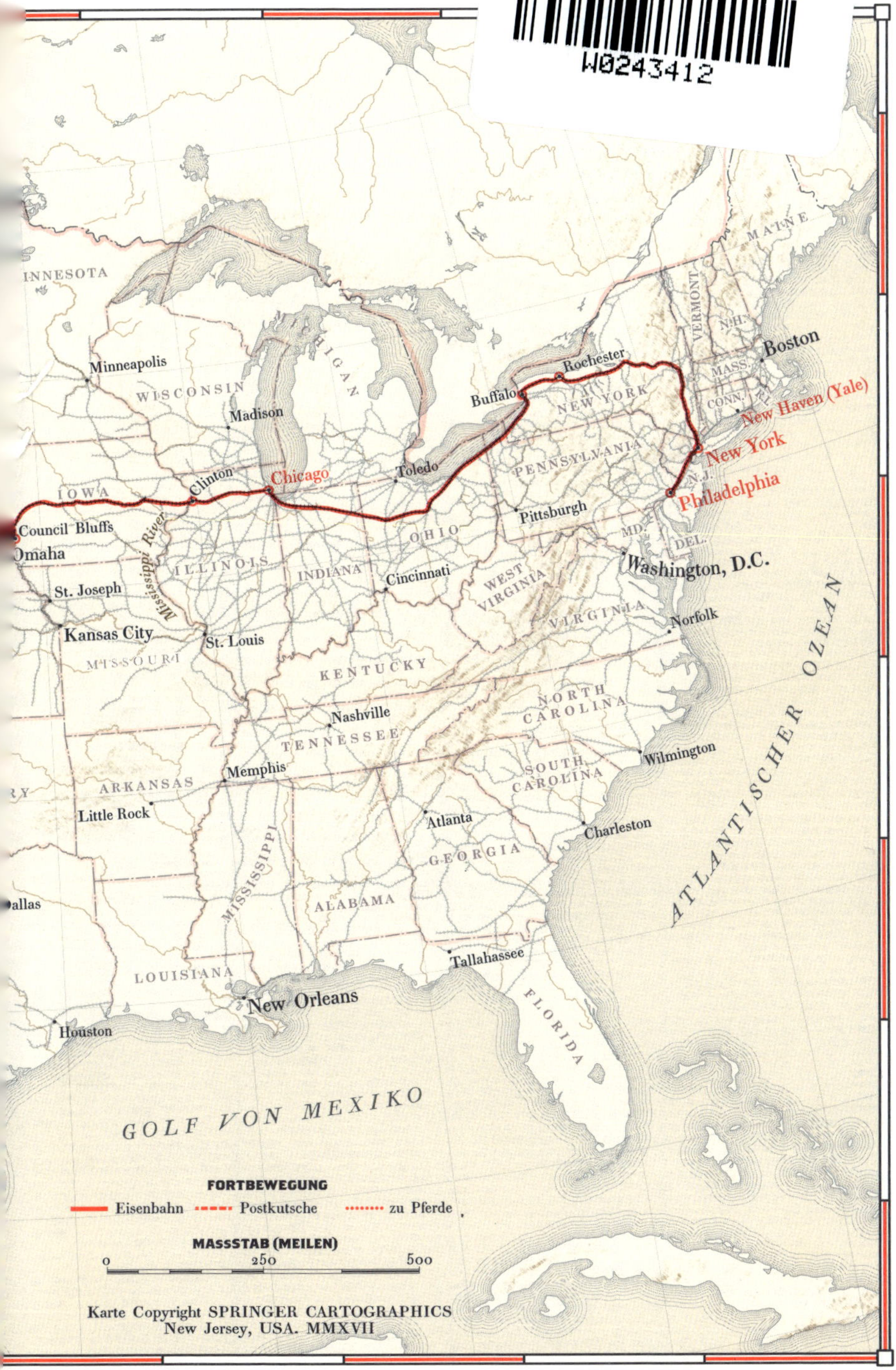
INNESOTA
Minneapolis
WISCONSIN
Madison
MICHIGAN
IOWA
Clinton
Chicago
Toledo
Buffalo
Rochester
NEW YORK
MAINE
VERMONT
N.H.
MASS.
Boston
CONN.
R.I.
New Haven (Yale)
New York
PENNSYLVANIA
N.J.
Philadelphia
Pittsburgh
MD.
DEL.
Washington, D.C.
Council Bluffs
Omaha
Mississippi River
ILLINOIS
INDIANA
OHIO
Cincinnati
WEST VIRGINIA
VIRGINIA
Norfolk
St. Joseph
Kansas City
St. Louis
MISSOURI
KENTUCKY
NORTH CAROLINA
Nashville
TENNESSEE
Wilmington
Memphis
ARKANSAS
Little Rock
SOUTH CAROLINA
Atlanta
Charleston
GEORGIA
MISSISSIPPI
ALABAMA
allas
Tallahassee
LOUISIANA
New Orleans
Houston
FLORIDA
ATLANTISCHER OZEAN
GOLF VON MEXIKO
FORTBEWEGUNG
Eisenbahn
Postkutsche
zu Pferde
MASSSTAB (MEILEN)
0
250
500
Karte Copyright SPRINGER CARTOGRAPHICS
New Jersey, USA. MMXVII

MICHAEL
CRICHTON

DRAGON TEETH

MICHAEL
CRICHTON

DRAGON TEETH

WIE ALLES BEGANN

Roman

Aus dem amerikanischen Englisch
von Klaus Berr

Blessing

Originaltitel: *Dragon Teeth*
Originalverlag: HarperCollins, New York

MIX
Papier aus verantwortungsvollen Quellen
FSC® C014496

Verlagsgruppe Random House FSC® N001967

1. Auflage, 2018

CRICHTONSUN

Umschlaggestaltung und -illustration: Geviert,
Grafik & Typografie, München,
nach einem Entwurf von Will Staehle
Umschlagabbildungen: © Shutterstock
Satz: Leingärtner, Nabburg
Druck und Einband: GGP Media GmbH, Pößneck
Printed in Germany
ISBN: 978-3-89667-623-8

www.blessing-verlag.de

Einleitung

Auf einer frühen Fotografie erscheint William Johnson als gut aussehender junger Mann mit einem schiefen, beinahe naiven Grinsen. Wie eine Studie in schlaffer Teilnahmslosigkeit lehnt er an einem neugotischen Gebäude. Er ist ein großer Kerl, aber seine Größe scheint für seine Selbstdarstellung unwichtig. Die Fotografie trägt die Signatur »New Haven, 1875« und wurde offensichtlich aufgenommen, nachdem er sein Zuhause verlassen hatte, um am Yale College sein Studium zu beginnen.

Ein späteres Foto mit der Aufschrift »Cheyenne, Wyoming, 1876« zeigt einen ganz anderen Johnson. Sein Mund ist von einem dichten Schnurr- und Kinnbart eingerahmt, sein Körper wirkt härter, muskulöser und von schwerer Arbeit gekräftigt, der Unterkiefer kantig; mit straffen Schultern und gespreizten Füßen steht er selbstbewusst da – und knöcheltief im Schlamm. Deutlich sichtbar ist eine eigenartige Narbe auf seiner Oberlippe, von der er in späteren Jahren behaupten wird, sie bei einem Indianerangriff davongetragen zu haben.

Die folgende Geschichte erzählt, was zwischen den beiden Bildern passiert ist.

Für William Johnsons Tage- und Notizbücher bin ich den Nachlassverwaltern von W. T. Johnson zu Dank verpflichtet, vor allem Johnsons Großnichte Emilie Silliman, die mir erlaubte, ausführlich aus dem unveröffentlichten Material zu zitieren. (Viele der Fakten in Johnsons Bericht wurden 1890 veröffentlicht, im Verlauf der heftigen Vorherrschaftskämpfe zwischen Cope und Marsh, die schließlich sogar die Regierung beschäftigten. Aber der Text selbst wurde nie veröffentlicht, nicht einmal Auszüge davon – bis jetzt.)

1. Teil

Die Expedition in den Westen

Der junge Johnson schliesst sich der Expedition in den Westen an

William Jason Tertullius Johnson, der älteste Sohn des Schiffsbauers Silas Johnson aus Philadelphia, schrieb sich im Herbst 1875 am Yale College ein. Laut seinem Schuldirektor in Exeter war Johnson »begabt, gut aussehend, athletisch und klug«. Aber der Direktor fügte auch hinzu, Johnson sei »eigensinnig, faul und sehr verzogen, mit einem bemerkenswerten Desinteresse an allem, was nicht seinem eigenen Vergnügen dient. Wenn er kein Ziel im Leben findet, riskiert er einen unschicklichen Abstieg in Trägheit und Laster.«

Diese Worte hätten als Beschreibung für Tausende junger Männer im Amerika des ausgehenden neunzehnten Jahrhunderts dienen können, junge Männer mit einschüchternden, dominanten Vätern, Unsummen von Geld und keinem sinnvollen Zeitvertreib.

In seinem ersten Jahr in Yale erfüllte William Johnson die Prophezeiungen seines Direktors. Im November erhielt er eine Bewährungsstrafe wegen Glücksspiels, und noch eine im Februar darauf wegen eines Vorfalls, bei dem es um Alkoholexzesse und das eingeschlagene Schaufenster eines Händlers in New Haven ging. Silas Johnson bezahlte die Rechnung. Trotz seines unbesonnenen Verhaltens blieb Johnson jungen Frauen gegenüber höflich und sogar schüchtern, denn noch hatte er kein

Glück bei ihnen gehabt. Ihrerseits hatten sie, trotz ihrer konservativen Erziehung, durchaus Gründe, seine Aufmerksamkeit zu suchen. In jeder anderen Hinsicht zeigte er jedoch nicht die geringste Reue. An einem sonnigen Nachmittag zu Frühlingsanfang zerstörte und versenkte er die Jacht eines Zimmergenossen, mit der er über den Long Island Sound segelte. Das Boot sank binnen Minuten, Johnson wurde von einem vorbeikommenden Kutter gerettet. Auf die Frage, was passiert sei, antwortete er den ungläubigen Fischern, er könne gar nicht segeln, weil es »so unglaublich mühsam zu lernen ist. Und es sieht ja auch ganz einfach aus.« Als der Zimmergenosse ihn zur Rede stellte, gab er zu, er habe ihn gar nicht gefragt, ob er die Jacht benutzen dürfe, weil es »so lästig war, dich zu suchen«.

Als Johnsons Vater die Rechnung für die verlorene Jacht vor sich hatte, beklagte er sich bei Freunden, dass »die Kosten der Ausbildung eines jungen Mannes in Yale ruinös teuer« seien. Sein Vater war der ernsthafte Sohn eines schottischen Einwanderers, und er gab sich einige Mühe, die Exzesse seines Sprösslings zu verheimlichen; in seinen Briefen drängte er William wiederholt, sich ein Lebensziel zu suchen. Aber William schien mit seiner verzogenen Oberflächlichkeit zufrieden zu sein, und als er seine Absicht verkündete, den kommenden Sommer in Europa zu verbringen, sagte sein Vater: »Der Gedanke erfüllt mich mit größter finanzieller Sorge.«

Deshalb war seine Familie auch sehr überrascht, als William Johnson abrupt beschloss, im Sommer 1876 in den Westen zu gehen. Johnson gab nie öffentlich preis, warum er seine Meinung geändert hatte. Aber diejenigen, die ihm in Yale nahestanden, kannten den Grund. Die Entscheidung, in den Westen zu gehen, war das Resultat einer Wette.

In seinen eigenen Worten, aus dem Tagebuch, das er penibel führte:

Wahrscheinlich hat jeder junge Mann irgendwann in seinem Leben einmal einen Erzrivalen, und in meinem ersten Jahr in Yale hatte ich meinen. Harold Hannibal Marlin war in meinem Alter, achtzehn Jahre alt. Er war gut aussehend, athletisch gebaut, redegewandt, unermesslich reich, und er war aus New York und fühlte sich wie viele New Yorker jemandem, der aus Philadelphia stammte, überlegen. Ich fand ihn unerträglich. Dieses Gefühl wurde erwidert.

Marlin und ich wetteiferten an jeder Front – im Klassenzimmer, auf dem Sportplatz, bei den studentischen nächtlichen Streichen. Es gab nichts, bei dem wir nicht konkurrierten. Wir stritten unaufhörlich, der eine war immer der entgegengesetzten Meinung des anderen.

Eines Abends beim Essen sagte er, die Zukunft Amerikas liege im sich entwickelnden Westen. Ich sagte, das sei nicht so, die Zukunft unserer großen Nation könne kaum von einer riesigen Wüste abhängen, die von wilden Eingeborenenstämmen bevölkert sei.

Er erwiderte, ich wisse nicht, wovon ich spräche. Das war ein wunder Punkt – Marlin war tatsächlich im Westen gewesen, zumindest in Kansas City, wo sein Bruder lebte, und er versäumte es nie, seine Überlegenheit in Sachen Reisen zum Ausdruck zu bringen.

Mir war es bislang noch nicht gelungen, sie auszumerzen.

»In den Westen zu gehen ist keine große Sache. Jeder Narr kann das«, sagte ich.

»Aber nicht alle Narren sind dorthin gegangen – zumindest Sie nicht.«

»Ich hatte nie den geringsten Wunsch, es zu tun«, erwiderte ich.

»Ich sage Ihnen, was ich denke«, sagte Hannibal Marlin und achtete darauf, dass die anderen ihn hörten. »Ich glaube, Sie haben Angst.«

»Das ist absurd.«

»O ja. Eine schöne Reise nach Europa ist eher etwas für Sie.«

»Europa? Europa ist etwas für alte Leute und verstaubte Gelehrte.«

»Lassen Sie es sich gesagt sein, Sie werden diesen Sommer durch Europa reisen – vielleicht mit einem Sonnenschirm.«

»Und wenn ich es tue, heißt das noch nicht …«

»Aha! Sehen Sie?« Marlin wandte sich an die um den Tisch versammelten Studenten.

»Er hat Angst. Angst.« Er lächelte auf eine wissende, gönnerhafte Art, die mich zur Weißglut brachte und mir keine andere Wahl ließ.

»Tatsache ist«, sagte ich gelassen, »ich habe mich für diesen Sommer bereits zu einem Ausflug in den Westen entschieden.«

Dies überraschte ihn, und das blasierte Lächeln gefror ihm auf den Lippen. »Ach so?«

»Ja«, sagte ich. »Ich schließe mich Professor Marsh an. Er nimmt jeden Sommer eine Gruppe Studenten mit.« In der Woche zuvor hatte ich eine Anzeige in der Zeitung gesehen; ich erinnerte mich noch vage daran.

»Was? Der fette, alte Marsh? Der Knochenprofessor?«

»Genau der.«

»Sie gehen mit Marsh? Die Unterkünfte für seine Gruppe sind spartanisch, und es heißt, er nehme seine Jungs gnadenlos ran. Das scheint mir so gar nicht Ihre Sache zu sein.« Er kniff die Augen zusammen. »Wann brechen Sie auf?«

»Das Datum hat er uns noch nicht genannt.«

Marlin lächelte. »Sie haben Professor Marsh noch nie gesehen, und Sie werden nie und nimmer mit ihm gehen.«

»Doch, das werde ich.«

»Werden Sie nicht.«

»Ich sage Ihnen, das ist bereits beschlossene Sache.«

Marlin seufzte auf seine gönnerhafte Art. »Ich wette tausend Dollar, dass Sie nicht gehen.«
Marlin hatte die Aufmerksamkeit der am Tisch Sitzenden verloren, doch die bekam er jetzt sofort wieder zurück. Tausend Dollar waren 1876 eine Menge Geld, auch für zwei reiche Jungen.
»Tausend Dollar, dass Sie in diesem Sommer nicht mit Marsh in den Westen gehen«, wiederholte Marlin.
»Sie, Sir, haben eben eine Wette abgeschlossen«, erwiderte ich. Und in diesem Augenblick erkannte ich, dass ich, ohne eigene Schuld, jetzt den ganzen Sommer in irgendeiner grässlichen Wüste in Gesellschaft eines bekannten Spinners verbringen und alte Knochen ausbuddeln würde.

Marsh

Professor Marsh hatte seine Räume im Peabody Museum auf dem Campus von Yale. Auf einer schweren grünen Tür stand in großen weißen Lettern: PROF. O. C. MARSH. BESUCHE NUR NACH SCHRIFTLICHER TERMINVEREINBARUNG.

Johnson klopfte. Da niemand antwortete, klopfte er noch einmal.

»Gehen Sie.«

Johnson klopfte ein drittes Mal.

In der Mitte der Tür öffnete sich ein kleines Fenster, und ein Auge spähte heraus. »Worum geht's?«

»Ich würde gerne mit Professor Marsh sprechen.«

»Aber will er auch mit Ihnen sprechen?«, fragte das Auge. »Ich bezweifle es.«

»Ich melde mich auf seine Anzeige hin.« Johnson hielt die Zeitung von der vergangenen Woche in die Höhe.

»Tut mir leid. Zu spät. Alle Positionen sind bereits besetzt.« Das Fenster wurde wieder zugeklappt.

Johnson war es nicht gewöhnt, dass man ihm irgendetwas verweigerte, vor allem nicht einen lächerlichen Ausflug, den er eigentlich gar nicht machen wollte. Wütend trat er gegen die Tür. Er starrte in den Kutschenverkehr auf der Whitney Avenue. Aber dank seines Stolzes und der tausend Dollar, die auf dem

Spiel standen, beherrschte er sich wieder und klopfte höflich noch einmal. »Es tut mir leid, Professor Marsh, aber ich muss wirklich mit Ihnen in den Westen gehen.«

»Junger Mann, das Einzige, wohin Sie gehen müssen, ist weg von meiner Tür. Gehen Sie.«

»Bitte, Professor Marsh. Bitte lassen Sie mich an Ihrer Expedition teilnehmen.« Der Gedanke an seine Demütigung vor Marlin war für Johnson schrecklich. Seine Stimme brach, Tränen stiegen ihm in die Augen. »Bitte, lassen Sie mich ausreden, Sir. Ich werde tun, was immer Sie sagen, bringe sogar meine eigene Ausrüstung mit.«

Das Fenster ging wieder auf. »Junger Mann, jeder bringt seine eigene Ausrüstung mit, und jeder tut, was immer ich sage, bis auf Sie. Sie bieten hier einen sehr unmännlichen Anblick.« Das Auge spähte wieder heraus. »Jetzt gehen Sie.«

»Bitte, Sir, Sie müssen mich nehmen.«

»Wenn Sie hätten mitkommen wollen, hätten Sie sich schon letzte Woche auf die Anzeige melden sollen. Alle anderen haben es getan. Wir hatten letzte Woche dreißig Kandidaten, aus denen wir auswählen konnten. Jetzt haben wir alle ausgesucht bis auf – Sie sind nicht zufällig Fotograf?«

Johnson sah seine Chance und ergriff sie. »Fotograf? Ja, Sir, das bin ich. Das bin ich tatsächlich.«

»Nun denn. Das hätten Sie gleich sagen sollen. Kommen Sie herein.« Die Tür ging weit auf, und Johnson sah nun zum ersten Mal die schwere, mächtige, weihevolle Gestalt von Othniel C. Marsh, Yales erstem Professor für Paläontologie, vor sich. Er war von mittlerer Größe und schien sich einer fleischigen, robusten Gesundheit zu erfreuen.

Marsh führte ihn ins Innere des Museums. Die Luft war kalkig, und Sonnenstrahlen durchstachen sie wie in einer Kathedrale. In dem riesigen, höhlenartigen Saal sah Johnson Männer in weißen Mänteln, die sich über große Steinbrocken beugten und mit kleinen Meißeln Knochen freilegten. Sie arbeiteten sehr vorsichtig, das sah er, und benutzten kleine Bürsten, um ihre Arbeit zu säubern. In einer entfernten Ecke wurde ein riesiges Skelett zusammengebaut, das Knochengerüst wuchs bis zur Decke.

»*Giganthropus marshiensis*, die Krönung meiner Arbeit«, sagte Marsh und deutete auf das hoch aufragende Knochenwesen. »Bis jetzt zumindest. Habe sie '74 im Wyoming Territory entdeckt. Ich stelle sie mir immer als eine Sie vor. Wie heißen Sie?«

»William Johnson, Sir.«

»Was macht Ihr Vater?«

»Mein Vater ist im Schiffsbau, Sir.« Johnson musste wegen des Kalkstaubs husten.

Marsh schaute argwöhnisch. »Geht es Ihnen nicht gut, Johnson?«

»Nein, Sir, alles ist vollkommen in Ordnung.«

»Krankheit kann ich in meiner Umgebung nicht dulden.«

»Um meine Gesundheit ist es bestens bestellt, Sir.«

Marsh schien davon noch nicht überzeugt. »Wie alt sind Sie, Johnson?«

»Achtzehn, Sir.«

»Und wie lange sind Sie schon Fotograf?«

»Fotograf? Äh – seit meiner Jugend, Sir. Mein, äh – mein Vater machte Fotos, und ich lernte es von ihm, Sir.«

»Sie haben Ihre eigene Ausrüstung?«

»Ja – äh, nein, Sir – aber ich kann mir eine beschaffen. Von meinem Vater, Sir.«

»Sie sind nervös, Johnson. Warum denn?«

»Ich brenne nur darauf, Sie zu begleiten, Sir.«

»Soso.« Marsh starrte ihn an, als wäre Johnson selbst ein merkwürdiges anatomisches Exemplar.

Da Johnson dieser Blick befangen machte, versuchte er es mit einem Kompliment. »Ich habe schon so viele aufregende Sachen über Sie gehört, Sir.«

»Tatsächlich? Was haben Sie denn gehört?«

Johnson zögerte. In Wahrheit hatte er nur gehört, dass Marsh ein besessener, getriebener Mann war, der seine Stellung im College seinem monomanen Interesse für fossile Knochen und seinem Onkel verdankte, dem berühmten Philanthropen George Peabody, der die Mittel für das Peabody Museum, für Marshs Professur und für Marshs jährliche Expeditionen in den Westen bereitgestellt hatte.

»Nur dass Studenten es als Privileg und Abenteuer empfunden haben, Sie begleiten zu dürfen, Sir.«

Marsh schwieg einen Augenblick. Schließlich sagte er: »Ich kann Komplimente und müßige Schmeicheleien nicht ausstehen. Ich lasse mich nicht gerne ›Sir‹ nennen. Sie können mich mit ›Professor‹ ansprechen. Was Privilegien und Abenteuer angeht, biete ich verdammt harte Arbeit, und davon jede Menge. Aber eines kann ich Ihnen sagen: Alle meine Studenten sind gesund und wohlbehalten zurückgekehrt. Nun denn – warum wollen Sie denn so unbedingt mitkommen?«

»Persönliche Gründe, Si... Professor.«

»Alle Gründe sind persönliche Gründe, Johnson. Ich frage Sie nach Ihren.«

»Nun, Professor, ich interessiere mich für das Studium von Fossilien.«

»Sie interessieren sich? Sie sagen also, Sie sind daran interessiert? Junger Mann, diese Fossilien« – er deutete mit einer ausladenden Geste durch den Saal –, »diese Fossilien erfordern nicht nur Interesse. Sie erfordern leidenschaftliche Hingabe, sie erfordern religiösen Eifer und wissenschaftliche Spekulation, sie erfordern hitzige Diskurse und Dispute, sie gedeihen nicht auf Interesse allein. Nein, nein. Tut mir leid. Nein, wirklich nicht.«

Johnson fürchtete, er hätte seine Chance mit seiner beiläufigen Bemerkung verspielt, aber in einer schnellen Wendung lächelte Marsh und sagte: »Wie auch immer, ich brauche einen Fotografen, und Sie sind mir willkommen.« Er streckte die Hand aus, und Johnson schüttelte sie. »Woher kommen Sie, Johnson?«

»Aus Philadelphia.«

Der Name hatte eine außerordentliche Wirkung auf Marsh. Er ließ Johnsons Hand los und trat einen Schritt zurück. »Philadelphia? Sie ... Sie sind aus Philadelphia?«

»Ja, Sir, stimmt etwas nicht mit Philadelphia?«

»Nennen Sie mich nicht ›Sir‹. Und Ihr Vater ist im Schiffsbau?«

»Ja, das ist er.«

Marshs Gesicht rötete sich, sein Körper zitterte vor Wut. »Und ich nehme an, Sie sind auch Quäker? Hm? Ein Quäker aus Philadelphia?«

»Nein, Methodist, um genau zu sein.«

»Sind die beiden nicht sehr ähnlich?«

»Das glaube ich nicht.«

»Aber sie leben in derselben Stadt wie er.«

»Wie wer?«

Marsh verstummte, starrte stirnrunzelnd zu Boden und machte dann eine weitere abrupte Wendung, indem er seine Körpermasse in Bewegung brachte. Für einen so korpulenten Mann bewegte er sich erstaunlich sportlich und behände.

»Denken Sie sich nichts«, sagte er und lächelte wieder. »Ich habe keinen Streit mit irgendeinem Einwohner der Stadt der Brüderlichen Liebe, gleichgültig, was andere auch sagen mögen. Und doch kann ich mir vorstellen, dass Sie sich fragen, wohin meine Expedition zur Suche nach Fossilien in diesem Sommer führen wird?«

Die Frage war Johnson noch nie in den Sinn gekommen, aber um angemessenes Interesse zu zeigen, erwiderte er: »Ein bisschen neugierig bin ich schon, ja.«

»Das kann ich mir vorstellen. Ja. Ich kann es mir vorstellen. Nun ja, das ist ein Geheimnis«, sagte Marsh, beugte sich zu Johnson und zischte die Worte. »Haben Sie mich verstanden? Ein Geheimnis. Es wird ein Geheimnis bleiben, das nur mir bekannt ist, bis wir im Zug in den Westen sitzen. Haben Sie das vollkommen verstanden?«

Johnson wich unter der Vehemenz der Worte zurück. »Ja, Professor.«

»Gut. Wenn Ihre Familie Ihr Reiseziel wissen will, sagen Sie ihnen Colorado. Das stimmt nicht, denn wir werden in diesem Jahr nicht nach Colorado gehen, aber das ist unwichtig, da Sie keinen Kontakt haben werden und Colorado ein wunderbarer Ort ist, um dort nicht zu sein. Verstanden?«

»Ja, Professor.«

»Gut. Nun denn, wir brechen am 14. Juni auf, vom Grand Central Depot in New York. Und kehren spätestens am 1. September zum selben Bahnhof zurück. Wenden Sie sich morgen an den Museumssekretär, und er wird Ihnen eine Liste der Ausrüstungsgegenstände geben, die Sie bereitzustellen haben – in Ihrem Fall natürlich zusätzlich zu der fotografischen Ausrüstung. Sorgen Sie für genügend Material für hundert Fotografien. Irgendwelche Fragen?«

»Nein, Sir. Nein, Professor.«

»Dann sehen wir uns am 14. Juni am Bahnsteig, Mr. Johnson.« Sie gaben sich kurz die Hand. Marshs Hand war feucht und kalt.

»Vielen Dank, Professor.« Johnson drehte sich um und ging auf die Tür zu.

»Ah, ah, ah. Wo wollen Sie denn hin?«

»Nach draußen.«

»Alleine?«

»Ich finde den Weg …«

»Niemand, Johnson, darf sich ohne Begleitung durch diese Räume bewegen. Ich bin kein Narr, ich weiß, dass es Spione gibt, die ganz erpicht darauf sind, einen Blick auf meine jüngsten Notizen oder die neuesten Knochen zu werfen, die sich aus dem Gestein schälen. Mein Assistent Mr. Gall wird Sie hinausbegleiten.« Bei der Erwähnung dieses Namens legte ein dünner, verkniffener Mann in einem Labormantel seinen Meißel weg und ging mit Johnson zur Tür.

»Ist er immer so?«, flüsterte Johnson.

»Wunderbares Wetter«, sagte Gall und lächelte. »Ich wünsche Ihnen einen guten Tag, Sir.«

Und damit stand William Johnson wieder auf der Straße.

Fotografie

Johnson wollte nichts lieber, als den Bedingungen dieser Wette und der drohenden Expedition zu entkommen. Marsh war offensichtlich ein Verrückter erster Ordnung und möglicherweise auch gefährlich. Er nahm sich vor, noch einmal mit Marlin zu Abend zu essen und sich irgendwie aus dieser Wette herauszuwinden.

Doch an diesem Abend erfuhr er zu seinem Entsetzen, dass die Wette bereits eine gewisse Berühmtheit erlangt hatte. Inzwischen wusste das ganze College davon, und während des Essens kamen immer wieder Leute an seinen Tisch, um ihn danach zu fragen, eine Bemerkung oder einen Witz darüber zu machen. An einen Rückzieher war jetzt nicht mehr zu denken.

Er begriff, dass er in der Falle saß.

Am nächsten Tag ging er in das Geschäft von Mr. Carlton Lewis, einem örtlichen Fotografen, der zwanzig Lehrstunden in seiner Kunst für die unerhörte Summe von fünfzig Dollar anbot. Mr. Lewis amüsierte sich über seinen neuen Schüler; die Fotografie war nicht unbedingt die Beschäftigung, der ein reicher Mann üblicherweise nachging, sondern eher ein unsicheres Geschäft für Leute, denen die Mittel fehlten, um einem prestigeträchtigeren Erwerb nachzugehen. Sogar Mathew Brady, der berühmteste Fotograf seiner Zeit, der

Chronist des Bürgerkrieges, der Mann, der Staatsmänner und Präsidenten fotografiert hatte, war von den bedeutenden Herrschaften, die für ihn Modell saßen, immer wie ein Diener behandelt worden.

Aber Johnson war hartnäckig, und im Verlauf einiger Wochen lernte er die Techniken dieser Aufnahmemethode, die vierzig Jahre zuvor von dem Telegrafisten Samuel Morse aus Frankreich eingeführt worden war.

Die zu der Zeit vorherrschende fotografische Technik war das Kollodium-Nassplatten-Verfahren; in einem abgedunkelten Raum oder einem Zelt wurden frische Chemikalien vor Ort gemischt und Glasplatten mit einer klebrigen, lichtempfindlichen Emulsion überzogen. Diese frisch hergestellten Platten wurden schleunigst zur Kamera gebracht und belichtet, solange sie noch nass waren. Beträchtliches Können war nötig, um eine gleichmäßig beschichtete Platte herzustellen und sie dann zu belichten, bevor sie trocknete; die spätere Entwicklung war im Vergleich dazu einfach.

Johnson fiel das Erlernen der Techniken der Fotografie schwer. Er konnte die einzelnen Schritte nicht schnell genug und mit dem routinierten Rhythmus seines Lehrers ausführen; seine frühen Emulsionen waren entweder zu dick oder zu dünn; seine Platten hatten Blasen und unregelmäßige Emulsionsdichten, die seine Aufnahmen amateurhaft machten. Er hasste die Enge des Zeltes, die Dunkelheit ebenso wie die stinkenden Chemikalien, die seine Augen reizten, seine Finger verfärbten und seine Kleidung versengten. Vor allem aber hasste er die Tatsache, dass er diese Kunst nicht so problemlos meisterte. Und er hasste Mr. Lewis, der zum Philosophieren neigte.

»Weil Sie reich sind, erwarten Sie, dass alles einfach ist«, kicherte Lewis, wenn Johnson wieder einmal fluchend herumfummelte. »Aber den Platten ist es egal, wie reich Sie sind. Den Chemikalien ist es egal, wie reich Sie sind. Der Linse ist es egal, wie reich Sie sind. Wenn Sie überhaupt etwas lernen wollen, müssen Sie zuerst Geduld lernen.«

»Sie können mich mal«, erwiderte Johnson dann verärgert. Der Mann war nichts als ein ungebildeter Ladenbesitzer mit Allüren.

»Ich bin nicht das Problem«, sagte Lewis gutmütig. »Sie sind das Problem. Und jetzt: Probieren Sie es noch einmal.«

Johnson knirschte mit den Zähnen und fluchte leise.

Doch im Verlauf der Wochen wurde er wirklich besser. Ende April hatten seine Platten eine gleichmäßige Dichte, und er arbeitete schnell genug, um gute Belichtungen zustande zu bringen. Seine Platten waren frisch und scharf, und er freute sich sehr, als er sie seinem Lehrer zeigte.

»Worüber freuen Sie sich denn so?«, fragte Mr. Lewis. »Diese Bilder sind erbärmlich.«

»Erbärmlich? Sie sind perfekt.«

»Technisch sind sie perfekt«, sagte Lewis mit einem Achselzucken. »Das heißt nur, dass Sie genug wissen, um jetzt die Grundzüge der Fotografie zu erlernen. Ich glaube, das ist der Grund, warum Sie überhaupt zu mir kamen.«

Lewis brachte ihm die Feinheiten der Belichtung bei, die Tücken von Blendenstufe, Brennweite und Tiefenschärfe. Johnson verzweifelte, denn es gab noch so viel mehr zu lernen: »Porträts weit offen mit kurzer Belichtung schießen, weil die weit offene Blende eine Weichheit vermittelt, die dem Abgebildeten schmeichelt.« Und dann: »Landschaften mit kleiner Blende und langer Belichtung schießen, weil die Leute eine Landschaft sowohl in der Nähe wie in der Ferne scharf sehen wollen.« Er lernte, den Kontrast zu variieren, indem er die Belichtung und die anschließende Entwicklungszeit veränderte.

Er lernte, wie man das Motiv ins Licht setzt, wie man die Zusammensetzung der Emulsion für klare und für trübe Tage verändert. Johnson arbeitete hart und schrieb detaillierte Notizen in sein Tagebuch – aber auch Klagen.

»Ich verachte diesen kleinen Mann«, so lautete ein typischer Eintrag, »und doch brenne ich darauf, dass er sagt, was er nie sagen wird: dass ich sein Handwerk gelernt habe.« Doch sogar in dieser Klage hörte man, dass der hochmütige junge Mann, der noch einige Monate zuvor keine Lust gehabt hatte, Segeln zu lernen, sich verändert hatte. Er wollte seine Aufgabe mit Bravour meistern.

Anfang Mai hielt Lewis eine Platte ans Licht und untersuchte sie dann mit einem Vergrößerungsglas. Schließlich wandte er sich Johnson zu. »Diese Arbeit ist beinahe akzeptabel«, gab er zu. »Das haben Sie gut gemacht.«

Johnson war beschwingt. In sein Tagebuch schrieb er: »Beinahe akzeptabel! Beinahe akzeptabel! Nichts, was je zu mir gesagt wurde, klang so süß in meinen Ohren!«

Auch andere für Johnson bis dahin typische Wesenszüge und Verhaltensweisen änderten sich: Fast gegen seinen Willen fing er an, sich auf die Expedition zu freuen.

Ich betrachte die drei Monate im Westen noch immer so, wie ich drei Monate erzwungene Anwesenheit in der Deutschen Oper betrachten würde. Aber ich muss eine angenehme, wachsende Aufregung eingestehen, je näher die schicksalhafte Abreise rückt. Ich habe alles auf der Liste des Museumssekretärs besorgt, darunter ein Bowiemesser, einen Revolver von Smith & Wesson mit sechs Schuss, ein Gewehr vom Kaliber 50, robuste Kavalleriestiefel und einen Geologenhammer. Das Fotografieren beherrsche ich einigermaßen gut; ich habe die achtzig Pfund Chemikalien und Ausrüstung sowie die hun-

dert Glasplatten besorgt; kurz gesagt: Ich bin abreisebereit. Nur ein größeres Hindernis steht noch zwischen mir und der Abreise: meine Familie. Ich muss nach Philadelphia und es ihr sagen.

Philadelphia

Philadelphia war in diesem Mai die geschäftigste Stadt Amerikas, sie platzte schier aus allen Nähten wegen der Menschenmassen, die zur Centennial Exposition von 1876 in die Stadt strömten, der ersten Weltausstellung zur Feier des hundertjährigen Jubiläums der Unterzeichnung der amerikanischen Unabhängigkeitserklärung. Bei einem Rundgang durch die riesigen Ausstellungshallen sah Johnson all die Wunder, die die Welt in Erstaunen versetzten – die große Dampfmaschine von Corliß, die pflanzlichen und landwirtschaftlichen Exponate aus den Staaten und Territorien Amerikas und all die neuen Erfindungen, die der letzte Schrei waren.

Die Idee, sich die Kraft der Elektrizität zunutze zu machen, war in aller Munde: Man sprach sogar davon, elektrisches Licht zu gewinnen und nachts die Straßen der Städte zu beleuchten; es hieß, Edison werde vor Ablauf eines Jahres eine Lösung finden. Unterdessen gab es andere elektronische Wunder zu bestaunen, vor allem den merkwürdigen Apparat des Tele-Phons.

Jeder, der die Ausstellung besuchte, sah diese Kuriosität, obwohl nur wenige ihr irgendeinen Wert beimaßen. Johnson gehörte zur Mehrheit, wie er in seinem Tagebuch vermerkte: »Wir haben doch bereits den Telegrafen, der Kommunikation für alle bietet, die sie wünschen. Der zusätzliche Vorzug der Sprachkommunikation über weite Entfernungen erschließt sich mir nicht. Vielleicht werden in der Zukunft einige Menschen die Stimme eines anderen aus weiter Ferne hören wollen, aber viele können es nicht sein. Ich persönlich halte Mr. Bells Telephon für eine dem Untergang geweihte Kuriosität ohne wahren Wert.«

Trotz der prächtigen Gebäude und der vielen Menschen stand in der Nation nicht alles zum Besten. Es war ein Wahljahr, und es wurde viel über Politik diskutiert. Präsident Ulysses S. Grant hatte die Centennial Exposition eröffnet, aber der kleine General war nicht mehr beliebt; Skandale und Korruption kennzeichneten seine Regierung, und die Exzesse von Finanzspekulanten hatten die Nation in eine der schlimmsten Depressionen ihrer Geschichte gestürzt. An der Wall Street waren Tausende Investoren ruiniert worden; die Farmer im Westen wurden durch einen starken Preisverfall sowie durch harte Winter und Heuschreckenplagen vernichtet; die wieder aufflammenden Indianerkriege in den Territorien Montana, Dakota und Wyoming boten ein widerwärtiges Bild, zumindest für die Presse im Osten, und sowohl die Demokratische wie die Republikanische Partei versprachen im Wahlkampf dieses Jahres, sich auf Reformen zu konzentrieren.

Aber für einen jungen Mann, vor allem für einen reichen, bildeten all diese Nachrichten – die guten wie die schlechten – lediglich einen aufregenden Hintergrund am Vorabend seines großen Abenteuers. »Ich genoss die Wunder dieser Ausstellung«, schrieb Johnson, »aber eigentlich fand ich sie ermüdend zivilisiert. Meine Augen schauten in die Zukunft und zu den Great Plains, die bald meine Bestimmung sein würden. Meine Familie war bereit, mich ziehen zu lassen.«

Die Johnsons residierten in einem der prächtigen Herrenhäuser an Philadelphias Rittenhouse Square. Es war das einzige

Zuhause, das William je gekannt hatte – üppiges Mobiliar, gesittete Eleganz und Bedienstete hinter jeder Tür. Er beschloss, es seiner Familie eines Morgens beim Frühstück zu sagen. Im Rückblick fand er ihre Reaktionen vollkommen vorhersehbar.

»Ach, Darling! Was willst du denn nur da draußen?«, fragte seine Mutter, während sie ihren Toast butterte.

»Ich halte das für eine famose Idee«, sagte sein Vater. »Ausgezeichnet.«

»Aber hältst du das für klug?«, fragte seine Mutter. »Da gibt es doch diese Probleme mit den Indianern, wie du weißt.«

»Es ist gut, dass er geht, vielleicht skalpieren sie ihn«, verkündete Edward, sein jüngerer Bruder, der damals vierzehn war. Er sagte solche Sachen die ganze Zeit, und keiner achtete auf ihn.

»Ich verstehe nicht, was dich daran reizt«, sagte seine Mutter noch einmal mit Besorgnis in der Stimme. »Warum willst du dahin gehen? Das ergibt doch keinen Sinn. Warum gehst du nicht stattdessen nach Europa? An Orte, die kulturell stimulierend und sicher sind?«

»Er ist dort ganz bestimmt sicher«, sagte sein Vater. »Erst heute hat der *Inquirer* über den Sioux-Aufstand in den Dakotas berichtet. Man hat Custer höchstpersönlich hingeschickt, um ihn niederzuschlagen. Der macht kurzen Prozess mit denen.«

»Ich mag gar nicht daran denken, dass du gegessen werden könntest«, sagte seine Mutter.

»Skalpiert, Mutter«, korrigierte Edward sie. »Sie schneiden einem die ganzen Haare vom Kopf ab, natürlich nachdem sie einen erschlagen haben. Außer dass man manchmal noch nicht ganz tot ist, und dann spürt man, wie sie die Haut und die Haare bis hinunter zu den Augenbrauen abschneiden …«

»Nicht beim Frühstück, Edward.«

»Du bist abscheulich, Edward«, sagte seine Schwester Eliza, die zehn war. »Du bringst mich zum Kotzen.«

»Eliza!«

»Aber wenn es so ist, Mutter. Er ist widerwärtig.«

»Wo genau gehst du mit Professor Marsh hin, mein Sohn?«, fragte sein Vater.

»Nach Colorado.«

»Ist das nicht nahe bei den Dakotas?«, fragte seine Mutter.

»Nicht sehr.«

»Ach, Mutter, weißt du denn überhaupt nichts?«, fragte Edward.

»Gibt es in Colorado Indianer?«

»Indianer gibt es überall, Mutter.«

»Dich habe ich nicht gefragt, Edward.«

»Soweit ich weiß, gibt es in Colorado keine feindselig gestimmten Indianer«, sagte sein Vater. »Es heißt, es ist ein wunderbarer Landstrich. Sehr trocken.«

»Es heißt, es ist eine Wüste«, sagte seine Mutter. »Und schrecklich ungastlich. In was für einem Hotel wirst du wohnen?«

»Wir werden vorwiegend zelten.«

»Gut«, sagte sein Vater. »Viel frische Luft und körperliche Anstrengung. Belebend.«

»Du schläfst auf der Erde mit den ganzen Schlangen und Tieren und Insekten? Das klingt entsetzlich«, sagte seine Mutter.

»Sommer im Freien, gut für einen jungen Mann«, sagte sein Vater. »Heutzutage schickt man viele kränkliche Jungs zum Abhärten in ein Zeltlager.«

»Vermutlich …«, sagte seine Mutter. »Aber William ist nicht kränklich. Warum willst du gehen, William?«

»Ich denke, es ist an der Zeit, dass ich etwas aus mir mache«, erwiderte William, den seine eigene Ehrlichkeit überraschte.

»Gut gesagt«, rief sein Vater und schlug auf den Tisch.

Letztendlich gab seine Mutter ihre Zustimmung, obwohl sie ernsthaft besorgt wirkte. Er fand sie übertrieben bemutternd und töricht; die Ängste, die sie zum Ausdruck brachte, bestärkten ihn nur in seiner Selbstüberhebung und seiner Entschlossenheit zu gehen, er kam sich sehr mutig vor.

Er hätte vielleicht anders gedacht, hätte er gewusst, dass man ihr am Ende des Sommers die Nachricht überbringen würde, ihr Erstgeborener sei tot.

»Alles bereit zum Graben für Yale?«

Um acht Uhr abends verließ der Zug das höhlenartige Innere des Grand Central Depot in New York. Auf seinem Weg durch den Bahnhof war Johnson einigen attraktiven jungen Frauen in Begleitung ihrer Familien begegnet, aber er hatte sich nicht dazu überwinden können, ihre neugierigen Blicke zu erwidern. Schließlich müsse er seine Reisegruppe finden, sagte er sich. Insgesamt zwölf Studenten würden Professor Marsh und seine beiden Mitarbeiter Mr. Gall und Mr. Bellows begleiten.

Marsh war bereits da, er ging an den Waggons entlang und begrüßte jeden auf dieselbe Art: »Hallo, junger Kollege, alles bereit zum Graben für Yale?« So schweigsam und argwöhnisch er normalerweise war, so aufgeschlossen und freundlich zeigte er sich jetzt. Marsh hatte sich seine Studenten aus gesellschaftlich hochstehenden und wohlhabenden Familien sehr sorgfältig ausgesucht, und diese Familien waren alle gekommen, um ihre Jungs zu verabschieden.

Marsh war sich durchaus bewusst, dass er als Reiseführer für die Sprösslinge der Reichen fungierte, die sich später vielleicht angemessen dankbar dafür zeigen würden, dass er aus ihren jungenhaften Söhnen Männer gemacht hatte. Er war sich des Weiteren darüber im Klaren, dass sämtliche Forschungsmittel in seinem Fachgebiet von privaten Gönnern wie etwa seinem

Onkel und Financier George Peabody kamen, da viele prominente Geistliche und Theologen die paläontologische Forschung als gottlos verurteilten. Hier in New York war das neue American Museum of Natural History eben erst von anderen Selfmademen wie Andrew Carnegie, J. Pierpont Morgan und Marshal Field angemietet worden.

Denn so eifrig religiöse Männer die neue Lehre der Evolution in Verruf zu bringen suchten, so engagiert versuchten wohlhabende Männer, sie zu fördern. Im Prinzip des Überlebens des Stärkeren sahen sie eine neue, wissenschaftliche Rechtfertigung für ihren eigenen Aufstieg und ihre oft skrupellose Lebensführung. Schließlich hatte keine geringere Autorität als der große Charles Lyell, ein Freund und Wegbereiter von Charles Darwin, immer und immer wieder darauf bestanden, dass »im universellen Kampf ums Dasein das Recht des Stärkeren letztendlich die Oberhand gewinnt«.

Hier nun fand sich Marsh umgeben von den Kindern der Stärksten. Privat vertraute Marsh Bellows an, dass »die Verabschiedung in New York der produktivste Teil der Expedition ist«, und daran dachte er natürlich, als er Johnson mit seinem üblichen »Hallo, junger Mann, alles bereit zum Graben für Yale?« begrüßte.

Johnson war umringt von einer Schar Gepäckträger, die seine sperrige fotografische Ausrüstung in den Zug luden. Marsh sah sich um und runzelte dann die Stirn. »Wo ist Ihre Familie?«

»In Philadelphia, Si... Professor.«

»Ihr Vater ist nicht gekommen, um Sie zu verabschieden?« Marsh erinnerte sich, dass Johnsons Vater im Schiffsbau tätig war. Er wusste nicht viel über den Schiffsbau, aber offensichtlich war er lukrativ und bestimmt von durchtriebenem Handeln. Im Schiffsbau wurden täglich Vermögen gemacht.

»Mein Vater hat mich in Philadelphia verabschiedet.«

»Ach, wirklich? Die meisten Familien wollen mich persönlich kennenlernen, um ein Gefühl für die Expedition zu bekommen ...«

»Ja, da bin ich mir sicher, aber sehen Sie, sie dachten, hierherzukommen wäre zu belastend für meine Mutter, die mit meiner Reise nicht völlig einverstanden ist.«

»Ihre Mutter ist nicht einverstanden?« Marsh konnte die Bestürzung in seiner Stimme nicht verhehlen. »Womit nicht einverstanden? Sie ängstigt sich doch sicherlich nicht wegen mir ...«

»O nein. Es sind die Indianer, die ihr Sorge bereiten, Professor. Sie ist nicht damit einverstanden, dass ich in den Westen gehe, weil sie wegen der Indianer Angst um mich hat.«

Marsh schnaubte. »Offensichtlich weiß sie nichts über meine Vorgeschichte. Ich bin weithin anerkannt als ein enger Freund des roten Mannes. Wir werden keine Probleme mit Indianern bekommen, das verspreche ich Ihnen.«

Doch die Situation war insgesamt unbefriedigend für Marsh, der später Bellows zuflüsterte, dass Johnson »älter aussieht als die anderen«, und dunkel andeutete, dass »er vielleicht gar kein Student ist. Und sein Vater ist im Schiffsbau. Ich glaube, mehr muss nicht gesagt werden.«

Der Abfahrtspfiff ertönte, es gab letzte Küsse und viel Winken für die Studenten, und der Zug setzte sich in Bewegung.

Marsh hatte für seine Gruppe einen privaten Salonwagen organisiert, der von keinem Geringeren als Commander Vanderbilt bereitgestellt worden war, einem inzwischen ans Krankenbett gefesselten, weißhaarigen Zweiundachtzigjährigen. Es war die erste von vielen erfreulichen Annehmlichkeiten, die Marsh dank seiner ausgedehnten Verbindungen zur Armee, zur Regierung und zu Industriekapitänen wie Vanderbilt für diese Reise organisiert hatte.

In seiner Blütezeit war der mürrische Commander, eine schwerfällige Gestalt in einem Pelzmantel, den er sommers wie winters trug, von ganz New York bewundert worden. Mit ruchlosen und aggressiven Instinkten und einer scharfen Lästerzunge hatte dieser ungebildete Junge aus Staten Island, Sohn niederländischer Bauern, die Kontrolle über die Schifffahrtslinien ab New York und San Francisco an sich gerissen; später interessierte er sich für die Eisenbahn und baute die Strecke seiner mächtigen New York Central Railway aus dem Herzen New Yorks bis ins florierende Chicago aus. Er lieferte immer guten Stoff für die Zeitungen, sogar in den seltenen Fällen, in denen er eine Niederlage einstecken musste; als der verschlossene Jay Gould ihn im Ringen um die Kontrolle über die Erie Railway besiegte, verkündete er: »Dieser Erie-Krieg hat mich gelehrt, dass es sich nie auszahlt, ein Stinktier zu treten.« Bei einer anderen Gelegenheit beschwerte er sich vor seinen Anwälten: »Was kümmert mich das Gesetz? Habe ich denn nicht die Macht?«, und diese Aussage machte ihn zu einer Legende.

In späteren Jahren wurde Vanderbilt zunehmend exzentrisch, er pflegte engen Kontakt zu Hellsehern und Hypnotiseuren und sprach mit Toten, oft auch über drängende Geschäftsangelegenheiten; und obwohl er skandalöse Feministinnen wie Victoria Woodhull förderte, jagte er dennoch Mädchen hinterher, die nur einen Bruchteil so alt waren wie er.

Einige Tage zuvor hatten New Yorker Zeitungen verkündet: »VANDERBILT LIEGT IM STERBEN«, woraufhin der alte Mann aus dem Bett sprang und die Reporter anblaffte: »Ich liege nicht im Sterben. Und auch wenn ich im Sterben liegen würde, dürfte ich immer noch genug Kraft haben, um euch diese Verleumdung zurück in eure verlogenen Kehlen zu stopfen.« So berichteten es zumindest die Reporter, allerdings wusste jeder in Amerika, dass die Sprache des Commanders um einiges deftiger war.

Eleganz und Modernität von Vanderbilts Salonwagen waren unübertrefflich – ausgestattet mit Tiffanylampen, Porzellangeschirr und Kristallglas, waren sie der letzte Schrei, und auch die raffinierten, brandneuen, von George Pullman erfundenen Schlafsofas sorgten für ungewohnten Reisekomfort. Inzwischen hatte Johnson alle anderen Studenten kennengelernt, und er notierte in sein Tagebuch, sie seien »ein wenig langweilig und verzogen, aber alles in allem ein recht abenteuerlustiger Haufen. Doch wir alle haben eine gemeinsame Angst – vor Marsh.«

Wenn man sah, wie Marsh durch den Waggon stolzierte, in einen der üppigen Polstersessel sank, um eine Zigarre zu rauchen, oder nach dem Bediensteten schnippte, damit er ihm ein geeistes Getränk brachte, wurde deutlich, dass er diese Umgebung als für seine Person angemessen betrachtete. Und tatsächlich nannten die Zeitungen ihn manchmal den »Baron der Knochen«, so wie Carnegie der »Baron des Stahls« war und Rockefeller der »Baron des Öls«.

Wie diese anderen großen Männer hatte Marsh es aus eigener Kraft nach oben geschafft. Als Sohn eines New Yorker Farmers hatte er früh Interesse für Fossilien und Gelehrsamkeit gezeigt. Trotz des Spottes seiner Familie hatte er die Phillips Academy Andover besucht und sie mit neunundzwanzig Jahren mit Auszeichnung und dem Spitznamen »Daddy Marsh« abgeschlossen. Von Andover ging er nach Yale und von Yale nach England, um die Unterstützung seines philanthropischen Onkels George Peabody zu erbitten. Sein Onkel bewunderte Gelehrsamkeit jedweder Art, und es freute ihn sehr, dass ein Mitglied seiner Familie eine akademische Karriere einschlug.

Er gab Othniel Marsh die Mittel für die Gründung des Peabody Museum in Yale. Der Haken dabei war nur, dass Peabody später Harvard eine ähnliche Summe spendete, um auch dort ein Peabody Museum zu gründen. Der Grund dafür war, dass Marsh den Darwinismus befürwortete und George Peabody derart areligiöse Ansichten ablehnte. Harvard war die Heimat von Louis Agassiz und wurde deshalb zu einer Hochburg der Anti-Evolutionisten – Peabody hatte den Eindruck, Harvard würde sich als nützliches Korrektiv zu den Exzessen seines Neffen erweisen. All das erfuhr Johnson in geflüsterten Unterhaltungen in den schwankenden Pullman-Kojen in dieser Nacht, bevor die aufgeregten Studenten in den Schlaf sanken.

Am Morgen erreichten sie Rochester, am Mittag Buffalo, und sie freuten sich auf den Anblick der Niagarafälle. Leider war ihr einziger kurzer Blick, von einer Brücke ein Stückchen stromabwärts, eine Enttäuschung. Diese verwanden sie jedoch schnell, als sie erfuhren, dass Professor Marsh sie alle in seinem Privatabteil erwartete.

Marsh schaute den Gang in beide Richtungen entlang, schloss die Tür und verriegelte sie von innen. Obwohl es ein warmer Nachmittag war, schloss er alle Fenster und verriegelte sie ebenfalls. Erst dann wandte er sich den zwölf wartenden Studenten zu.

»Sie haben sich bestimmt schon gefragt, wohin wir fahren«, sagte er. »Aber noch ist es zu früh, um Sie zu informieren; ich werde es Ihnen nach Chicago sagen. Unterdessen möchte ich Ihnen einschärfen, jeden Kontakt mit Fremden zu meiden und nichts über unsere Pläne zu verraten. Er hat seine Spione überall.«

Zögerlich fragte einer der Studenten: »Wer denn?«

»Cope natürlich!«, blaffte Marsh.

Bei der Erwähnung dieses ihnen unbekannten Namens

schauten die Studenten einander verständnislos an, aber Marsh bemerkte das nicht; er war mitten in einer Tirade. »Gentlemen, ich kann Sie nicht eindringlich genug vor ihm warnen. Professor Edward Drinker Cope mag so tun, als wäre er Wissenschaftler, aber in Wahrheit ist er kaum mehr als ein gemeiner Dieb und Spion. Ich habe noch nie erlebt, dass er etwas durch redliche Arbeit erwirbt, was er auch stehlen könnte. Der Mann ist ein abscheulicher Lügner und Schnüffler. Seien Sie auf der Hut.«

Marsh keuchte wie nach einer großen Anstrengung. Er schaute sich um. »Irgendwelche Fragen?«

Es gab keine.

»Nun gut«, sagte Marsh. »Ich wollte das nur ein für alle Mal klarstellen. Sobald wir Chicago hinter uns gelassen haben, werden Sie mehr hören. Aber unterdessen bleiben Sie für sich.«

Verwirrt verließen die Studenten das Abteil.

Ein junger Mann namens Winslow wusste, wer Cope war. »Er ist ebenfalls Professor der Paläontologie, ich glaube am Haverford College in Pennsylvania. Er und Marsh waren früher Freunde, doch jetzt sind sie unerbittliche Feinde. Wie ich gehört habe, versuchte Cope, die Anerkennung für die ersten Fossilienfunde unseres Professors zu stehlen, und seitdem herrscht zwischen den beiden Zwist. Und anscheinend umgarnte Cope auch eine Frau, die Marsh heiraten wollte, und brachte sie in Verruf oder befleckte zumindest ihren guten Namen. Copes Vater war ein wohlhabender Quäker-Kaufmann und hinterließ ihm Millionen, soweit ich weiß. Deshalb kann Cope tun und lassen, was er will. Anscheinend ist er ein ziemlicher Halunke und Scharlatan. Er lässt keinen fiesen Trick aus, um Marsh das zu stehlen, was rechtmäßig ihm gehört. Deshalb ist Marsh so argwöhnisch – er ist immer auf der Hut vor Cope und seinen Agenten.«

»Davon wusste ich gar nichts«, sagte Johnson.

»Na, jetzt wissen Sie es«, erwiderte Winslow. Er schaute durchs Fenster auf die vorbeiziehenden grünen Getreidefelder hinaus. Der Zug hatte den Staat New York verlassen und Pennsylvania durchquert und war jetzt in Ohio. »Was mich angeht«, sagte er, »weiß ich nicht, was Sie auf dieser Expedition wollen. Ich würde nie mitmachen, wenn meine Familie mich nicht gezwungen hätte. Mein Vater beharrt darauf, dass ein Sommer im Westen mir ›Haare auf der Brust wachsen lässt‹.« Er schüttelte verwundert den Kopf. »O Gott. Wenn ich nur daran denke, drei Monate schlechtes Essen und schlechtes Wasser und üble Insekten. Und keine Mädchen. Kein Spaß. O Gott.«

Da Johnson in Bezug auf Cope noch immer neugierig war, fragte er Marshs Assistenten Bellows, einen Biologielehrer mit verkniffenem Gesicht. Bellows wurde sofort argwöhnisch. »Warum fragen Sie danach?«

»Ich bin einfach nur neugierig.«

»Aber warum fragen gerade Sie? Keiner der anderen Studenten hat es getan.«

»Vielleicht interessiert es sie nicht.«

»Vielleicht haben sie keinen Grund, interessiert zu sein.«

»Das ist doch dasselbe«, sagte Johnson.

»Wirklich?«, fragte Bellows mit bedeutungsschwangerem Blick. »Ich frage Sie, ist es das wirklich?«

»Nun ja, ich glaube schon«, sagte Johnson, »sicher bin ich mir allerdings nicht mehr, die Unterhaltung ist ja recht verzwickt geworden.«

»Kommen Sie mir nicht so gönnerhaft, junger Mann«,

sagte Bellows. »Sie mögen mich für einen Trottel halten – Sie können uns alle für Trottel halten –, aber ich kann Ihnen versichern, wir sind es nicht.«

Und damit ging er davon, und Johnson war noch neugieriger als zuvor.

Tagebucheintrag von Marsh:

> *Bellows berichtet, dass W.J. ihn nach Cope gefragt hat! Wie dreist, wie unverfroren! Er muss uns alle für Narren halten. Bin sehr wütend! Wütend! Wütend!*
> *Unser Verdacht gegen W.J. hat sich offensichtlich bestätigt. Philadelphia – Schiffsbau usw. Nur zu klar. Werde morgen mit W.J. sprechen, um weitere Entwicklungen in die Wege zu leiten. Ich werde dafür sorgen, dass dieser junge Mann uns keine Probleme bereitet.*

Das Ackerland Indianas raste am Fenster vorbei, Meile um Meile, Stunde um Stunde, und diese Monotonie lullte Johnson ein. Das Kinn auf die Hand gestützt, war er eben am Einnicken, als Marsh sagte: »Was genau wissen Sie über Cope?«

Johnson richtete sich abrupt auf. »Nichts, Professor.«

»Nun gut, dann werde ich Ihnen etwas sagen, was Sie vielleicht noch nicht wissen. Er tötete seinen Vater, um an das Erbe zu kommen. Haben Sie das gewusst?«

»Nein, Professor.«

»Vor noch nicht einmal sechs Monaten hat er ihn umgebracht. Und er betrügt seine Frau, eine versehrte Frau, die ihm nie etwas getan hat – die ihn sogar vergöttert, so verblendet ist dieses arme Wesen.«

»Das klingt, als wäre er ein Verbrecher durch und durch.«

Marsh warf ihm einen Blick zu. »Sie glauben mir nicht?«

»Ich glaube Ihnen, Professor.«

»Außerdem ist die Körperpflege nicht gerade seine Stärke. Der Mann ist unhygienisch, und er stinkt. Aber ich will nicht persönlich werden.«

»Nein, Professor.«

»Tatsache ist, dass er extrem skrupellos und nicht vertrauenswürdig ist. Es gab einen Landraub und einen Skandal um Mineralienrechte. Das war der Grund, warum er aus dem Geological Survey geworfen wurde.«

»Er wurde aus dem Geological Survey geworfen?«

»Schon vor Jahren. Sie glauben mir nicht?«

»Ich glaube Ihnen, Professor.«

»Aber Sie sehen nicht aus, als würden Sie mir glauben.«

»Ich glaube Ihnen«, wiederholte Johnson. »Ich glaube Ihnen.«

Beklommenes Schweigen setzte ein. Der Zug ratterte weiter. Marsh räusperte sich. »Kennen Sie vielleicht zufällig Professor Cope?«

»Nein, ich kenne ihn nicht.«

»Ich dachte, vielleicht kennen Sie ihn.«

»Nein, Professor.«

»Wenn Sie ihn kennen sollten, würden Sie sich besser fühlen, wenn Sie mir jetzt alles darüber sagten«, mahnte Marsh. »Anstatt abzuwarten.«

»Wenn ich ihn kennen würde«, sagte Johnson, »würde ich es tun. Aber ich kenne den Mann nicht.«

»Ja«, sagte Marsh und musterte Johnsons Gesicht. »Hm.«

Später an diesem Tag lernte Johnson einen schrecklich dünnen jungen Mann kennen, der etwas in ein ledergebundenes Buch schrieb. Er stammte aus Schottland und sagte, er heiße Louis Stevenson.

»Wie weit fahren Sie?«

»Bis ganz ans Ende. Nach Kalifornien«, sagte Stevenson und zündete sich eine neue Zigarette an. Er rauchte unaufhörlich; seine langen, zarten Finger waren dunkelbraun verfärbt. Er hustete sehr viel und sah im Allgemeinen nicht aus wie ein robuster, junger Mann, der sich in den Westen aufmacht, und Johnson fragte ihn, warum er es tue.

»Ich habe mich verliebt«, sagte Stevenson schlicht. »Sie ist in Kalifornien.«

Und dann machte er sich weiter Notizen und schien Johnson schon wieder vergessen zu haben. Johnson begab sich auf die Suche nach angenehmerer Gesellschaft und traf auf Marsh.

»Dieser junge Mann dort«, sagte Marsh und nickte quer durch den Waggon.

»Was ist mit ihm?«

»Sie haben mit ihm gesprochen.«

»Sein Name ist Stevenson.«

»Ich traue keinem Mann, der sich Notizen macht«, sagte Marsh. »Worüber haben Sie gesprochen?«

»Er ist aus Schottland, und er reist nach Kalifornien, um eine Frau zu suchen, in die er sich verliebt hat.«

»Wie romantisch. Und hat er Sie gefragt, wohin Sie reisen?«

»Nein, das interessierte ihn nicht im Geringsten.«

Marsh starrte ihn mit zusammengekniffenen Augen an. »Sagt er.«

»Ich habe mich über diesen Stevenson erkundigt«, verkündete Marsh der Gruppe später. »Er ist aus Schottland, unterwegs nach Kalifornien, um eine Frau zu suchen. Er ist von schwacher Gesundheit. Anscheinend betrachtet er sich als Schriftsteller, deshalb macht er sich dauernd Notizen.«

Johnson sagte nichts.

»Ich habe mir nur gedacht, das interessiert Sie vielleicht«, sagte Marsh. »Ich persönlich denke, dass er zu viel raucht.«

Marsh schaute zum Fenster hinaus. »Ah, der See«, sagte er. »Wir werden bald in Chicago sein.«

Chicago

Chicago war die am schnellsten wachsende Stadt der Welt, sowohl hinsichtlich der Bevölkerungszahlen als auch der wirtschaftlichen Bedeutung. Aus dem Prärieort mit viertausend Einwohnern war in einer explosionsartigen Entwicklung eine Metropolis mit einer halben Million Einwohnern geworden, und sie verdoppelte ihre Größe alle fünf Jahre. Früher bekannt als »Slabtown«, die Grabsteinstadt, oder das »Schlammloch in der Prärie«, breitete sich die Stadt jetzt über neunzig Quadratkilometer am Ufer des Lake Michigan aus und protzte mit gepflasterten Straßen und Bürgersteigen, breiten Durchgangsstraßen mit Straßenbahnen, gesäumt von eleganten Herrenhäusern, luxuriösen Geschäften, Hotels, Kunstgalerien und Theatern. Und das trotz der Tatsache, dass ein Großteil der Stadt vor gerade einmal fünf Jahren von einem entsetzlichen Feuer verwüstet worden war.

Chicago hatte seinen Erfolg weder seinem Klima noch seiner Lage zu verdanken. Die Ufer des Lake Michigan waren morastig, viele der frühen Gebäude waren immer tiefer in den Schlamm gesunken, bis sie von dem brillanten jungen Ingenieur George Pullman angehoben wurden. Das Wasser war so verschmutzt, dass Besucher oft kleine Fische in ihrem Trinkwasser fanden – Fischchen fanden sich sogar in Molkereimilch. Und das Wetter war abscheulich: heiß im Sommer, bitterkalt im Winter und windig zu schlichtweg jeder Jahreszeit.

Chicago verdankte seinen Erfolg seiner geografischen Lage im Kernland der Nation, seiner Bedeutung als Eisenbahn- und Transportzentrum und vor allem seiner Überlegenheit im Umschlagen gewaltiger Mengen von Rind- und Schweinefleisch.

»Es gefällt mir, Borsten, Blut und das Innere und Äußere von Schweinen und Ochsen in Profit zu verwandeln«, sagte Philip Armour, einer der Gründer der riesigen Chicagoer Schlachthöfe. Zusammen mit seinem Kollegen, dem Fleischverarbeitungsmagnaten Gustavus Swift, beherrschte Armour eine Industrie, die jedes Jahr eine Million Rinder und vier Millionen Schweine verarbeitete – und die ein Sechstel der Stadtbevölkerung beschäftigte. Mit ihrer zentralisierten Verteilung, dem mechanisierten Schlachten und den Kühlwaggons der Eisenbahn erschufen die Barone Chicagos eine komplett neue Industrie – die Nahrungsmittelverarbeitung.

Die Schlachthöfe Chicagos waren die größten der Welt, und viele Besucher wollten sie besichtigen. Einer der Studenten aus Yale war Swifts Neffe, und so machten sie sich auf zu einer Tour durch die Höfe, die Johnson als eher zweifelhafte Touristenattraktion betrachtete. Aber Marsh hielt nicht aus touristischen Gründen in Chicago. Er war geschäftlich hier.

Vom großartigen Lake Shore Railroad Depot brachte er seine Schützlinge ins nahe Grand Pacific Hotel. Hier ließen sich die Studenten überwältigen von einem der größten und elegantesten Hotels der Welt. Wie überall hatte Marsh auch hier eine besondere Unterbringung für seine Truppe organisiert, und es warteten bereits Zeitungsleute, um ihn zu interviewen.

Othniel Marsh war immer guter Stoff für die Zeitungen. 1875, im Jahr zuvor also, hatte er einen Skandal im Indian Bureau aufgedeckt. Angestellte hatten Nahrungsmittel und

Geld nicht an die Reservate verteilen lassen, sondern die Erlöse einbehalten, während die Indianer buchstäblich verhungerten. Marsh war von Red Cloud, dem legendären Sioux-Häuptling, persönlich darüber informiert worden, und er legte die Beweise in Washington vor, wodurch er Grants Präsidentschaft in den Augen des liberalen Establishments an der Ostküste ernsthaft in Verlegenheit brachte. Marsh war ein guter Freund von Red Cloud, und deshalb wollten die Reporter mit ihm über die jetzt wütenden Sioux-Kriege sprechen. »Das ist ein schrecklicher Konflikt«, sagte Marsh, »aber auf die Indianerfrage gibt es keine einfachen Antworten.«

Die Reporter Chicagos wurden es aber auch nie müde, die Geschichte von Marshs erster öffentlicher Großtat zu wiederholen – die Affäre um den Giganten von Cardiff.

1869 wurde das fossile Skelett eines über drei Meter großen Riesen in Cardiff, New York, ausgegraben, das sehr schnell zu einem landesweiten Phänomen wurde. Man war allgemein der Ansicht, dass der Riese zu einer Menschenrasse gehörte, die von der Sintflut ausgelöscht worden war; Gordon Bennett vom *New Yorker Herald* und eine Reihe von Gelehrten hatten ihn für echt erklärt.

Marsh besichtigte in seiner Eigenschaft als neuer Paläontologieprofessor in Yale das Fossil und sagte in Hörweite eines Reporters: »Sehr bemerkenswert.«

»Darf ich Sie zitieren?«, fragte der Reporter.

»Ja«, sagte Marsh. »Sie können mich mit den Worten zitieren: ›Eine sehr bemerkenswerte Fälschung.‹«

Später wurde festgestellt, dass der sogenannte Riese seinen Anfang als Gipsblock genommen hatte, aus dem er heimlich in Chicago herausgemeißelt worden war. Aber der Vorfall brachte Marsh nationale Aufmerksamkeit – und seitdem sprach er mit Reportern.

»Und was führt Sie heute nach Chicago?«, fragte einer.

»Ich bin unterwegs in den Westen, um neue Knochen zu suchen«, sagte Marsh.

»Und werden Sie in Chicago auch Knochen sehen?«

Marsh lachte. »Nein«, sagte er, »in Chicago werde ich General Sheridan sehen, um unsere Verbindungen mit der Armee zu besprechen.«

Marsh nahm Johnson mit zu dem Gespräch, weil er sich mit General Sheridan fotografieren lassen wollte.

Der kleine Phil Sheridan war ein kompakter, vitaler Mann von fünfundvierzig Jahren, mit einer Vorliebe für Kautabak und scharfe Rede. Er hatte den Armeestab versammelt, der jetzt den Indianerkrieg führte – die Generäle Crook, Terry und Custer, die alle im Feld waren und die Sioux jagten. Sheridan mochte vor allem Armstrong Custer sehr und hatte die Missbilligung von Präsident Grant riskiert, indem er Custer zusammen mit den Generälen Crook und Terry zurück in den Dienst befahl.

»Das ist kein einfacher Feldzug«, sagte Sheridan. »Und wir brauchen einen Mann mit Custers Mumm. Die Indianer werden aus ihren Dörfern vertrieben, auch wenn wir das vielleicht nicht wahrhaben wollen, und sie bekämpfen uns wie die Teufel. Und die Tatsache, dass die Indianerbehörde sie mit guten Gewehren ausrüstet, hilft uns auch nicht gerade weiter. So, wie es aussieht, wird es zum Hauptkonflikt in Montana und Wyoming kommen.«

»Wyoming?«, sagte Marsh. »Hm. Wird unsere Gruppe Probleme bekommen?« Johnson fiel auf, dass er nicht im Geringsten beunruhigt wirkte.

»Ich kann mir nicht vorstellen, warum«, sagte Sheridan und spuckte mit bemerkenswerter Genauigkeit in ein

Metallbecken in der anderen Ecke des Zimmers. »Solange Sie sich von Montana und Wyoming fernhalten, sind Sie sicher.«

Steif neben General Sheridan stehend, posierte Marsh noch für ein Foto. Dann erhielt er Empfehlungsschreiben an die drei Generäle und für die Kommandanten der Forts Laramie und Cheyenne. Zwei Stunden später waren sie wieder am Bahnhof, bereit, die Reise nach Westen fortzusetzen.

Auf dem Bahnsteig sagte ein sehr großer, grob wirkender Mann mit einer merkwürdigen schrägen Narbe auf der Wange zu Johnson: »Wie weit fahren Sie?«

»Ich bin unterwegs nach Wyoming.« Kaum waren die Worte aus dem Mund, fiel ihm wieder ein, dass er Colorado hätte sagen sollen.

»Wyoming! Na, dann viel Glück«, sagte der Mann und wandte sich ab.

Einen Augenblick später stand Marsh neben ihm. »Wer war das?«

»Keine Ahnung.«

»Was wollte er?«

»Er fragte, wie weit ich fahre.«

»Ach so? Was haben Sie gesagt?«

»Wyoming.«

Marsh runzelte die Stirn. »Hat er Ihnen geglaubt?«

»Ich habe keine Ahnung.«

»Wirkte er so, als würde er Ihnen glauben?«

»Ja, Professor. Ich glaube schon.«

»Sie glauben es?«

»Ich bin mir ziemlich sicher, Professor.«

Marsh schaute in die Richtung, in die der Mann verschwunden war. Der Bahnhof war noch immer sehr bevölkert und hektisch. Der hallende Lärm wurde immer wieder durchstochen von gellenden Abfahrtspfiffen.

»Ich habe Ihnen doch eingeschärft, nicht mit Fremden zu reden«, sagte er schließlich. »Der Mann, mit dem Sie gesprochen haben, war Copes rechte Hand, Navy Joe Benedict. Ein brutaler Schläger von einem menschlichen Wesen. Aber wenn Sie ihm gesagt haben, dass wir nach Wyoming fahren, ist das in Ordnung.«

»Soll das heißen, wir gehen nicht nach Wyoming?«

»Nein«, sagte Marsh. »Wir gehen nach Colorado.«

»Colorado!«

»Natürlich«, sagte Marsh. »Colorado ist die beste Fundstätte für Knochen im ganzen Land, allerdings kann man von einem Trottel wie Cope nicht erwarten, dass er das weiß.«

In den Westen

Die Chicago and North Western Railway brachte sie bei Clinton, Iowa, auf einer zwölfbogigen, beinahe eine Meile langen Brücke über den Mississippi. Die Studenten waren aufgeregt, als sie den größten Fluss Amerikas überquerten, als aber seine schlammige Breite hinter ihnen lag, kehrte die Lethargie zurück. Iowa war eine Region aus sanft gewelltem Farmland, mit wenigen Orientierungspunkten und Sehenswürdigkeiten. Trockene Luft blies durch die Fenster herein, gelegentlich auch ein Insekt oder ein Schmetterling. Eine öde, schwitzende Langeweile senkte sich über die Truppe.

Johnson hoffte vergeblich, Indianer zu entdecken, sah aber keine. Ein Fahrgast neben ihm lachte. »Indianer gibt es hier seit vierzig Jahren nicht mehr, seit dem Krieg gegen Black Hawk. Wenn Sie Indianer sehen wollen, müssen Sie in den Westen gehen.«

»Ist das hier nicht der Westen?«

»Noch nicht. Jenseits des Missouri.«

»Wann überqueren wir den Missouri?«

»Auf der anderen Seite von Cedar Rapids. In etwa einem halben Tag.«

Doch schon jetzt zeigten die Weite der Prärie und die Tatsache, dass man den Mississippi überquert hatte, Wirkung bei den Fahrgästen. An jedem Bahnhof und bei jeder Aufnahme von Wasser und Proviant stiegen Männer aus, um mit ihren Pistolen auf Präriehunde und Geflügel zu schießen. Die Vögel stiegen kreischend in die Luft, kleine Nager suchten fiepend Schutz in ihren Erdlöchern. Keiner traf je irgendwas.

»Ja«, sagte ein Fahrgast. »Man spürt jetzt die ungeheure Weite.«

Johnson fand die ungeheure Weite außerordentlich langweilig. Die Studenten vertrieben sich die Zeit, so gut sie konnten, mit Karten- und Dominospielen, aber es war ein aussichtsloser Kampf. Eine Weile stiegen sie bei jeder Haltestation aus und gingen umher, aber nach einer Weile wurde auch das eintönig, die Bahnhöfe glichen sich zu sehr, und die Studenten blieben wieder meistens im Zug.

In Cedar Rapids hielt der Zug zwei Stunden lang, und Johnson stieg aus, um sich die Beine zu vertreten. Als er um die Ecke des kleinen Bahnhofs am Rand eines Weizenfeldes kam, sah er Marsh mit dem Mann mit der Narbe reden – Copes Mann, Navy Joe Benedict. Sie schienen vertraut miteinander umzugehen. Nach einer Weile griff Marsh in die Tasche und gab Benedict etwas; Johnson sah Gold im Sonnenlicht aufblitzen. Er verbarg sich hinter der Ecke, um nicht entdeckt zu werden, und eilte zum Zug zurück.

Als der Zug wieder anfuhr, setzte sich Marsh, zu Johnsons wachsender Verwirrung, sofort zu ihm.

»Ich frage mich, wohin Cope in diesem Sommer geht«, sagte Marsh, als würde er nur laut denken.

Johnson sagte nichts.

»Ich frage mich, wohin Cope geht«, wiederholte Marsh.

»Sehr gute Frage«, sagte Johnson.

»Ich bezweifle, dass er wie wir nach Colorado geht.«

»Das kann ich doch nicht wissen.« Johnson wurde dieses Spieles langsam überdrüssig, und er gestattete sich, Marsh direkt in die Augen zu schauen und den Blick nicht wieder abzuwenden.

»Natürlich nicht«, sagte Marsh schnell. »Natürlich nicht.«

Am frühen Abend überquerten sie den Missouri bei Council Bluffs, dem Endbahnhof der Chicago and North Western Railway. Jenseits der Brücke, auf der Omaha-Seite, übernahm die Union Pacific Railroad und fuhr die ganze Strecke bis San Francisco. Das Union Pacific Depot war ein großer, offener Schuppen, und in ihm wimmelte es von Fahrgästen der rüdesten Sorte. Hier sah man raue Männer, stark geschminkte Frauen, Südstaatenschläger, die die Sklaverei befürworteten, Taschendiebe, Soldaten, weinende Kinder, Provianthändler, kläffende Hunde, Diebe, Großeltern, Revolverhelden – eine große, wirre Masse Mensch, alle im Rausch des Spekulationsfiebers.

»Black Hiller«, erklärte Marsh. »Sie rüsten sich hier aus, bevor sie nach Cheyenne und Fort Laramie gehen, und von dort aus reisen sie nach Norden, um nach Gold zu suchen.«

Die Studenten, die nun unbedingt endlich den »echten Westen« schmecken wollten, waren hocherfreut und bildeten sich ein, dass auch sie inzwischen »echter« geworden waren.

Doch trotz der fiebrigen Aufregung fand Johnson diesen Anblick traurig. In seinem Tagebuch schrieb er: »Die Hoffnungen der Menschheit auf Wohlstand und Ruhm, oder zumindest auf leibliches Wohl, können sie so leicht in die Irre führen! Denn mit Sicherheit werden nur eine Handvoll der Leute hier finden, wonach sie suchen. Und der Rest wird nur Enttäuschung finden, Mühsal, Krankheit und vielleicht den

Tod durch Verhungern, Indianer oder marodierende Räuber, die den hoffnungsvollen, suchenden Pionieren auflauern.«

Und dann fügte er die ironische Bemerkung hinzu: »Ich bin von Herzen froh, dass ich nicht in die gefährlichen und unsicheren Black Hills gehe.«

Der Westen

Hinter Omaha begann der echte Westen, und an Bord des Zuges verspürte jeder erneut Aufregung, wenn auch gemäßigt durch die beruhigenden Worte älterer Reisender. Nein, sie würden keine Bisons sehen – in den sieben Jahren seit der Eröffnung der transkontinentalen Eisenbahnlinien waren die Bisons entlang der Gleise verschwunden, und tatsächlich wurden die legendären großen Herden mit enormer Geschwindigkeit dezimiert.

Doch dann kam der elektrifizierende Ruf: »Indianer!«

Sie liefen zur anderen Seite des Waggons und drückten ihre Gesichter an die Scheiben. In einiger Entfernung sahen sie drei Tipis, umgeben von einem halben Dutzend Ponys und dunkel schemenhaften Gestalten, die einfach nur dastanden und dem Zug nachsahen. Doch rasch verschwanden die Indianer hinter einem Hügel.

»Was ist das für ein Stamm?«, fragte Johnson. Er saß neben Marshs Assistenten Gall.

»Wahrscheinlich Pawnee«, antwortete Gall gleichgültig.

»Sind sie feindselig gestimmt?«

»Sie können es sein.«

Johnson dachte an seine Mutter. »Werden wir noch mehr Indianer sehen?«

»O ja«, sagte Gall. »Da, wo wir hingehen, gibt es viele.«

»Wirklich?«

»Ja, und wahrscheinlich sind sie ziemlich wütend. Um die Black Hills wird es einen schonungslosen Sioux-Krieg geben.«

Die Bundesregierung hatte 1868 einen Vertrag mit den Sioux unterzeichnet, und als Teil dieses Vertrags erhielten die Dakota Sioux die exklusiven Rechte an den Black Hills, die ihnen heilig waren. »Dieser Vertrag begünstigte die Sioux unnötig«, sagte Gall. »Die Regierung war sogar einverstanden, alle Forts und Armeeaußenposten aus dieser Region zu entfernen.«

Und es war eine riesige Region, denn 1868 wirkten die Territorien Wyoming, Montana und Dakota noch wie eine ferne und unzugängliche Wildnis. Niemand in Washington hatte verstanden, wie schnell der Westen sich öffnen würde. Und doch nahmen schon ein Jahr nach der Vertragsunterzeichnung die transkontinentalen Eisenbahnen ihren Dienst auf und boten so in wenigen Tagen Zugang zu Land, das zuvor nur in wochenlangen, strapaziösen Überlandreisen erreicht werden konnte.

Dennoch wären die Landrechte der Sioux wohl respektiert worden, hätte Custer nicht 1874 bei einer Routineerkundung in den Black Hills Gold entdeckt. Nachrichten von Goldfeldern, die mitten in eine nationale Rezession platzten, waren unwiderstehlich.

»Auch in den besten Zeiten kann man Männer unmöglich vom Gold fernhalten«, sagte Gall. »Das ist eine schlichte Tatsache.«

Obwohl es die Regierung verboten hatte, schlichen sich Goldschürfer in die Black Hills. Die Armee unternahm '74 und '75 Feldzüge, um sie zu verjagen, und die Sioux töteten sie, wann immer sie auf sie trafen. Doch die Schürfer kamen weiterhin, in stetig steigender Zahl.

Weil die Sioux glaubten, der Vertrag sei gebrochen worden,

gingen sie auf den Kriegspfad. Im Mai 1876 befahl die Regierung der Armee, den Sioux-Aufstand niederzuschlagen.

»Dann sind die Indianer im Recht?«, fragte Johnson.

Gall zuckte die Achseln. »Den Fortschritt kann man nicht aufhalten, auch das ist eine schlichte Tatsache.«

»Werden wir in der Nähe der Black Hills sein?«

Gall nickte. »Nahe genug.«

Johnsons geografische Kenntnisse, die schon immer recht oberflächlich gewesen waren, erlaubten seiner Fantasie nun freien Lauf. Er starrte hinaus auf die sich weit erstreckenden Ebenen, die plötzlich noch trostloser und unattraktiver wirkten.

»Wie oft greifen Indianer Weiße an?«

»Na ja, das ist schwer einzuschätzen«, sagte Gall. »Wie bei wilden Tieren weiß man nie, was sie tun werden, weil sie eben Wilde sind.«

Westlich von Omaha kletterte der Zug unmerklich, aber stetig auf die Hochebene, die zu den Rocky Mountains führte. Jetzt sahen sie mehr Tiere – Präriehunde, hin und wieder eine Antilope und Kojoten, die in der Abenddämmerung am Horizont herumschlichen. Die Städte wurden kleiner, trostloser: Fremont, Kearney Junction, Alkali, Ogallala, Julesburg und schließlich das berüchtigte Sidney, wo der Schaffner die Studenten davor warnte, den Zug zu verlassen, »wenn Ihnen Ihr Leben lieb ist«.

Natürlich stiegen sie alle aus, um sich umzusehen.

Was sie sahen, war eine Reihe hölzerner Ladenfronten, eine Stadt zusammengesetzt, schrieb Johnson, »fast ausschließlich aus Händlern, Pferdeställen und Saloons, und in allen dreien wurden rege Geschäfte gemacht. Sidney war die Stadt, die den Black Hills am nächsten lag, und sie war voller Emigranten, von denen die meisten die Preise unerhört hoch fanden. Der fragwürdige Ruf der Stadt für Mord und Halsabschneiderei wurde uns nicht vorgeführt, aber wir blieben ja auch kaum eine Stunde.«

Die Enttäuschung währte nicht lange, denn der Zug brachte sie nun zügig nach Westen in einen noch berüchtigteren Ort des Lasters und des Verbrechens: Cheyenne im Wyoming Territory.

Reisende luden ihre Handfeuerwaffen, wenn sie nach Wyoming kamen. Und der Schaffner nahm Marsh beiseite und empfahl ihm, seine Gruppe solle einen Wachmann anstellen, der sie sicher durch die Stadt bringe.

»Derartige Präliminarien«, schrieb Johnson, »erregten bei uns eine höchst erfreuliche und nervöse Erwartung, denn wir stellten uns einen gesetzlosen und wilden Ort vor, der sich dann als genau das erwies – als Produkt unserer Fantasie.«

Cheyenne präsentierte sich als ziemlich ordentliche und ruhige Stadt mit vielen Backsteingebäuden zwischen den Holzhäusern, aber sie war nicht vollkommen friedlich. Cheyenne protzte mit einem Schulhaus, zwei Theatern, fünf Kirchen und zwanzig Spielsalons. Ein zeitgenössischer Beobachter schrieb, »das Glücksspiel in Cheyenne, bei Weitem nicht nur Zeitvertreib oder Entspannung, erhebt sich in den Rang einer legitimen Tätigkeit – und damit zur Hauptbeschäftigung von neun Zehnteln der Bevölkerung, ob sesshaft oder durchreisend«.

Spielhallen waren rund um die Uhr geöffnet und die Haupteinnahmequelle der Stadt. Ein Hinweis auf die Geschäftstätigkeit ergibt sich aus der Tatsache, dass eine Lizenz für einen Spieltisch pro Jahr sechshundert Dollar kostete, und jeder Saloon hatte sechs bis zwölf dieser grün bespannten Tische gleichzeitig in Betrieb.

Die Begeisterung für das Glücksspiel entging den Studenten

natürlich nicht, als sie im Inter-Ocean Hotel in Cheyenne eintrafen, mit dem Marsh im Voraus spezielle Tarife vereinbart hatte. Obwohl das beste Hotel in der Stadt, war es, so Johnson, »ein schabenverseuchtes Loch, in dem zu allen Tages- und Nachtzeiten Ratten quiekend die Wände hinauf- und hinabtrippeln«. Dennoch erhielt jeder Student sein eigenes Zimmer, und nach einem langen, heißen Bad waren sie gewappnet für eine Nacht in der Stadt.

Eine Nacht in Cheyenne

Zaghaft machten sie sich als Gruppe auf – zwölf ernsthafte, junge Ostküstler, noch immer in ihren hohen Krägen und Melonen, die mit so viel Lässigkeit, wie sie aufzubringen vermochten, von Saloon zu Saloon schlenderten. Denn die Stadt, die tagsüber so enttäuschend zahm gewirkt hatte, zeigte abends eine unverkennbar finstere Seite.

Aus den gelblich beleuchteten Saloonfenstern schaute die bunte Menge aus Cowboys, Revolverhelden, Spielern und Halsabschneidern sie amüsiert an. »Diese Halunken bringen dich um, sobald sie dich angrinsen«, sagte einer der Studenten melodramatisch. Weil sie das ungewohnte Gewicht ihrer neuen Smith & Wessons an den Hüften spürten, zerrten die Studenten an ihren Waffengürteln und korrigierten den Sitz ihrer Revolver.

Ein Mann hielt sie an. »Ihr seht wie nette Jungs aus«, sagte er zu der Gruppe. »Nehmt einen freundschaftlichen Rat von mir an. Berührt in Cheyenne eure Waffen nicht, wenn ihr nicht vorhabt, sie zu benutzen. Die Leute hier schauen euch nicht ins Gesicht, sie schauen auf eure Hände, und in dieser Gegend wird nachts sehr viel getrunken …«

Auf den Bürgersteigen waren nicht nur Revolverhelden unterwegs. Sie kamen auch an einigen stark geschminkten Bordsteinschwalben vorbei, die verführerisch aus dunklen Hauseingängen riefen. Überwiegend fanden sie das alles exotisch und spannend, ihre ersten Erfahrungen des echten Westens, des gefährlichen Westens, auf die sie alle gewartet hatten. Sie betraten mehrere Saloons, probierten den scharfen Schnaps, spielten einige Runden Keno und 21. Ein Student zog seine Taschenuhr heraus. »Schon fast zehn, und wir haben noch keine Schießerei gesehen«, sagte er nahezu enttäuscht.

Schon nach wenigen Minuten sahen sie eine Schießerei.

»Alles passierte erstaunlich schnell«, notierte Johnson.

In einem Augenblick noch wütende Schreie und Flüche, im nächsten wurden Stühle nach hinten geschoben, und Männer gingen in Deckung, während die beiden Hauptbeteiligten einander anfauchten, obwohl sie nur wenige Schritte voneinander entfernt standen. Sie waren beide Spieler der übelsten Sorte. »Dann mal los«, sagte der eine, und während der andere nach seiner Pistole griff, zog der Erste seine Waffe und schoss ihm direkt in den Bauch. Eine große Wolke schwarzen Pulverdampfs stieg in die Luft, und der Angeschossene wurde durch die Wucht des Schusses quer durch den Saal geschleudert. Seine Kleidung brannte nach dem Schuss aus so kurzer Entfernung. Er blutete stark, stöhnte unverständlich, zuckte eine Minute und lag dann ziemlich tot da. Einige andere schafften den Schützen hinaus. Der Marshal der Stadt wurde gerufen, aber als der eintraf, saßen die meisten Spieler schon wieder an ihren Tischen und spielten die Runde weiter, die eben erst unterbrochen worden war.

Es war eine kaltblütige Demonstration, und die Studenten – die zweifellos unter Schock standen – waren erleichtert, als sie aus dem Theater nebenan Musik hörten. Als mehrere Spieler die Tische verließen, um die Aufführung zu sehen, folgten sie ihnen hastig zu dieser nächsten Attraktion.

Und hier verliebte sich William Johnson ganz unerwartet.

Das Pride de Paree Theater war ein dreieckiger, zweigeschossiger Bau mit der Bühne an der Breitseite und Tischen auf dem Boden sowie Balkonen hoch an den Wänden zu beiden Seiten. Die Balkonplätze waren die teuersten und begehrtesten, obwohl sie am weitesten von der Bühne entfernt waren, und so kauften sie sich solche.

Die Aufführung, bemerkte Johnson, bestand aus »Singen, Tanzen und Schwenken der Petticoats, die derbste Form der Unterhaltung, aber das Publikum begrüßte die Darbietenden mit so begeisterten Rufen, dass dessen Vergnügen unseren anspruchsvolleren Geschmack ansteckte«.

Bald lernten sie den Wert der Balkonplätze kennen und schätzen, denn von der Decke hingen Trapezstangen, an denen anmutige junge Frauen in knappen Kostümen und Netzstrümpfen schwangen. Während sie vor- und zurückschaukelten, streckten sich die Männer auf den Balkonen, um ihnen Dollarscheine in die Falten ihrer Kostüme zu stecken. Die Mädchen schienen viele der Besucher zu kennen, und so gab es hoch in der Luft viel gutmütiges Geplänkel, und die Mädchen riefen: »Pass auf deine Hände auf, Fred«, »Mächtig dicke Zigarre, die du da hast, Clem«, und andere Neckereien.

Ein Student schnaubte: »Die sind nicht besser als Prostituierte«, aber die anderen genossen das Spektakel und steckten den Mädchen wie alle Besucher Scheine in die Kostüme, und die Mädchen, die die neuen Gesichter und die typische Ostküstenkleidung der Neuankömmlinge sahen, steuerten ihre Schaukeln immer und immer wieder an deren Balkon.

Das alles machte großen Spaß, und dann wurden die Mädchen ausgewechselt, und das Schaukeln ging von vorne los, und eins der Mädchen kam nahe an ihren Balkon. Lachend griff Johnson nach einem neuen Schein, doch dann traf sein Blick den des neuen Mädchens, und der heisere Lärm des Theaters verklang, und die Zeit schien stehen zu bleiben, er nahm nichts mehr wahr als die dunkle Intensität ihres Blickes und das Pochen seines eigenen Herzens.

Ihr Name war Lucienne – »Das ist französisch«, erklärte sie und wischte sich den leicht schimmernden Schweiß von den Schultern.

Sie saßen unten an einem der Tische im Parterre, wo die Mädchen zwischen den Aufführungen mit den Gästen Getränke zu sich nehmen durften. Die anderen Studenten waren ins Hotel zurückgekehrt, nur Johnson war geblieben, weil er hoffte, Lucienne würde herauskommen, und das hatte sie auch getan. Sie kam direkt zu seinem Tisch getänzelt.

»Lucienne«, wiederholte er. »Lucienne. Ein entzückender Name.«

»In Paris heißen viele Mädchen Lucienne«, verkündete sie und wischte sich noch immer den Schweiß ab. »Und wie heißt du?«

»William«, sagte er. »William Johnson.« Ihre Haut glühte rosig, ihre Haare waren pechschwarz, ihre Augen dunkel und strahlend. Er war verzaubert.

»Du siehst aus wie ein Gentleman«, sagte sie lächelnd. Sie lächelte mit geschlossenem Mund, sodass man ihre Zähne nicht sah. Diese besondere Art zu lächeln ließ sie geheimnisvoll und in sich ruhend wirken. »Woher kommst du?«

»New Haven«, sagte er. »Na ja, aufgewachsen bin ich in Philadelphia.«

»Aus dem Osten? Habe mir schon gedacht, dass du anders bist. Ich hab's an deiner Kleidung bemerkt.«

Er befürchtete, dass das bei ihr vielleicht keinen Anklang fand, und wusste plötzlich nichts mehr zu sagen.

»Hast du im Osten eine Liebste?«, fragte sie unschuldig, um das Gespräch am Laufen zu halten.

»Ich ...« Er brach ab und hielt es dann für das Beste, ihr die Wahrheit zu sagen. »Vor ein paar Jahren war ich in Philadelphia sehr in ein Mädchen verliebt, aber sie empfand nicht dasselbe für mich.« Er schaute ihr in die Augen. »Aber das war – das ist schon lange her.«

Sie senkte den Blick und lächelte sanft, und er suchte krampfhaft nach Worten.

»Woher kommst du?«, fragte er. »Du hast keinen französischen Akzent.« Vielleicht war sie schon als Kind aus Frankreich gekommen.

»Ich bin aus St. Louis. Lucienne ist nur mein Künstlername, weißt du«, sagte sie fröhlich. »Mr. Barlow – der Direktor – will, dass jede in der Truppe einen französischen Namen trägt, weil das Theater das Pride de Paree Theater ist, weißt du. Er ist sehr nett, der Mr. Barlow.«

»Bist du schon lange in Cheyenne?«

»O nein«, sagte sie. »Davor war ich am Theater in Virginia City, wo richtige Stücke von englischen Dichtern und so aufgeführt wurden, aber das wurde letzten Winter wegen Typhus geschlossen. Ich wollte eigentlich nach Hause, um meine Mutter zu besuchen, weißt du, aber ich hatte nur Geld bis hierher.«

Sie lachte, und jetzt sah er, dass einer ihrer Schneidezähne angeschlagen war. Dank dieser kleinen Unvollkommenheit verliebte er sich nur umso mehr in sie. Sie war offensichtlich eine unabhängige junge Frau, die sich im Leben ihren eigenen Weg suchte.

»Und du?«, fragte sie. »Du gehst in die Black Hills? Auf der Suche nach Gold?«

Er lächelte.

»Nein, ich gehöre zu einer Gruppe Wissenschaftler, die Fossilien ausgraben.« Ihre Stirn legte sich in Falten. »Fossilien. Alte Knochen«, erklärte er.

»Kann man davon gut leben?«

»Nein, nein. Es ist nur für die Wissenschaft«, erklärte er.

Sie legte eine warme Hand auf seinen Arm, und die Berührung elektrisierte ihn. »Ich weiß, dass ihr Goldgräber Geheimnisse habt«, sagte sie. »Ich verrate niemandem etwas.«

»Ich suche wirklich nach Fossilien.«

Sie lächelte noch einmal und ließ das Thema dann auf sich beruhen. »Und wie lange bleibst du in Cheyenne?«

»Leider bin ich nur für eine Nacht hier. Morgen fahre ich weiter in den äußeren Westen.«

Dieser Gedanke erfüllte ihn schon jetzt mit einem köstlichen Schmerz, aber ihr schien das ziemlich gleichgültig zu sein. In ihrer unverblümten Art sagte sie: »Ich habe in einer Stunde noch eine Aufführung und muss danach noch eine Stunde bei den Gästen bleiben, aber dann habe ich frei.«

»Ich warte«, sagte er. »Wenn du willst, warte ich die ganze Nacht.«

Sie beugte sich zu ihm und küsste ihn leicht auf die Wange. »Bis dann.« Und damit rauschte sie davon, quer durch den Saal, wo schon andere Männer auf ihre Gesellschaft warteten.

Der Rest des Abends verflog so unbeschwert wie ein schöner Traum. Johnson verspürte keine Müdigkeit, und er saß sehr gerne einfach nur da, bis sie mit ihrer Arbeit fertig war. Sie trafen sich vor dem Theater. Sie hatte sich umgezogen und trug jetzt ein züchtigeres Kleid aus dunkler Baumwolle. Sie nahm seinen Arm.

Auf dem Bürgersteig ging ein Mann an ihnen vorbei und rief ihr in der Dunkelheit zu: »Bis später, Lucy?«

»Nicht heute Nacht, Ben«, lachte sie. Johnson wollte den Mann schon böse anstarren, aber sie erklärte: »Er ist nur mein Onkel. Er passt auf mich auf. Wo wohnst du?«

»Im Inter-Ocean Hotel.«

»Dort können wir nicht hin«, sagte sie. »Die sind sehr streng mit ihren Zimmern.«

»Ich bringe dich nach Hause.«

Sie schaute ihn belustigt an und lächelte dann. »Na gut. Das wäre schön.«

Im Gehen legte sie ihren Kopf auf seine Schulter.

»Müde?«

»Ein bisschen.«

Die Nacht war warm, die Luft angenehm. Johnson spürte, wie sich ein wunderbarer Frieden über ihn legte.

»Ich werde dich vermissen«, sagte er.

»Und ich dich auch.«

»Aber ich komme zurück.«

»Wann?«

»Ende August oder so.«

»August«, wiederholte sie leise. »August.«

»Ich weiß, das ist eine lange Zeit ...«

»Gar nicht so lange ...«

»Aber dann habe ich mehr Zeit. Ich verlasse meine Gruppe und bleibe bei dir. Wie klingt das?«

Sie entspannte sich an seiner Schulter. »Das wäre schön.« Sie gingen schweigend weiter. »Du bist nett, William. Du bist ein netter Junge.«

Und dann drehte sie sich ihm zu und küsste ihn völlig ungezwungen auf den Mund, gleich hier in der warmen, westlichen Dunkelheit von Cheyenne, auf eine tiefe Art, die er noch nie erlebt hatte. Johnson wäre fast gestorben vor Lust.

»Ich liebe dich, Lucienne«, stammelte er. Die Worte kamen einfach aus seinem Mund, ungebeten und unerwartet. Aber es stimmte; er spürte es mit jeder Faser seines Körpers.

Sie streichelte ihm die Wange. »Du bist ein netter Junge.«

Er wusste nicht, wie lange sie so verharrten, dicht beieinander in der Dunkelheit. Sie küssten sich noch ein zweites und ein drittes Mal. Es verschlug ihm den Atem.

»Sollen wir weitergehen?«, sagte er schließlich.

Sie schüttelte den Kopf. »Du gehst jetzt nach Hause. Zurück in dein Hotel.«

»Ich bringe dich besser bis zur Tür.«

»Nein«, sagte sie. »Du musst morgen früh zum Zug. Du brauchst deinen Schlaf.«

Er schaute sich auf der Straße um. »Bist du sicher, dass du alleine zurechtkommst?«

»Aber ja.«

»Versprochen?«

Sie lächelte. »Versprochen.«

Er ging ein paar Schritte in die Richtung seines Hotels, drehte sich dann um und schaute ihr nach.

»Mach dir um mich keine Sorgen«, rief sie und warf ihm einen Kuss zu.

Er erwiderte die Geste und ging dann weiter. Am Ende des Blockes schaute er sich noch einmal um, aber sie war bereits verschwunden.

Im Hotel gab ihm der schläfrige Nachtportier seinen Schlüssel. »Ein schöner Abend, Sir?«, fragte er.

»Ein wunderbarer«, sagte Johnson. »Ein absolut wunderbarer.«

Frühmorgens in Cheyenne

Am nächsten Morgen wachte Johnson um acht Uhr erfrischt und aufgeregt auf. Er schaute durchs Fenster auf die flache Weite von Cheyenne, kastenförmige Gebäude, die sich auf der Ebene ausbreiteten. Eigentlich ein eintöniger Anblick, aber Johnson fand ihn wunderschön. Und der Tag strahlte herrlich, klar und warm, mit den flauschigen hohen Wolken, die so typisch waren für den Westen.

Es stimmte zwar, dass er Lucienne die vielen Wochen bis zu seiner Rückreise nicht mehr sehen würde, aber diese Tatsache gab seiner Stimmung eine köstliche Schärfe, und er war bester Laune, als er nach unten in den Speisesaal ging, wo sich die Gruppe nach Marshs Anweisung um neun Uhr treffen sollte.

Niemand war da.

Ein Tisch war für eine große Gruppe gedeckt worden, doch ein Kellner räumte bereits das schmutzige Geschirr ab.

»Wo sind denn alle?«, fragte Johnson.

»Wen meinen Sie?«

»Professor Marsh und seine Studenten.«

»Die sind nicht hier«, sagte der Kellner.

»Wo sind sie?«

»Schon vor über einer Stunde gegangen.«

Die Worte drangen nur langsam in sein Bewusstsein. »Der Professor und seine Studenten sind schon weg?«

»Sie wollten den Neun-Uhr-Zug erreichen.«

»Was für einen Neun-Uhr-Zug?«

Der Kellner schaute Johnson gereizt an. »Ich habe viel zu tun«, sagte er, wandte sich ab und klapperte mit den Tellern.

Ihre Taschen und die Expeditionsausrüstung waren in einem großen Raum im Erdgeschoss des Hotels hinter dem Empfang verstaut worden. Der Page schloss die Tür auf: Der Raum war leer bis auf die Kisten mit Johnsons fotografischer Ausrüstung.

»Sie sind weg!«

»Fehlt etwas von Ihren Sachen?«, fragte der Page.

»Nein, von mir fehlt nichts. Aber alle meine Kollegen sind weg.«

»Mein Dienst hat eben erst angefangen«, sagte der Page entschuldigend. Er war ein Junge von siebzehn Jahren. »Vielleicht sollten Sie am Empfang nachfragen.«

»O ja, Mr. Johnson«, sagte der Mann am Empfang. »Professor Marsh hat angeordnet, Sie nicht zu wecken, wenn sie abreisen. Er sagte, Sie würden die Expedition hier in Cheyenne verlassen.«

»Er sagte *was*?«

»Dass Sie die Expedition verlassen würden.«

Johnson spürte Panik in sich aufsteigen. »Warum sollte er das sagen?«

»Das weiß ich wirklich nicht, Sir.«

»Was soll ich jetzt tun?«, fragte Johnson laut.

Anscheinend sah und hörte man ihm seine Verzweiflung an. Der Mann am Empfang bedachte ihn mit einem mitfühlenden Blick.

»Im Speisesaal wird noch eine halbe Stunde lang Frühstück serviert«, schlug er vor.

Er hatte keinen Appetit, aber er kehrte in den Speisesaal zurück und setzte sich an einen kleinen, etwas abseits stehenden Tisch. Der Kellner räumte noch immer das Geschirr von dem großen Tisch ab; Johnson sah ihm zu, stellte sich Marsh und seine Studenten vor, ihre aufgeregten Stimmen, wie sie alle durcheinanderredeten und begierig auf den Aufbruch warteten ... Warum hatten sie ihn zurückgelassen? Was für einen Grund könnte es dafür geben?

Der Page kam zu ihm. »Gehören Sie zu der Marsh-Expedition?«

»Ja.«

»Der Professor lässt anfragen, ob er sich zum Frühstück zu Ihnen setzen darf.«

Augenblicklich erkannte Johnson, dass das alles ein Versehen gewesen war, dass der Professor nicht verschwunden war, dass das Hotelpersonal ganz einfach etwas missverstanden hatte, dass alles wieder in Ordnung kommen würde.

Mit unglaublicher Erleichterung sagte er: »Natürlich kann er sich zu mir setzen.«

Einen Augenblick später sagte eine klare und ziemlich hohe Stimme: »Mr. Johnson?«

Johnson hob den Blick zu einem Mann, den er noch nie zuvor gesehen hatte – vor seinem Tisch stand ein drahtiger blonder Mann mit Schnurr- und Kinnbart. Er war groß, Mitte dreißig und mit steifem Kragen und Gehrock ziemlich formell gekleidet. Obwohl seine Kleidung teuer und gut geschnitten war, vermittelte er dennoch den Eindruck vitaler Gleichgültigkeit, ja sogar von Nachlässigkeit. Sein Blick war klar und lebendig. Er schien belustigt. »Darf ich mich zu Ihnen setzen?«

»Wer sind Sie?«

»Wissen Sie das denn nicht?«, fragte der Mann, noch belustigter als eben. Er streckte die Hand aus. »Ich bin Professor

Cope.« Johnson fielen sein fester und selbstbewusster Händedruck und die Tintenflecken an seinen Fingern auf.

Johnson starrte ihn an und sprang dann auf. Cope. Cope höchstpersönlich. Hier in Cheyenne! Cope drückte ihn auf seinen Stuhl zurück und bedeutete dem Kellner, Kaffee zu bringen. »Seien Sie nicht beunruhigt«, sagte er. »Ich bin nicht das Ungeheuer, als das ich beschrieben worden bin. Dieses spezielle Ungeheuer existiert nur in der kranken Fantasie von Mr. Marsh. Ein weiterer Irrtum, was seine Beschreibungen der Natur betrifft. Sie haben bestimmt bemerkt, dass der Mann so wahnsinnig und heimlichtuerisch ist, wie er fett ist; und er nimmt von jedem nur das Schlimmste an. Kaffee?«

Johnson nickte benommen; Cope goss ihm Kaffee ein.

»Wenn Sie noch nicht bestellt haben, empfehle ich Ihnen das Schweinehaschee. Ich selbst esse es täglich. Es ist einfache Kost, aber der Koch hat ein Gefühl dafür.«

Johnson murmelte, dass er das Haschee nehme. Der Kellner ging weg. Cope lächelte ihm zu.

Wie ein Ungeheuer sieht er wirklich nicht aus, dachte Johnson. Schnell, vital, vielleicht sogar nervös – aber kein Ungeheuer. Im Gegenteil, er hatte eine jugendliche, fast kindliche Begeisterung an sich, und doch verströmte er Entschlossenheit und Kompetenz. Er wirkte wie ein Mann, der sich durchsetzen konnte.

»Was für Pläne haben Sie jetzt?«, fragte Cope fröhlich und rührte einen Klecks schwarze Melasse in seinen Kaffee.

»Ich darf nicht mit Ihnen reden.«

»Jetzt, da der alte Intrigant Sie zurückgelassen hat, dürfte das kaum mehr gelten. Wie sehen Ihre Pläne aus?«

»Ich weiß es nicht. Ich habe keine Pläne.« Johnson schaute sich in dem fast leeren Speisesaal um. »Ich scheine von meiner Gruppe getrennt worden zu sein.«

»Getrennt? Er hat Sie im Stich gelassen.«

»Warum sollte er das tun?«, fragte Johnson.

»Er hielt Sie natürlich für einen Spion.«

»Aber ich bin kein Spion.«

Cope lächelte. »Ich weiß das, Mr. Johnson, und Sie wissen das. Jeder weiß das außer Mr. Marsh. Das ist nur eines von unzähligen Dingen, von denen er annimmt, sie zu wissen, es aber nicht tut.«

Johnson war verwirrt, und offensichtlich sah man das seinem Gesicht an.

»Welches Hirngespinst hat er Ihnen über mich erzählt?«, fragte Cope, noch immer fröhlich. »Frauenschläger? Dieb? Schürzenjäger? Axtmörder?« Die ganze Sache schien ihn sehr zu amüsieren.

»Er hat keine sehr hohe Meinung von Ihnen.«

Copes Tintenfinger wedelten durch die Luft, eine wegwerfende Geste.

»Marsh ist ein gottloser Mann, und er hat völlig den Boden unter den Füßen verloren. Sein Verstand ist aktiv, aber krank. Ich kenne ihn schon ziemlich lange. Wir waren sogar einmal Freunde. Wir beide haben während des Bürgerkrieges in Deutschland studiert. Und später haben wir in New Jersey gemeinsam Fossilien ausgegraben. Aber das ist schon lange her.«

Das Essen kam. Johnson spürte, dass er Hunger hatte.

»Das ist besser«, sagte Cope mit Blick auf das Essen. »Nun, soweit ich weiß, sind Sie Fotograf. Und ich könnte einen Fotografen brauchen. Ich bin unterwegs in den tiefen Westen, um mit einer Gruppe Studenten von der University of Pennsylvania nach Dinosaurierknochen zu graben.«

»Wie Professor Marsh«, sagte Johnson.

»Nicht ganz wie Professor Marsh. Wir reisen nicht mit speziellen Tarifen und Regierungsempfehlungen. Und meine

Studenten wurden nicht nach Reichtum und Verbindungen ausgewählt, sondern wegen ihres Interesses an der Wissenschaft. Wir unternehmen keine selbstherrliche Vergnügungsreise, sondern eine ernsthafte Expedition.« Cope hielt inne, weil er Johnsons aufrichtiges Interesse bemerkte. »Wir sind nur eine kleine Truppe, und es dürfte eine ziemliche Schinderei werden, aber wenn Sie wollen, sind Sie bei uns sehr willkommen.«

Und so fand sich William Johnson zur Mittagszeit mit seiner Ausrüstung neben sich auf dem Bahnsteig der Cheyenne Railway Station wieder, wo er auf den Zug wartete, der ihn zusammen mit Edward Drinker Copes Gruppe weiter in den Westen bringen sollte.

Copes Expedition

Ihm fiel sofort auf, dass Copes Truppe die militärische Präzision fehlte, die alle Unternehmungen von Marsh auszeichnete. Die Mitglieder von Copes Gruppe schlenderten einzeln und in Paaren in den Bahnhof: zuerst Cope und seine bezaubernde Frau Annie, die Johnson herzlich begrüßte und nichts Schlechtes über Marsh sagen wollte, obwohl ihr Mann sie dazu aufforderte.

Dann kam ein breitbrüstiger Mann von sechsundzwanzig Jahren namens Charles E. Sternberg, ein Fossilienjäger aus Kansas, der schon im Jahr zuvor für Cope gearbeitet hatte. Charlie Sternberg hinkte wegen eines Unfalls in der Kindheit; er konnte niemandem die Hand geben wegen eines »Furunkels«, einer Fistel auf der Handfläche; und er litt an gelegentlichen Malariaanfällen, aber er bewies praktische Kompetenz und einen trockenen Humor.

Der Nächste war ein weiterer junger Mann, J. C. Isaac (»Das steht einfach für J. C.«), der Angst vor Indianern hatte; sechs Wochen zuvor war er mit einer Gruppe Freunden von Indianern angegriffen worden. Seine Begleiter waren erschossen und skalpiert worden, nur Isaac hatte entkommen können; geblieben waren ihm eine tief gehende Angst und ein nervöses Zucken der Augen.

Es gab insgesamt drei Studenten: Leander »Toad« Davis,

ein aufgedunsener, asthmatischer Junge mit hervorquellenden Augen hinter einer dicken Brille, der tatsächlich ein wenig an eine Kröte erinnerte. Toad interessierte sich vor allem für die indianische Gesellschaft und schien viel darüber zu wissen. Und George Morton, ein blasser, stiller junger Mann aus Yale, der permanent zeichnete und verkündete, dass er Künstler werden wolle oder ein Pfarrer wie sein Vater – er sei sich noch nicht sicher. Morton war verschlossen, beinahe mürrisch, und Johnson mochte ihn nicht besonders. Schließlich Harold Chapman aus Pennsylvania, ein intelligenter, redseliger junger Mann mit einem ausgeprägten Interesse für Knochen. Gleich nachdem er Johnson vorgestellt worden war, ging er davon, um in einem Haufen ausgebleichter Bisonknochen neben dem Bahnsteig zu stöbern.

Johnsons Liebling in der Gruppe war die reizende Mrs. Cope, die alles andere war als eine irregeleitete Versehrte, wie Marsh sie beschrieben hatte. Sie würde sie nur bis Utah begleiten. Dann würden die sechs Männer – mit Johnson sieben – sich aufmachen ins Becken des Judith River im nördlichen Montana Territory, um nach Fossilien aus der Kreidezeit zu suchen.

»Montana«, sagte Johnson und dachte daran, was Sheridan gesagt hatte, nämlich dass man sich von Montana und Wyoming lieber fernhalten solle. »Sie wollen wirklich nach Montana?«

»Ja natürlich, das ist ungeheuer aufregend«, sagte Cope, und sein Gesicht und sein Verhalten strahlten Begeisterung aus. »Kein Mensch war mehr dort, seit Ferdinand Hayden das Gebiet 1855 entdeckte und große Mengen an Fossilien fand.«

»Was ist mit Hayden passiert?«

»Oh, der wurde von den Blackfeet vertrieben«, sagte Cope. »Er musste um sein Leben laufen.«

Und Cope lachte.

Westwärts mit Cope

Johnson erwachte in tintenschwarzer Dunkelheit, hörte nur das Rattern des Zuges. Er tastete nach seiner Taschenuhr, sie zeigte zehn Uhr. Im ersten Augenblick dachte er verwirrt, es sei zehn Uhr abends. Doch dann durchbrach ein gleißender Lichtstrahl die Dunkelheit, dann ein zweiter, und flackernde Lichtsplitter erhellten sein Schlafwagenabteil: Der Zug donnerte auf seinem Weg über die Rocky Mountains durch Lawinengalerien. Spät im Juni sah er Schneefelder, die das Sonnenlicht so gleißend reflektierten, dass es ihn in die Augen stach.

Zehn Uhr. Er zog sich hastig an, stürzte aus dem Abteil und fand Cope, der, ungeduldig mit seinen tintenfleckigen Fingern auf den Sims trommelnd, zum Fenster hinausstarrte. »Es tut mir leid, ich habe verschlafen, Professor, wenn mich nur jemand geweckt hätte, ich …«

»Warum?«, fragte Cope. »Ist doch völlig egal, wie lange Sie schlafen.«

»Na ja, ich meine, ich – es ist so spät …«

»Wir sind noch immer zwei Stunden von Salt Lake City entfernt«, sagte Cope. »Und Sie haben geschlafen, weil Sie müde waren, ein ausgezeichneter Grund fürs Schlafen.« Cope lächelte. »Oder haben Sie geglaubt, auch ich würde Sie zurücklassen?«

Johnson war verwirrt und sagte nichts. Cope lächelte weiter.

Und nach einer Weile beugte er sich über den Skizzenblock auf seinem Schoß, nahm seinen Stift zur Hand und zeichnete. Ohne aufzusehen, sagte er: »Ich glaube, Mrs. Cope hat eine Kanne heißen Kaffee bestellt.«

An diesem Abend schrieb Johnson in sein Tagebuch:

Cope verbrachte den Vormittag mit Zeichnen, was er mit Talent und hoher Geschwindigkeit tut. Von den anderen habe ich viel über ihn erfahren. Er war ein Wunderkind, das seinen ersten wissenschaftlichen Aufsatz mit sechs Jahren schrieb, und er hat inzwischen (ich glaube, er ist sechsunddreißig) einige Tausend Artikel verfasst. Es geht das Gerücht, vor seiner Ehe habe er eine Liebesaffäre gehabt, die in die Brüche gegangen sei, und dann sei er, vielleicht aus Verzweiflung, nach Europa gereist, wo er viele der großen Wissenschaftler unserer Zeit getroffen habe. In Berlin lernte er Marsh kennen, und sie korrespondierten und tauschten Manuskripte und Fotografien aus. Außerdem wird er als Experte für Schlangen, Reptilien und Amphibien im Allgemeinen und für Fische betrachtet. Sternberg und die Studenten (bis auf Morton) sind ihm treu ergeben. Er ist ein Quäker und friedliebend bis ins Mark. Er trägt falsche Zähne aus Holz, die erstaunlich lebensecht wirken; ich hätte es nicht bemerkt. In dieser und in fast jeder Hinsicht ist er ganz anders als Marsh. Wo Marsh schwerfällig ist, ist Cope brillant; wo Marsh durchtrieben ist, ist Cope aufrecht, wo Marsh heimlichtuerisch und verschlossen ist, ist Cope ungezwungen und offen. In allen Aspekten zeigt Cope mehr Menschlichkeit als sein Gegenspieler. Professor Marsh ist ein verzweifelter, getriebener Fanatiker, der sich selbst das Leben so elend macht wie das derjenigen, die er befehligt. Cope dagegen zeigt Ausgewogenheit und Zurückhaltung und ist im Umgang sehr angenehm.

Es sollte nicht lange dauern, bis Johnson seine Meinung über Cope änderte.

Der Zug verließ die Rocky Mountains und fuhr auf Great Salt Lake City im Utah Territory zu.

Vor dreißig Jahren gegründet, war Salt Lake City ein Dorf aus Holz- und Backsteinhäusern, sorgfältig in einem Gittermuster angelegt und beherrscht von der weißen Fassade des Mormon Tabernacle, eines Bauwerks, wie Johnson schrieb, »von so atemberaubender Hässlichkeit, dass nur wenige Gebäude in Amerika hoffen können, es zu übertreffen«. Das war die allgemeine Ansicht. Ungefähr zur selben Zeit nannte es der Journalist Charles Nordhoff »ein vortrefflich gestaltetes und sehr hässliches Gebäude« und schloss daraus, dass »Salt Lake City es nicht nötig hat, Vergnügungsreisende für mehr als einen Tag in der Stadt zu halten«.

Obwohl Washington dies als das Territory of Utah und deshalb als Teil der Vereinigten Staaten beanspruchte, war es als mormonische Theokratie gegründet worden, wie auch die Größe und die Bedeutung der religiösen Gebäude verdeutlichten. Copes Gruppe besuchte den Tempel, das Tithing House und das Lion House, in dem Brigham Young seine zahlreichen Frauen untergebracht hatte.

Cope hatte dann eine Audienz bei Präsident Young, zu der er seine Frau mitnahm, damit sie den alten Patriarchen kennenlernte. Johnson fragte, wie er so sei. »Ein liebenswürdiger Mann, sanft und berechnend. Vierzig Jahre lang wurden die Mormonen in jedem Staat der Union gejagt und verfolgt; jetzt machen sie ihren eigenen Staat und verfolgen im Gegenzug die Andersgläubigen.« Cope schüttelte den Kopf. »Man sollte meinen, dass Menschen, die Ungerechtigkeit erlebt haben, sie anderen eher ungern antun, und doch tun sie es mit großem

Eifer. Die Opfer werden mit abschreckender Selbstgerechtigkeit zu Tätern. Das ist das Wesen des Fanatismus, extremes Verhalten anzulocken und zu provozieren. Und deshalb sind Fanatiker alle gleich, welche Ausprägung ihr Fanatismus auch zeigt.«

»Wollen Sie damit sagen, dass Mormonen Fanatiker sind?«, fragte Morton, der Pfarrerssohn.

»Ich will damit sagen, dass ihre Religion einen Staat geschaffen hat, der der Ungerechtigkeit keinen Einhalt gebietet, sondern sie institutionalisiert. Sie fühlen sich denen, die andere Glaubensrichtungen einschlagen, überlegen. Sie glauben, dass nur sie den richtigen Weg kennen.«

»Ich verstehe nicht, wie Sie sagen können ...«, setzte Morton an, aber die anderen gingen dazwischen. Morton und Cope lagen sich bei religiösen Themen immer in den Haaren, und dieser Streit war inzwischen langweilig geworden.

»Warum haben Sie Brigham Young besucht?«, fragte Sternberg.

Cope zuckte die Achseln. »Im Augenblick sind in Utah keine fossilen Lagerstätten bekannt, aber es gibt Gerüchte über Knochen in den östlichen Regionen in der Nähe der Grenze zu Colorado. Ich kann nichts Schlechtes daran erkennen, Freundschaften für die Zukunft zu knüpfen.« Dann fügte er hinzu: »Marsh hat ihn letztes Jahr getroffen.«

Am folgenden Tag fuhr Mrs. Cope mit einem Zug der Union Pacific zurück in den Osten, während die Männer mit einer Schmalspurbahn in den Norden nach Franklin, Idaho, fuhren, »einer Stadt in der Alkali-Senke«, notierte Johnson, »für die nichts spricht, außer dass Eisenbahn- und Kutschenlinien es einem ermöglichen, sie so schnell wie möglich zu verlassen«.

In Franklin wurde Cope, als er eben Fahrkarten für die Postkutsche löste, unvermittelt vom Sheriff angesprochen, einem großen Mann mit kleinen Augen. »Sie sind verhaftet«, sagte er zu Cope und packte ihn am Arm, »und werden des Mordes beschuldigt.«

»Wen soll ich denn ermordet haben?«, fragte Cope erstaunt.

»Ihren Vater«, sagte der Sheriff. »Drüben im Osten.«

»Das ist lächerlich – mein Vater starb letztes Jahr an einem Herzanfall.« Obwohl ein Quäker, war Cope bekannt für seine Temperamentsausbrüche, und Johnson sah, dass er sein Möglichstes gab, um höflich zu bleiben. »Ich habe meinen Vater von ganzem Herzen geliebt – er war gütig und weise und unterstützte mich in meinem ungeregelten wissenschaftlichen Irrlichtern sehr«, sagte er voller Wut.

Dieser plötzliche Ausbruch von Beredsamkeit überraschte alle. Mit höflichem Abstand folgten die Männer Cope und dem Sheriff zum Gefängnis. Wie sich zeigte, war in Idaho Territory ein bundesstaatlicher Haftbefehl ausgegeben worden. Außerdem zeigte sich, dass der Bundes-Marshal in einem anderen Bezirk war und erst im September nach Franklin zurückkehren würde. Cope, sagte der Sheriff, müsse sich bis dahin im Gefängnis »sein Mütchen kühlen«.

Cope protestierte, dass er Professor Edward Drinker Cope sei, ein Paläontologe der Vereinigten Staaten. Der Sheriff zeigte ihm das Telegramm, in dem stand, dass »Professor E. D. Cope, Paläontologe« der Mann sei, der wegen Mordes gesucht werde.

»Ich weiß, wer dahintersteckt«, sagte Cope wütend. Er wurde rot im Gesicht.

»Nun, Professor …«, sagte Sternberg.

»Mir geht es gut«, sagte Cope steif. Er wandte sich an den Sheriff. »Ich schlage vor, ich übernehme die Telegrafenkosten, um zu beweisen, dass die Vorwürfe gegen mich nicht der Wahrheit entsprechen.«

Der Sheriff spuckte Tabak aus. »Das ist nur angemessen.

Wenn Sie Ihren Vater dazu bringen rückzutelegrafieren, werde ich mich entschuldigen.«

»Das kann ich nicht.«

»Warum nicht?«

»Ich habe Ihnen doch bereits gesagt, dass mein Vater tot ist.«

»Sie halten mich wohl für einen Trottel«, sagte der Sheriff und packte Cope am Kragen, um ihn in die Gefängniszelle zu werfen. Belohnt wurde er dafür mit einer Reihe blitzschneller Schläge von Cope, die ihn zu Boden warfen; Cope trat nun mehrmals auf den unglücklichen, im Staub liegenden Mann ein, während Sternberg und Isaac riefen: »Nicht doch, Professor!«, und: »Das ist genug, Professor!«, und: »Bedenken Sie sich, Professor!«

Schließlich schaffte Isaac es, Cope wegzuzerren; Sternberg half dem Sheriff auf die Füße und staubte ihn ab. »Es tut mir leid, aber der Professor hat ein hitziges Temperament.«

»Temperament? Dieser Mann ist eine Bedrohung.«

»Nun ja, wissen Sie, er weiß, dass Professor Marsh Ihnen das Telegramm geschickt hat, zusammen mit einer Bestechung, damit Sie ihn verhaften, und die Ungerechtigkeit Ihres Verhaltens macht ihn wütend.«

»Ich weiß nicht, wovon Sie sprechen«, stammelte der Sheriff.

»Sehen Sie«, sagte Sternberg, »fast überall, wohin Professor Cope kommt, macht Marsh ihm Schwierigkeiten. Ihre Rivalität besteht schon seit Jahren, und sie beide durchschauen die Absichten des jeweils anderen sofort.«

»Ich will, dass Sie alle aus der Stadt verschwinden«, rief der Sheriff. »Haben Sie mich verstanden, raus aus der Stadt!«

»Mit Vergnügen«, sagte Sternberg.

Sie fuhren mit der nächsten Kutsche ab.

Von Franklin aus lag eine Reise über sechshundert Meilen in Concord-Postkutschen bis nach Fort Benton im Montana Territory vor ihnen. Johnson, der bis dahin nichts Anstrengenderes als Eisenbahnfahrten erlebt hatte, freute sich auf die Romantik einer Kutschfahrt. Sternberg und die anderen wussten es besser.

Es war eine schreckliche Reise: zehn Meilen pro Stunde, Tag und Nacht, mit Aufenthalten nur für die Nahrungsaufnahme, die bei einem Dollar pro Mahlzeit unverschämt teuer und außerdem grässlich war. An jeder Poststation sprachen die Leute nur von Problemen mit den Indianern und dem Risiko, skalpiert zu werden, sodass Johnson, falls er überhaupt Lust auf den schimmeligen Speck aus Armeebeständen, die ranzige Butter und das wochenalte Brot der Poststation gehabt hätte, jeden Appetit verlor.

Die Landschaft war durchweg öde, der Staub scharf alkalisch; sie mussten die steilen Anstiege zu Fuß hochlaufen, ob tags oder nachts; in der ratternden, schwankenden Kutsche war an Schlaf nicht zu denken; und ihre Chemikalienvorräte leckten, sodass sie irgendwann »einem sanften Regen aus Salzsäure ausgesetzt waren, der rauchende Muster in die Hüte der Gentlemen ätzte und allen Beteiligten ausgeklügelte Flüche entlockte. Die Kutsche wurde angehalten, und der Kutscher bekam unsere restlichen Flüche ab; die anstößige Flasche wurde abgedichtet, und wir waren sofort wieder unterwegs.«

Neben der Gruppe war der einzige andere Passagier eine Mrs. Peterson, eine junge Frau, die Gattin eines in Helena, Montana Territory, stationierten Army Captains. Mrs. Peterson schien sich nicht sehr zu freuen auf die Wiedervereinigung mit ihrem Mann; sie weinte sogar häufig. Oft öffnete sie einen Brief, las ihn, wischte sich die Tränen aus den Augen und steckte ihn wieder weg. An der letzten Haltestelle vor Helena zündete sie den Brief an und warf ihn auf den Boden, wo er zu Asche verbrannte. Als die Kutsche dann Helena erreichte, wurde sie von vier Army Captains mit ernsten Mienen formell begrüßt. Sie führten sie weg; sie ging steif und aufrecht in ihrer Mitte.

Die anderen starrten ihr nach.

»Er ist sicher tot«, sagte Toad. »Darum geht's. Er ist tot.«

In der Poststation erfuhren sie, dass Captain Peterson von Indianern getötet worden war. Und es gab Gerüchte über eine schwere Niederlage der Kavallerie gegen die Indianer. Einige sagten, General Terry sei am Powder River gefallen; andere, dass General Crook am Ufer des Yellowstone dem Tod nur knapp entgangen sei und dass er durch die Pfeile, die man ihm aus der Seite gezogen habe, eine Blutvergiftung erlitten habe.

In Helena drängte man sie umzukehren, aber Cope dachte überhaupt nicht daran. »Leeres Geschwätz«, sagte er, »törichtes Geschwätz. Wir fahren weiter.« Und so stiegen sie für die lange Reise nach Fort Benton wieder in die Kutsche.

Am Ufer des Missouri River gelegen, war Fort Benton in den frühen Tagen des Montana Territory ein Zufluchtsort für Fallensteller, zu der Zeit, als John Jacob Astor im Kongress um die Verhinderung eines Gesetzes zum Schutz der Bisons warb, weil es seinen lukrativen Fellhandel behindern würde. Das nördliche Montana war auch der Herkunftsort anderer Felle, darunter Biber und Wolf. Aber inzwischen war der Pelzhandel im Niedergang begriffen, und die am schnellsten wachsenden Städte lagen weiter im Süden, in den Bergbauregionen um Butte und Helena, wo es Gold und Kupfer gab. Fort Benton hatte schon bessere Tage erlebt, und man sah es ihm an.

Als ihre Postkutsche am 4. Juli 1876 ankam, stellten sie fest, dass die Tore der Armeepalisade geschlossen waren und eine allgemeine Anspannung in der Luft lag. Die Soldaten waren mürrisch und betrübt. Die amerikanische Fahne flatterte auf halbmast, Cope ging zum Kommandierenden Offizier Captain Charles Ransom.

»Was ist los?«, fragte Cope. »Warum ist die Fahne gesenkt?«

»Die Siebte Kavallerie, Sir.«

»Was ist mit ihr?«

»Die gesamte Siebte Kavallerie unter General Custer wurde letzte Woche am Little Bighorn massakriert. Mehr als dreihundert Soldaten tot. Und keine Überlebenden.«

Fort Benton

General Armstrong Custer blieb im Tod so umstritten, wie er es im Leben gewesen war. Ol'Curly hatte schon immer im Mittelpunkt starker Emotionen gestanden. Er hatte West Point als Schlechtester seines Jahrgangs abgeschlossen, hatte in seinem letzten halben Jahr siebenundneunzig Tadel erhalten, noch drei mehr, und man hätte ihn entlassen. Schon als Kadett hatte er sich Feinde gemacht, die ihn sein ganzes Leben lang verfolgen sollten.

Aber der aufsässige Kadett erwies sich als brillanter militärischer Führer, der Wunderknabe des Appomattox. Gut aussehend, schneidig und verwegen, erwarb er sich einen Ruf als großer Bekämpfer der Indianer, aber dieser Ruf war auch sehr umstritten. Als leidenschaftlicher Jäger reiste er mit seinen Windhunden, wohin er auch ging, und es hieß, dass er seine Hunde besser behandle als seine Männer. 1867 befahl er seinen Leuten, Deserteure aus seiner Kompanie zu erschießen. Fünf Männer wurden verwundet, und er verweigerte ihnen medizinische Hilfe. Einer starb daraufhin.

Das war sogar für die Armee zu viel. 1867 wurde er verhaftet, vor ein Kriegsgericht gestellt und für ein Jahr suspendiert. Aber er war der Liebling der Generäle, und auf Phil Sheridans Anforderung hin war er zehn Monate später wieder zurück und kämpfte gegen die Indianer, diesmal am Washita im Oklahoma Territory.

Custer führte die Siebte Kavallerie gegen Black Kettle. Seine Befehle waren eindeutig: so viele Indianer wie möglich zu töten. General Sheridan selbst hatte gesagt: »Je mehr wir in diesem Jahr töten können, desto weniger werden im nächsten Jahr getötet werden müssen, denn je mehr ich von diesen Indianern sehe, desto überzeugter bin ich, dass sie alle entweder getötet oder als eine Gattung von Armen ausgehalten werden müssen.«

Es war ein besonders heimtückischer Krieg. Die Indianer hatten weiße Frauen und Kinder als Geiseln genommen, die sie den Siedlern gegen Lösegeld zurückgaben; wurde ein indianisches Dorf von Soldaten angegriffen, wurden diese Geiseln kurzerhand hingerichtet. Diese Umstände entschuldigten das verwegene Draufgängertum, das Custers Markenzeichen war.

Indem er seine Truppen zu Gewaltmärschen zwang, bei denen er ihnen Essen und Ruhepausen vorenthielt, stellte er Black Kettle, tötete ihn und zerstörte sein Dorf. Erst dann erkannte er, dass die Indianer aus umliegenden Dörfern sich für einen massiven Gegenangriff sammelten und er sich übernommen und seine Truppen in Gefahr gebracht hatte. Er schaffte den Rückzug gerade noch, ließ aber eine Gruppe von fünfzig Männern zurück, weil er sie für bereits tot hielt.

Später wurde diese gesamte Schlacht skandalisiert. Die Ostküstenpresse kritisierte Custer für seine brutale Behandlung von Black Kettles Stamm, man behauptete, Black Kettle sei kein böser Indianer gewesen, sondern ein Sündenbock, an dem militärischer Frust ausgelassen wurde; das stimmte mit ziemlicher Sicherheit nicht. Die Armee kritisierte Custer wegen seines überhasteten Angriffs und seiner ähnlich überhasteten Aufgabe der abgeschnittenen Kompanie; Custer war nicht in der Lage, eine befriedigende Erklärung für sein Verhalten in der Krise zu liefern, aber er war der durchaus berechtigten Überzeugung, er habe nur getan, was die Armee von ihm erwartet habe, nämlich die Indianer mit seiner gewohnten Verwegenheit zur Strecke zu bringen.

Sein persönlicher Stil – lange, lockige Haare, seine Windhunde, seine Wildlederkleidung und seine arrogante Art – blieb berüchtigt, wie auch die Artikel, die er für die Ostküstenpresse schrieb. Custer empfand eine merkwürdige Nähe zu seinem Feind und schrieb oft bewundernd über die Indianer; das war zweifellos die Ursache für das sich hartnäckig haltende Gerücht, er habe nach der Schlacht von Washita ein Kind mit einem wunderschönen indianischen Mädchen gezeugt.

Doch die Kontroverse ging noch weiter. 1874 war es Custer, der eine Gruppe in die heiligen Black Mountains führte, dort Gold entdeckte und so den Sioux-Krieg auslöste; im Frühjahr 1876 war er nach Washington gegangen, um gegen den Kriegsminister Belknap auszusagen, dem man Bestechlichkeit vorwarf, weil er von so ziemlich jedem Armeeposten im Land Provisionen für Nachschublieferungen angenommen hatte. Seine Aussage trug dazu bei, das Amtsenthebungsverfahren gegen Belknap in Gang zu bringen, machte ihn aber nicht gerade zum Freund der Grant-Regierung, die ihm befahl, in Washington zu bleiben, und, als er die Stadt im März ohne Erlaubnis verließ, seine Verhaftung anordnete.

Jetzt, da er tot war, wurde die Niederlage bereits die schockierendste und demütigendste in der amerikanischen Geschichte genannt.

»Wer war es?«, fragte Cope.

»Sitting Bull«, sagte Ransom. »Custer griff Sitting Bulls Lager an, ohne es vorher ausgekundschaftet zu haben. Custer hatte dreihundert Männer.« Captain Ransom schüttelte den Kopf. »Allerdings wäre Custer früher oder später sowieso getötet worden; er war eitel und streng mit seinen Männern; ich bin überrascht, dass ihm auf dem Weg in die Schlacht nicht

›aus Versehen‹ in den Rücken geschossen wurde, wie es Leuten seines Schlages oft passiert. Ich war in Washita bei ihm, als er ein Dorf angriff, sich dann aber nicht mehr zurückziehen konnte; damals retteten ihn Glück und List, aber das Glück hält nicht ewig. Er war mit ziemlicher Sicherheit selbst schuld. Und die Sioux hassten ihn, wollten ihn töten. Aber jetzt wird es ein blutiger Krieg werden. Das ganze Land ist inzwischen heiß gelaufen.«

»Hm«, sagte Cope. »Wir wollen im Ödland am Judith River nach Fossilien suchen.«

Ransom schaute ihn erstaunt an. »Würde ich nicht tun«, sagte er.

»Gibt es Probleme im Judith-Becken?«

»Nicht speziell dort, nein, Sir. Nicht, soweit wir wissen.«

»Na also!«

»Sir, fast alle Indianerstämme sind auf dem Kriegspfad. Sitting Bull hat dreitausend Krieger irgendwo im Süden – niemand weiß, wo genau –, aber wir gehen davon aus, dass er vor dem Winter in Kanada Zuflucht suchen wird, und das heißt, dass sie das Judith-Becken durchqueren werden.«

»Das ist doch gut«, sagte Cope. »Dann sind wir im Sommer für ein paar Wochen sicher, aus den Gründen, die Sie eben genannt haben. Sitting Bull ist nicht dort.«

»Sir«, sagte Ransom, »am Judith River liegen die gemeinsamen Jagdgründe der Sioux und der Crow. Die Crow sind zwar für gewöhnlich friedlich, aber inzwischen töten sie Weiße, sobald sie sie sehen, weil sie den Sioux die Schuld in die Schuhe schieben können.«

»Das ist unwahrscheinlich«, sagte Cope. »Wir gehen.«

»Ich habe keine Befehle, Sie davon abzuhalten«, sagte Ransom. »Ich bin mir sicher, dass niemand in Washington auf den Gedanken kommen würde, irgendjemand könnte dorthin gehen. Dorthin zu gehen ist Selbstmord, Sir. Ich persönlich würde mich mit weniger als fünfhundert gut ausgebildeten Berittenen nicht dorthin wagen.«

»Ich weiß Ihre Sorge sehr zu schätzen«, sagte Cope. »Sie haben Ihre Pflicht getan, indem Sie mich informiert haben. Aber ich habe Philadelphia mit der Absicht verlassen, ins Judith-Becken zu gehen, und ich werde hundert Meilen vor meinem Ziel nicht umkehren. Allerdings, könnten Sie mir einen Führer empfehlen?«

»Natürlich, Sir.«

Im Verlauf der nächsten vierundzwanzig Stunden jedoch standen die Führer auf einmal nicht mehr zur Verfügung, wie auch Pferde, Proviant und alles andere, was Cope in Fort Benton zu erhalten gehofft hatte. Er blieb unverdrossen. Er bot ganz einfach mehr Geld, und dann noch einmal mehr, bis alles plötzlich doch wieder zur Verfügung stand.

Hier machte seine Truppe nun zum ersten Mal Bekanntschaft mit dem berühmten eisernen Willen des Professor Cope. Nichts konnte ihn aufhalten. Man verlangte hundertachtzig Dollar, eine unerhörte Summe, für ein heruntergekommenes Fuhrwerk; er bezahlte sie. Man verlangte noch mehr für seine vier Deichselpferde und seine vier Reitponys, »die schäbigsten Ponys, die je gemeinsam auf einer Koppel standen«, so Sternbergs Einschätzung. Man wollte ihm keine Nahrungsmittel verkaufen außer Bohnen und Reis und billigem Red Dog Whiskey; er kaufte, was er bekam. Insgesamt bezahlte Cope neunhundert Dollar für seine zusammengewürfelte Ausrüstung, doch er beklagte sich nie. Er behielt sein Ziel fest im Blick – die Fossilien im Judith-Becken.

Schließlich, am 6. Juli, rief Ransom ihn ins Armeelager. Es herrschte hektische Betriebsamkeit und Aufbruchsstimmung. Ransom sagte Cope, er habe eben den Befehl vom Kriegsministerium in Washington erhalten, »dass keine Zivilisten die umstrittenen Indianergebiete in den Territorien Montana, Wyoming oder Dakota betreten dürfen«.

»Es tut mir leid, dass ich Ihre Pläne vereiteln muss, Sir«, sagte Ransom höflich und legte das Telegramm beiseite.

»Sie müssen natürlich Ihre Pflicht tun«, sagte Cope ähnlich höflich.

Cope ging zu seiner Gruppe zurück. Sie hatten die Nachricht bereits gehört.

»Ich schätze, wir müssen umkehren«, sagte Sternberg.

»Noch nicht«, sagte Cope fröhlich. »Wissen Sie, mir gefällt es in Fort Benton. Ich glaube, wir sollten noch ein paar Tage bleiben.«

»Es gefällt Ihnen in Fort Benton?«

»Ja. Es ist freundlich und angenehm. Und voller Aufbruchsstimmung.« Und Cope lächelte.

Am 8. Juli brach die Kavallerie aus Fort Benton auf, um gegen die Sioux zu kämpfen; zu den Klängen von *The Girl I Left Behind* zog die Kolonne aus dem Fort. Später an diesem Tag machte sich eine ganz andere Gruppe klammheimlich aus dem Staub. Sie waren, schrieb Johnson, »eine wirklich sehr zusammengewürfelte Truppe«.

An der Spitze ritt Edward Drinker Cope, amerikanischer Paläontologe und Millionär. Zu seiner Linken ritt Charlie Sternberg, der sich hin und wieder bückte, um sein steifes Bein zu massieren.

Zu Copes Rechten ritt Little Wind, Scout und Führer vom Stamm der Shoshonen. Little Wind ritt stolz erhobenen Hauptes, und er hatte Cope versichert, dass er das Gebiet um den Judith River so gut kenne wie das Gesicht seines eigenen Vaters.

Hinter diesen dreien kamen J.C. Isaac, der Little Wind scharf im Auge behielt; bei ihm waren die Studenten Leander Davis, Harold Chapman, George Morton und William Johnson.

Die Nachhut bildete das Fuhrwerk, das von den vier störrischen Pferden gezogen und von dem Fuhrmann und Koch »Sergeant« Russel T. Hill gelenkt wurde. Er war ein fetter, wettergegerbter Mann, dessen Leibesumfang Cope davon überzeugt hatte, dass er kochen konnte. Fuhrmann Hill zeichnete sich nicht nur durch seine Leibesfülle und seine, in seinem Gewerbe übliche, Neigung zum Fluchen aus, sondern auch durch seine Spitznamen, die zahllos zu sein schienen. Man nannte ihn »Cookie«, »Chippie, »Squinty« und »Stinky«. Hill war ein Mann weniger Worte, und diese wenigen wiederholte er oftmals.

Als zum Beispiel die Studenten ihn fragten, warum man ihn Cookie oder Stinky oder bei einem anderen seiner Spitznamen rufe, erwiderte er unweigerlich: »Ich schätze, das werdet ihr ziemlich bald merken.«

Und wenn er ein Hindernis vor sich hatte, wie unbedeutend es auch sein mochte, sagte Hill immer: »Geht nicht, geht nicht.«

Schließlich lief noch Bessie angebunden neben dem Wagen her, das Muli, das Johnsons fotografische Ausrüstung trug. Für Bessie war Johnson verantwortlich, und je länger die Expedition dauerte, desto inniger hasste er das Tier.

Eine Stunde nach ihrem Aufbruch hatten sie Fort Benton hinter sich gelassen, und sie waren alleine in der einsamen Weite der Great Plains …

2. Teil

Die vergessene Welt

Nachts auf den Plains

In der ersten Nacht schlugen sie in einem Ort namens Clagett, am Ufer des Judith River, ihr Lager auf. Dort stand ein Handelsposten, umgeben von einer Palisade, der allerdings vor Kurzem aufgegeben worden war.

Hill kochte seine erste Mahlzeit, die die anderen schwer, aber annehmbar fanden. Er benutzte getrocknete Bisonfladen als Brennmaterial, was zwei seiner Spitznamen erklärte: Stinky und Chippie, denn in der Prärie nannte man die Fladen Chips. Nach dem Essen hängte Hill ihre Vorräte in einen Baum.

»Wozu machen Sie das?«, fragte Johnson.

»Um das Essen außer Reichweite von plündernden Grizzlys zu halten«, sagte Hill. »Aber jetzt leg dich schlafen.«

Hill stampfte mit den Füßen auf den Boden, bevor er sein Bettzeug ausrollte.

»Wozu machen Sie das?«, fragte Johnson.

»Um die Schlangenlöcher zu verstopfen«, sagte Hill, »damit die Klapperschlangen nicht nachts zu mir unter die Decke kriechen.«

»Sie nehmen mich auf den Arm«, sagte Johnson.

»Tue ich nicht«, warnte ihn Hill. »Da kannst du jeden fragen. Nachts wird's kalt, und sie haben's gern warm, also kriechen sie zu dir rein, rollen sich zusammen und kuscheln sich an dein bestes Stück.«

Johnson ging zu Sternberg, der ebenfalls sein Bettzeug ausrollte. »Stampfen Sie nicht vorher auf den Boden?«

»Nein«, sagte Sternberg. »Die Stelle hier ist nicht uneben, sieht recht bequem aus.«

»Was ist mit den Klapperschlangen, die mit unter die Decke kriechen?«

»Das kommt kaum mal vor«, sagte Sternberg.

»Kaum mal?« Johnson hob alarmiert die Stimme.

»Ich würde mir darüber nicht den Kopf zerbrechen«, sagte Sternberg. »In der Früh wacht man einfach auf und sieht vorsichtig nach, ob man Besucher hat. Wenn's Morgen wird, machen sich die Schlangen aus dem Staub.«

Johnson erschauderte.

Den ganzen Tag über hatten sie keine Spur menschlichen Lebens gesehen, Isaac war dennoch überzeugt, dass ihnen von Indianern Gefahr drohte. »Bei Mister Indianer ist es so«, sagte er, »wenn man sich am sichersten fühlt, ist man es am allerwenigsten.« Isaac bestand darauf, dass sie die ganze Nacht hindurch Wachen aufstellten; die anderen taten ihm widerwillig den Gefallen. Isaac selbst würde kurz vor der Morgendämmerung die letzte Wache übernehmen.

Es war Johnsons erste Nacht unter der riesigen Himmelskuppel der Prärie; er konnte keinen Schlaf finden. Schon der Gedanke an eine Klapperschlange oder einen Grizzly hielt ihn wach, aber daneben gab es noch so viele andere Geräusche – das Flüstern des Windes im Gras, das Schreien der Eulen in der Dunkelheit, das entfernte Heulen von Kojoten. Er starrte hoch zu den Abertausenden von Sternen im wolkenlosen Himmel und lauschte.

Er war wach, als die Wachen wechselten, und sah um vier Uhr morgens, dass Isaac Sternberg bei der Wache ablöste. Doch schließlich übermannte ihn die Müdigkeit, und er schlief tief, bis eine Reihe von Explosionen ihn weckte. Isaac schrie: »Halt! Halt, ich sage halt!«, während er mit seinem Revolver um sich schoss.

Alle sprangen auf. Isaac deutete über die Prärie nach Osten. »Da draußen ist was! Sehen Sie es, da draußen ist was!«

Sie starrten in die Richtung, sahen aber nichts.

»Ich sag's Ihnen, da ist ein Mann, ein einzelner Mann!«

»Wo?«

»Dort! Da draußen!«

Sie schauten bis zum Horizont der Ebene, sahen aber absolut gar nichts.

Cookie ließ einen Schwall Verwünschungen vom Stapel. »Er hat Schiss vor den Indianern, und verrückt ist er auch – solange wir hier draußen sind, wird er hinter jedem Busch eine Rothaut sehen. Wir werden keine Stunde Schlaf bekommen.«

Cope sagte leise, dass er die Wache übernehmen werde, und schickte die anderen wieder ins Bett.

Es würde noch viele Wochen dauern, bis sie erkannten, dass Isaac recht gehabt hatte.

Nicht nur Stinkys Kochkünste und Isaacs Eignung als Wache, sondern auch Little Winds Fähigkeiten als Pfadfinder ließen zu wünschen übrig. Der tapfere Shoshone führte sie so in die Irre, dass sie fast den ganzen folgenden Tag verloren.

Zwei Stunden nach ihrem Aufbruch stießen sie auf frischen Pferdedung im Präriegras.

»Indianer«, keuchte Isaac.

Hill schnaubte verächtlich. »Wissen Sie, was das ist?«, fragte er. »Das ist Mist von unseren eigenen Pferden, nichts anderes.«

»Das ist unmöglich.«

»Glauben Sie? Sehen Sie die Wagenspuren da drüben?« Er

deutete auf schwache Spuren, wo das Präriegras niedergedrückt worden war. »Wenn ich die Räder dieses Fuhrwerks in die Spur stelle, passen sie perfekt, wollen wir wetten?«

Cope ritt neben Little Wind. »Haben wir uns verirrt?«

»Nein«, sagte Little Wind.

»Na ja, was erwartest du denn, dass er sagt?«, grummelte Hill. »Hast du je einen Indianer zugeben hören, dass er sich verirrt hat?«

»Ich habe noch nie gehört, dass ein Indianer sich verirrt hat«, sagte Sternberg.

»Na ja, hier haben wir einen, den wir für viel Geld bekommen haben«, sagte Hill. »Lass dir das gesagt sein, der war noch nie in diesem Teil des Landes, egal, was er sagt. Und er hat sich verirrt, egal, was er sagt.«

Johnson erfüllte diese Unterhaltung mit einer merkwürdigen Furcht. Den ganzen Tag lang waren sie unter der großen Kuppel des Himmels geritten, über einheitlich plattes Land, eine riesige Ausdehnung ohne irgendeinen Orientierungspunkt, bis auf vereinzelte Bäume oder eine Pappelreihe, die einen Bach markierte. Die Prärie war wirklich ein »Meer aus Gras«, und ebenso wie das Meer war sie unermesslich weit, weglos und ohne Orientierungspunkte. Allmählich verstand er, warum jeder im Westen so vertraut über gewisse Orientierungspunkte sprach – Pompey's Pillar, Twin Peaks, Yellow Cliffs. Diese wenigen wiedererkennbaren Merkmale waren Inseln im weiten Ozean der Prärie, und das Wissen um ihre Lage war überlebenswichtig.

Johnson ritt neben Toad. »Ob wir uns womöglich verirrt haben?«

Toad schüttelte den Kopf. »Die Indianer sind hier geboren. Sie können das Land auf eine Art lesen, die wir uns kaum vorstellen können. Wir haben uns nicht verirrt.«

»Na ja, wir reiten südwärts«, grummelte Hill und schaute zur Sonne hoch. »Warum reiten wir in den Süden, wo doch jeder weiß, dass das Judith-Becken im Osten liegt? Kann mir das jemand sagen?«

Die nächsten zwei Stunden waren angespannt, bis sie schließlich auf eine alte Wagenspur stießen, die nach Osten verlief. Little Wind deutete darauf. »Das Straße für Wagen zum Judith.«

»Das war wohl das Problem«, sagte Toad. »Er ist es nicht gewohnt, mit einem Fuhrwerk zu reisen, und er musste die Spur finden, die unser Wagen nutzen kann.«

»Das Problem ist«, sagte Hill, »dass er das Land nicht kennt.«

»Er kennt dieses Land«, sagte Sternberg. »Hier – wo wir jetzt gerade sind – liegen die Jagdgründe der Indianer.«

In ernüchtertem Schweigen ritten sie weiter.

Vorfälle auf den Plains

Mitten am heißen, stillen Nachmittag ritt Johnson neben Cope und redete sehr friedlich mit ihm, als ihm plötzlich der Hut vom Kopf flog, obwohl sich kein Lüftchen rührte.

Einen Augenblick später hörten sie das Knallen eines Gewehrs. Dann noch eins und noch eins.

Jemand schoss auf sie.

»Runter!«, rief Cope. »Runter!«

Sie stiegen ab und gingen unter dem Wagen in Deckung. In der Ferne sahen sie eine braune, wirbelnde Staubwolke.

»O Gott«, flüsterte Isaac. »Indianer.«

Die entfernte Wolke schwoll an und löste sich in die Silhouetten zahlreicher Reiter auf. Noch mehr Kugeln pfiffen durch die Luft, die Plane des Wagens wurde aufgerissen; Kugeln prallten von Töpfen und Pfannen ab. Muli Bessie schrie aufgeschreckt.

»Wir sind erledigt«, stöhnte Morton.

»Gleich hören wir die Pfeile schwirren«, sagte Isaac, »und wenn sie dann näher kommen, ziehen sie die Tomahawks …«

»Mund halten«, sagte Cope. Er hatte den Blick nie von der Wolke genommen. »Das sind keine Indianer.«

»Anscheinend sind Sie noch ein größerer Trottel, als ich gedacht habe! Wer sollte es denn sonst –«

Isaac verstummte. Die Wolke war jetzt so nah, dass man die

Reiter als individuelle Gestalten wahrnehmen konnte. Blau berockte Gestalten.

»Könnten trotzdem Rothäute sein«, sagte Isaac. »Die Custers Uniformen tragen. Für einen Überraschungsangriff.«

»Wenn's so wäre, wo wäre dann die Überraschung?«

Little Wind kniff die Augen zusammen und spähte zum Horizont. »Keine Indianer«, verkündete er schließlich. »Sattelponys.«

»Verdammt«, rief Cookie. »Die Armee! Meine Jungs in Blau!« Er sprang schreiend auf und winkte. Eine Salve Blei schickte ihn wieder unter den Wagen.

Die Kavalleristen ritten um den Wagen herum, johlten wie die Indianer und schossen mit ihren Pistolen in die Luft. Schließlich zügelten sie ihre Tiere, und ein junger Captain ritt auf seinem schnaubenden Pferd heran.

»Raus da, ihr Mistkerle. Raus! Bei Gott. Ich hätte gute Lust, euch gleich hier abzuknallen, jeden Einzelnen von euch.«

Cope kroch heraus, das Gesicht rot vor Wut. Er hatte die Fäuste an den Seiten geballt. »Ich verlange zu erfahren, was der Grund für diese Ungeheuerlichkeit ist.«

»Den kennst du verdammt gut, du Schuft«, sagte der Captain und schoss zweimal auf Cope, doch sein Pferd bäumte sich auf, und er verfehlte sein Ziel.

»Moment, Cäptn«, sagte einer der Soldaten. Inzwischen waren alle unter dem Wagen hervorgekrochen und standen nebeneinander vor den Rädern. »Die sehen nicht aus wie Waffenschmuggler.«

»Hol mich der Teufel, wenn das keine sind«, sagte der Captain. Jetzt konnten sie sehen, dass er betrunken war; er lallte und schwankte unsicher im Sattel. »Kein Mensch außer einem Waffenschmuggler wäre zurzeit hier draußen. Die Rothäute mit Waffen zu versorgen, wo gerade letzte Woche sechshundert unserer Kameraden den Wilden zum Opfer gefallen sind. Abschaum wie ihr macht das alles …«

Cope richtete sich auf. »Das hier ist eine wissenschaftliche Expedition«, sagte er, »unternommen mit dem Wissen und der Genehmigung von Captain Ransom in Fort Benton.«

»Blödsinn«, sagte der Captain und schoss noch einmal in die Luft, um seiner Meinung Nachdruck zu verleihen.

»Ich bin Professor Cope aus Philadelphia, und ich bin ein Paläontologe der Vereinigten Staaten und …«

»Leck mich an meinem kattunbedeckten Arsch«, sagte der Captain.

Cope verlor die Beherrschung und machte einen Satz nach vorne, doch Sternberg und Isaac sprangen herbei, um dazwischenzugehen. »Nicht, Professor, beherrschen Sie sich, Professor!«, rief Sternberg, während Cope sich wehrte und schrie: »Ich will ihn, ich will ihn!«

In der nun folgenden Verwirrung schoss der Captain noch dreimal und drehte sich auf seinem Pferd zu seinen Leuten um. »Steckt sie an, Jungs! Steckt sie an!«

»Aber Cäptn …«

»Ich sagte, steckt sie an« – noch mehr Schüsse –, »und ich meine, steckt sie an!«

Es wurde weitergeschossen, und Toad stürzte schreiend zu Boden. »Ich bin getroffen, ich bin getroffen!« Sie eilten zu ihm, seine Hand blutete heftig. Einer der Soldaten kam mit einer Fackel herangeritten. Das trockene Segeltuch des Wagens brannte sofort lichterloh.

Alle drehten sich zum Wagen, um das heftig lodernde Feuer zu löschen. Die Kavallerie ritt um sie herum, der Captain rief: »Erteilt ihnen eine Lektion, Jungs. Eine verdammte Lektion!«

Und dann wendeten sie, noch immer schießend, ihre Pferde und ritten davon.

Cope vermerkte in seinem Tagebuch lakonisch:

> *Haben heute erste offene Feindseligkeit durch unsere eigene Kavallerie erlebt. Feuer wurde mit nur geringem Schaden gelöscht, auch wenn wir jetzt keine schützende Abdeckung für Wagen haben und zwei unserer Zelte verbrannt sind. Ein Pferd erschossen. Ein Student erlitt Fleischwunde an der Hand. Keine ernsthaften Verletzungen, Gott sei Dank.*

In dieser Nacht regnete es. Die heftigen Gewitter und Platzregen dauerten auch den nächsten Tag und die gesamte folgende Nacht über an. Zitternd vor Kälte und Furcht, drängten sie sich unter dem Wagen zusammen und versuchten zu schlafen, während immer wieder gleißende Blitze ihre abgespannten Gesichter erhellten.

Am nächsten Tag regnete es wieder, und aus dem Pfad wurde Schlamm, in dem sich der Wagen immer wieder festfuhr. Triefend und sich abrackernd, kamen sie so nur zwei Meilen voran. Doch am späten Nachmittag brach die Sonne durch die Wolken, und die Luft wurde wärmer. Sie fühlten sich besser, vor allem als sie, auf der Kuppe einer sanften Anhöhe, einen der wunderbarsten Anblicke des Westens vor sich hatten.

Eine Herde Bisons erstreckte sich über die Prärie, so weit das Auge reichte; zottelige Kolosse, die über das grüngelbe Gras der Plains trotteten. Die Tiere wirkten friedlich, nur gelegentlich hörte man ein Schnauben oder Brüllen.

Cope schätzte, dass sich etwa zwei Millionen Tiere in der Herde befanden, vielleicht sogar mehr. »Es ist ein großes Glück, das noch zu sehen«, sagte er. »In ein oder zwei Jahren werden solche Herden nur noch eine Erinnerung sein.«

Isaac war nervös. »Wo Bisons sind, sind auch Indianer«,

sagte er und bestand darauf, dass sie an diesem Abend ihr Lager auf einer Anhöhe aufschlugen.

Johnson war fasziniert davon, wie gleichgültig die Tiere auf das Auftauchen von Menschen reagierten. Auch als Sternberg loszog und fürs Abendessen eine Antilope schoss, reagierte die Herde kaum. Aber Johnson erinnerte sich später daran, dass Cookie Cope gefragt hatte: »Soll ich die Pferde heute ausspannen?«, und Cope zum Himmel geschaut und nachdenklich geantwortet hatte: »Heute besser nicht.«

Unterdessen war die Antilope geschlachtet worden, und sie sahen, dass das Fleisch von Maden und Parasiten wimmelte. Cookie meinte, dass er schon Schlimmeres gegessen habe, aber sie entschieden sich stattdessen für eine Mahlzeit aus Bohnen und Dauerbrot. Johnson bemerkte: »Mir hängen die Bohnen schon jetzt zum Hals raus.«

Doch ganz so schlimm war es nicht. Sie saßen zum Essen auf einer Felsnase neben dem Lager und sahen zu, wie sich die Büffel vor der untergehenden Sonne rot färbten. Und später dann, im Mondlicht, boten die zottigen Gestalten, aus deren Mitte gelegentlich ein fernes Schnauben zu hören war, »einen Anblick von großer Erhabenheit, der sich friedlich vor uns ausbreitete. Derart waren meine Gedanken, als ich mich für den dringend benötigten Schlaf auf mein Lager legte.«

Gegen Mitternacht zerriss ein Blitz den Himmel, und es fing wieder an zu regnen.

Murrend und fluchend schleppten die Studenten ihr Bettzeug unter den Wagen. Doch der Regen hörte fast augenblicklich wieder auf.

Sie drehten sich auf dem harten Boden hin und her und versuchten, wieder einzuschlafen. »Verdammt«, sagte Morton und rümpfte die Nase. »Was ist das für ein Gestank?«

»Sie liegen in Pferdescheiße«, sagte Toad.

»O Gott, das stimmt.«

Sie lachten über Mortons Missgeschick, in den Ohren noch das ständige Grollen von Donner. Plötzlich kam Cope um den Wagen herumgerannt und trat unsanft nach ihnen. »Hoch! Hoch! Seid ihr verrückt? Aufstehen.«

Johnson hob den Kopf und sah Isaac und Sternberg hastig die Lagerausrüstung in den Wagen werfen; der Wagen bewegte sich bereits über ihren Köpfen, während sie darunter hervorkrochen. Cookie und Little Wind schrien einander an.

Johnson rannte zu Cope. Seine Haare waren strähnig vom Regen; sein Blick zuckte wild. Am Himmel rasten Sturmwolken über den Mond.

»Was ist los?«, schrie Johnson durch das Grollen. »Warum brechen wir auf?«

Cope schob ihn weg. »Hinter die Felsen! Geht hinter den Felsen in Deckung!« Isaac hatte den Wagen bereits dicht an den Felsauswuchs geschafft, und Cookie kämpfte mit den Pferden, die erregt schnaubten und sich aufbäumten. Die Studenten starrten einander nur verständnislos an.

Und dann erkannte Johnson, dass das Grollen, das sie hörten, kein Donner war. Es waren die Bisons.

Aufgeschreckt vom Blitz, rasten die Bisons in einem nassen, dichten Fluss aus Fleisch zu beiden Seiten der Felsen an den Männern vorbei. Sie wurden alle mit Unmengen von Schlamm bespritzt; für Johnson war es ein merkwürdiges Gefühl, »dass der Schlamm unsere Kleidung, unsere Haare, unsere Gesichter bedeckte und wir schwerer wurden, während wir uns in Schlammmenschen verwandelten, bis das immense Gewicht uns alle niederdrückte«.

Schließlich konnten sie gar nichts mehr sehen, konnten nur

den donnernden Hufen, dem Schnauben und Grunzen lauschen, während die dunklen Umrisse unaufhörlich an ihnen vorbeisausten. Es schien, als würde es ewig so weitergehen.

Und tatsächlich hatte die Stampede, ohne eine einzige Unterbrechung, zwei Stunden gedauert.

Als Johnson aufwachte, war sein Körper steif und schmerzte. Er konnte die Augen nicht öffnen. Er berührte sein Gesicht, spürte den verkrusteten Schlamm und kratzte ihn weg.

»Mir bot sich ein Anblick heilloser Verwüstung«, erinnerte er sich später, »als wäre ein Orkan oder ein Wirbelsturm über uns hinweggerast. So weit das Auge sehen konnte, nur aufgewühlter Schlamm und unser erbärmliches Menschengrüpplein, das sich hindurchwühlte. Was die Felsen von unserer Lagerausrüstung geschützt hatten, war sicher, alles andere verschwunden. Zwei Zelte so tief in den Schlamm getrampelt, dass wir sie am nächsten Morgen nicht mehr finden konnten; schwere Töpfe und Pfannen zerbeult und verbogen von Abertausend trampelnden Hufen; fransige Fetzen eines gelben Hemdes; ein Karabiner zerschmettert und verbogen.«

Sie waren enorm entmutigt, vor allem George Morton, der unter einem schweren Schock zu stehen schien. Cookie warb fürs Umkehren, aber Cope gab sich wie immer unbeugsam. »Ich bin nicht hier, um banale Habseligkeiten aus dem Schlamm zu graben«, sagte er. »Ich bin hier, um prähistorische Knochen auszugraben.«

»Ja«, sagte Cookie. »Wenn wir je dorthin kommen.«

»Das werden wir.« Er befahl ihnen, das Lager abzubauen und aufzubrechen.

Little Wind schien besonders besorgt. Er sagte etwas zu Cope und galoppierte dann Richtung Norden davon.

»Wo will er hin?«, fragte George Morton besorgt.

»Er glaubt nicht, dass die Bisons wegen des Blitzes durchgegangen sind«, sagte Cope. »Er sagt, sie tun so was nicht.«

»Ich habe schon einmal erlebt, dass sie es tun«, sagte Isaac. »Dumm und unberechenbar sind sie, diese Bisons.«

»Aber was sonst könnte es gewesen sein?«, fragte Morton, noch immer beunruhigt. »Was glaubt er denn?«

»Er glaubt, kurz vor der Stampede Schüsse gehört zu haben. Er will nachsehen.«

»Er wird zu seinen Indianerkumpels reiten«, murmelte Isaac, »und ihnen sagen, wo sie ein paar hübsche weiße Skalps finden.«

»Ich halte das für lächerlich«, sagte Morton gereizt. »Ich denke, wir sollten aufgeben und diese wilde Jagd beenden.«

Anscheinend hat der Schock der Stampede ihn entmutigt, dachte Johnson. Er sah, wie Morton auf der Suche nach seinem Skizzenblock im Schlamm stocherte.

Little Wind blieb eine Stunde verschwunden und kehrte dann galoppierend zurück.

»Ein Lager«, sagte er und deutete nach Norden. »Zwei Männer, zwei oder drei Ponys. Ein Feuer. Kein Zelt. Viele Gewehrpatronen.« Er öffnete die Hand, und Messinghülsen klapperten im Sonnenlicht zu Boden.

»Na, soll mich doch ...«

»Das sind Marshs Männer«, sagte Cope grimmig.

»Hast du sie gesehen?«, fragte Morton.

Little Wind schüttelte den Kopf. »Schon seit vielen Stunden weg.«

»Wohin sind sie gegangen?«

Little Wind deutete nach Osten. In diese Richtung wollten sie auch.

»Dann begegnen wir ihnen noch einmal«, sagte Cope. Er ballte die Fäuste. »Ich freue mich schon darauf.«

Das Ödland

Der Judith River, ein Zufluss des Missouri, entsprang in den Little Belt Mountains und war in einem Gewirr von Wasserläufen mit größeren Bächen verbunden. »In diesen Gewässern gibt es verdammt gute Forellen«, sagte Cookie. »Wobei ich nicht erwarte, dass wir angeln werden.«

Das Becken des Judith River war Ödland, Felsformationen, die sich im Auge des Betrachters in mysteriöse Gestalten verwandelten, in Dämonen und Drachen. »Ein Ort der Gargylen«, sagte Toad.

Toads Arm war inzwischen rot und geschwollen; er klagte über Schmerzen. Sternberg meinte im vertraulichen Gespräch, man hätte Toad nach Fort Benton zurückschicken sollen, wo ihm der Wundarzt der Armee mithilfe von Whiskey und einer Knochensäge den Arm amputieren könnte. Aber niemand gab das an Toad weiter.

Die Ausmaße der Felsformationen im Ödland des Judith River waren enorm; große Felswände – Cope nannte sie »Expositionen« – reichten weit über hundert Meter in den Himmel, einige wenige türmten sich fast tausend Meter auf. Mit pastellfarbenen Bändern aus rosa und schwarzem Gestein war die Landschaft von einer kahlen und einsamen Schönheit. Aber das Land war unwirtlich, in der Nähe gab es nur wenig Wasser, und das sah brackig, alkalisch, giftig aus. »Kaum zu glauben, dass das ein großer Binnensee war, umgeben von Sümpfen«, sagte Cope und betrachtete die sanft geschwungenen Formationen. Cope schien immer mehr zu sehen als die anderen. Cope und auch Sternberg: Der zähe Fossilienjäger hatte das geschulte Auge eines Prärieforschers; er schien immer zu wissen, wo Wild und Wasser zu finden waren.

»Wir werden hier genug Wasser haben«, sagte er voraus. »Das wird uns keine Sorgen machen. Eher der Staub.«

Tatsächlich hing eine alkalische Schärfe in der Luft, aber die anderen störte das nicht so sehr. Ihr unmittelbares Problem war es, einen Lagerplatz in der Nähe einer passenden Ausgrabungsstelle zu finden, und das war keine leichte Aufgabe. Den Wagen durch das Terrain zu bewegen – hier gab es keine Wagenspuren mehr – geriet zur schwierigen und manchmal gefährlichen Arbeit.

Außerdem waren sie nervös wegen der Indianer, denn überall um sie herum sahen sie Spuren: Ponypfade, verlassene Feuerstellen, hin und wieder ein Antilopengerippe. Einige der Feuerstellen sahen recht frisch aus, aber Sternberg gestand, dass ihn das völlig kaltlasse. Nicht einmal die Sioux seien so verrückt, sich lange im Ödland aufzuhalten. »Nur ein verrückter weißer Mann würde hier den Sommer verbringen«, lachte er. »Und nur ein verrückter, reicher weißer Mann würde hier seinen Urlaub verbringen!« Er klopfte Johnson auf den Rücken.

Zwei Tage lang schoben sie den Karren hügelaufwärts und stemmten sich hügelabwärts dagegen, bis Cope schließlich verkündete, jetzt seien sie in einem geeigneten Knochengebiet, und sie könnten an der nächsten guten Stelle, die sie fänden, das Lager aufschlagen. Sternberg schlug die Kuppe einer nahen Anhöhe vor, und ein letztes Mal schoben sie den Wagen nach oben und husteten im Staub, den die Räder aufwirbelten. Toad, der wegen seines geschwollenen Armes nicht mithelfen konnte, sagte: »Hier riecht es nach Feuer.«, aber niemand pflichtete ihm bei.

Als sie oben ankamen, hatten sie einen Blick über die Ebene und einen sich dahinschlängelnden Bach mit Pappeln entlang seiner Ufer. Und so weit sie sehen konnten, erstreckten sich Tipis, und aus jedem stieg eine dünne weiße Rauchfahne auf.

»O Gott«, sagte Sternberg. Er schätzte schnell die Anzahl.

»Was meinen Sie, wie viele?«, fragte Isaac.

»Ich meine, mehr als eintausend Tipis. O Gott«, sagte Sternberg noch einmal.

»Ich bin überzeugt«, sagte Isaac, »wir sind so gut wie tot.«

»Denk ich auch«, sagte Cookie. Er spuckte auf den Boden.

Sternberg dachte es nicht. Die Frage war, um was für einen Indianerstamm es sich handelte. Wenn es Sioux waren, hatte Isaac recht; dann waren sie so gut wie tot. Aber die Sioux sollten eigentlich weiter im Süden sein.

»Wen kümmert das, wo sie angeblich sein sollten?«, sagte Cookie. »Die sind hier, und wir auch. Das war dieser Little Wind, er hat uns hierhergeführt …«

»Das reicht. Machen wir uns an die Arbeit«, sagte Cope. »Schlagen wir das Lager auf, und verhalten wir uns ganz natürlich.«

»Nach Ihnen, Professor«, sagte Cookie.

Es war schwierig, sich natürlich zu verhalten angesichts der tausend Tipis und der dazugehörigen Pferde, Feuer, Menschen. Sie waren natürlich bereits entdeckt worden, einige der Indianer deuteten und gestikulierten.

Als sie dann den Wagen entladen und ein Feuer entzündet hatten, setzte ein Trupp Reiter spritzend über den Bach und ritt auf ihr Lager zu.

»Da kommen sie, Jungs«, murmelte Cookie.

Johnson zählte zwölf Reiter. Sein Herz hämmerte, als er die Pferde herankommen hörte. Es waren exzellente Reiter, die geschmeidig galoppierten und eine Staubfahne hinter sich herzogen. Sie johlten und schrien wüst, als sie sich näherten.

»Meine ersten Indianer«, erinnerte er sich später, »und ich war zu gleichen Teilen erfüllt von Neugier und Entsetzen. Ich muss gestehen, dass die aufwirbelnde Staubfahne und ihre wüsten Schreie Letzteres verstärkten, und zum tausendsten Mal auf dieser Reise bedauerte ich die Unbesonnenheit meiner Wette.«

Die Indianer waren jetzt schon sehr nahe und ritten, noch immer begeistert johlend, in Kreisen um den Wagen. Sie wussten, dass die weißen Männer Angst hatten, und genossen es. Schließlich zügelten sie ihre Pferde, und ihr Anführer wiederholte mehrmals »Howah, howah« mit Knurren in der Stimme.

Johnson fragte Sternberg flüsternd: »Was hat er gesagt?«

»Er hat ›How‹ gesagt.«

»Was heißt das?«

»Es heißt, ›Ich bin einverstanden, alles ist gut, ich komme in freundlicher Absicht.‹«

Johnson sah die Indianer jetzt sehr deutlich. Wie viele Weiße bei ihrer ersten Begegnung mit Indianern der Great Plains war er erstaunt, wie gut aussehend sie waren – groß und muskulös, mit ebenmäßigen Gesichtszügen; ihre Haltung war zugleich von natürlicher Würde und Stolz, ihre Körper waren wie ihre Wildlederkleidung erstaunlich sauber.

Die Indianer lächelten nicht, aber sie wirkten freundlich. Reihum riefen sie »Howah« und sahen sich im Lager um. Ein unbehagliches Schweigen setzte ein. Isaac, der ein wenig Indianisch verstand, wagte ein paar Grußworte.

Sofort verdunkelten sich ihre Mienen. Sie wendeten ihre

Pferde, ritten davon und verschwanden in einer Wolke aus alkalischem Staub.

Sternberg fragte: »Sie verdammter Narr, was haben Sie gesagt?«

»Ich sagte: ›Ich heiße Sie willkommen und wünsche Ihnen Erfolg und Glück auf der Reise Ihres Lebens.‹«

»In welcher Sprache haben Sie es gesagt?«

»Mandan.«

»Sie verdammter Narr, Mandan ist eine Sioux-Sprache. Das sind Crow.«

Sogar Johnson war schon lange genug in der Ebene, um über die traditionelle Feindschaft zwischen den Stämmen der Sioux und der Crows Bescheid zu wissen. Der Hass zwischen ihnen war tief und unversöhnlich, vor allem da sich die Crows in den letzten Jahren mit den weißen Soldaten verbündet hatten, um gegen die Sioux zu kämpfen.

»Na ja, ich kenne nur Mandan«, protestierte Isaac, »deshalb habe ich es gesagt.«

»Sie verdammter Narr«, wiederholte Sternberg. »Wenn wir zuvor kein Problem hatten, dann haben wir jetzt eins.«

»Ich dachte, die Crow töten keine Weißen«, sagte Morton und leckte sich die Lippen.

»Das sagen die Crow«, sagte Sternberg, »aber sie neigen zu Übertreibungen. O ja, Jungs, wir haben ein Problem.«

»Na ja, dann sollten wir da runtergehen und es aus der Welt schaffen«, sagte Cope auf seine gewohnt direkte Art.

»Nach unserem letzten Abendmahl?«, fragte Cookie.

»Nein«, sagte Cope. »Sofort.«

Das Indianerdorf

Seit mehr als zehntausend Jahren jagten eingeborene Stämme auf den großen westlichen Ebenen Amerikas. Sie hatten die Gletscher zurückweichen und das Land wärmer werden sehen; sie hatten das Verschwinden des großen Mastodons, der Flusspferde und des gefürchteten Säbelzahntigers erlebt (und vielleicht sogar beschleunigt). Sie hatten gejagt, als das Land noch dicht bewaldet gewesen war, und jagten jetzt, da es einem Meer aus Gras glich. In all den Tausenden von Jahren, während all der Veränderungen des Jagdwilds und des Klimas, hatten die Indianer auf dem weiten Land als nomadische Jäger gelebt.

Die Prärieindianer des neunzehnten Jahrhunderts waren schillernde, dramatische, mystische, kriegerische Menschen. Sie beflügelten die Fantasie aller, die sie sahen, und in vielerlei Hinsicht standen sie im allgemeinen Bewusstsein für alle amerikanischen Indianer. Die Altertümlichkeit ihrer Rituale und die komplexe Organisation ihrer Lebensart wurden von liberalen Denkern bewundert.

Tatsächlich aber war die Gesellschaft der Prärieindianer, wie die Westler sie sahen, kaum älter als die weiße amerikanische Nation, die ihre Existenz jetzt bedrohte. Die Prärieindianer waren eine nomadische Jagdgesellschaft, die um das Pferd herum organisiert war, ähnlich der asiatischen Mongolenstämme. Doch hatte es in Amerika keine Pferde gegeben, bevor die

Spanier sie dreihundert Jahre zuvor angesiedelt hatten, was die Gesellschaft der Prärieindianer grundlegend veränderte.

Und sogar die traditionellen Stammesstrukturen und die Stammesrivalitäten waren weniger alt, als man annehmen mochte. Die meisten Behörden glaubten, die Crow-Indianer seien Teil der Sioux-Nation gewesen, die in einem Gebiet lebten, das jetzt Iowa ist; sie seien nach Westen in Richtung Montana gewandert, hätten eine eigenständige Identität herausgebildet und seien zu unerbittlichen Gegnern ihrer früheren Verwandten geworden. Wie ein Experte schrieb: »Die Sioux und die Crow sind praktisch identisch in Kleidung, Verhalten, Gewohnheiten, Sprache, Sitten und Gebräuchen, Werten, Auftreten. Man könnte denken, ihre Ähnlichkeit sei die Basis für eine Freundschaft, aber sie verstärkt die Feindschaft nur noch.«

Diese Crow-Indianer waren es, die Cope und seine Leute jetzt besuchen wollten.

Erste Eindrücke eines Indianerdorfs waren oft widersprüchlich. Henry Morton Stanley, der bei seiner berühmten Suche in Afrika Dr. David Livingstone fand, kam mit Custer in Black Kettles Dorf und fand es dreckig: »In der Tat so widerlich, dass es jeder Beschreibung spottet.« Die Felldecken auf dem Tipi-Boden wimmelten von Ungeziefer; den Gestank von Exkrementen empfand er als schier unerträglich.

Andere erstmalige Besucher bestürzte es, dass Indianer einen Hund über einem Feuer brieten oder blutige Bisonsteaks kauten. Aber Johnsons erste Eindrücke, als er an diesem Abend ins Dorf der Crow ritt, sagten mehr über ihn aus als über die Crow.

»Wer sich vorstellt«, schrieb er,

dass die nomadischen Indianer ein freigeistiges und offenes Leben führen, wird einen gewaltigen Schock erleiden, wenn er diese Wohnstätte besucht. Das Dorf der Prärieindianer ist, wie das Leben des Kriegers, bis ins Äußerste reglementiert. Tipis sind sämtlich aus Wapitihäuten, sie sind nach festen Regeln einheitlich angeordnet und aufgestellt; es gibt Regeln für die Platzierung der (Rücken-)Lehnen in den Tipis und der Teppiche und der Rohlederbehälter; es gibt Regeln für die Muster, die Felldecken, Kleidung und Tipis schmücken; Regeln fürs Feuermachen und für die Essenszubereitung; Regeln für das Verhalten des Indianers in jedem Augenblick und jeder Situation seines Lebens; Regeln für den Krieg und Regeln für den Frieden, Regeln für die Jagd selbst und Regeln für das Verhalten vor der Jagd; und all diese Regeln werden mit einer starren Beständigkeit und einer ernsthaften Entschlossenheit befolgt, die den Betrachter nachdrücklich daran erinnert, dass er sich inmitten einer Kriegerrasse befindet.

Sie banden ihre Pferde am Rand des Dorfes fest und gingen langsam hinein. Von allen Seiten begrüßten sie neugierige Blicke; lachende Kinder verstummten und hielten inne, um den Fremden nachzuschauen; Gerüche von zubereitetem Wild und die eigentümlich stechende Schärfe von trocknenden Häuten bestürmten ihre Nasen. Schließlich kam ein junger Krieger zu ihnen und vollführte komplizierte Gesten mit den Händen.

»Was macht er da?«, flüsterte Johnson.

»Zeichensprache«, sagte Toad und hielt seinen geschwollenen Arm mit der anderen Hand.

»Verstehen Sie das?«

»Nein«, erwiderte Toad.

Aber Little Wind tat es und redete in der Crow-Sprache mit dem Krieger. Der Indianer führte sie tiefer ins Dorf zu einem großen Tipi, vor dem fünf ältere Krieger im Halbkreis um ein Feuer saßen.

»Die Häuptlinge«, flüsterte Toad. Auf eine Geste von einem der Männer hin setzten sich die weißen Männer ihnen gegenüber.

»Dann begannen«, schrieb Johnson,

die langwierigsten Verhandlungen, die ich je erlebt habe. Die Indianer lieben das Reden und kennen keine Hast. Ihre Neugier, die formelle Kompliziertheit ihrer zeremoniellen Rede, der für sie so typische Mangel an Eile, all das führte zu einer Fragerunde, die sicherlich die ganze Nacht dauern würde. Alles wurde besprochen: Wer wir waren (einschließlich unserer Namen und die Bedeutung unserer Namen); woher wir kamen (die Städte, die Bedeutung der Städtenamen, welche Route wir genommen hatten, wie wir die Route ausgesucht hatten und was für Erfahrungen wir auf unserer Reise gemacht hatten); warum wir hier waren (der Grund für unser Interesse an Knochen und wie wir sie ausgraben und was wir mit ihnen machen wollten); was wir als Kleidung trugen und warum, die Bedeutung von Ringen und Schmuck und Gürtelschnallen und so weiter ad infinitum et ad nauseam.

Ein Grund dafür, dass das Powwow endlos wirkte, war sicherlich die Angespanntheit, die die Weißen empfanden. Sternberg fiel auf, »dass ihnen unsere Antworten nicht sonderlich gefielen«. Bald zeigte sich, dass sie über Cope Bescheid wussten, man hatte ihnen gesagt, dass er Indianern gegenüber feindselig sei und seinen eigenen Vater getötet habe. Man hatte ihnen geraten, ihn ihrerseits zu töten.

Cope war aufgebracht, beherrschte sich aber. Freundlich lächelnd sagte er zu den anderen: »Sehen Sie, wie die Niedertracht, die Methoden dieses schwarzen Schurken nun öffentlich zutage treten. Belästige ich Marsh? Versuche ich bei jeder Gelegenheit, sein Fortkommen zu behindern? Bin ich neidisch auf ihn? Das frage ich Sie. Das frage ich Sie.«

Die Häuptlinge merkten, dass Cope aufgeregt war, und Little Wind beeilte sich, ihnen zu versichern, das alles sei ein Irrtum.

Die Indianer beharrten darauf, dass dem nicht so sei: Cope sei gut und zutreffend beschrieben worden.

»Wer hat diese Dinge über Cope gesagt?«, fragte Little Wind.

»Red Cloud Agency.«

»Red Cloud Agency ist eine Agency der Sioux.«

»Das ist so.«

»Die Sioux sind eure Feinde.«

»Das ist so.«

»Wie könnt ihr den Worten eines Feindes glauben?«

Die Diskussion schleppte sich stundenlang dahin. Schließlich fing Cope an zu zeichnen, um seine Wut zu bändigen oder vielleicht um seine Nerven zu beruhigen.

Er zeichnete den Häuptling, und die Ähnlichkeit erregte großes Interesse. Der Häuptling wollte die Skizze, und Cope gab sie ihm. Der Häuptling wollte Copes Stift. Cope weigerte sich.

»Professor«, sagte Sternberg, »ich denke, Sie sollten ihm den Stift besser geben.«

»Ich werde nichts dergleichen tun.«

»Professor ...«

»Nun gut.« Cope übergab den Stift.

Kurz vor Sonnenaufgang schwenkte die Diskussion von Cope zu Toad. Irgendein neuer Häuptling wurde gerufen, ein sehr blasser, sehr dünner Mann mit einem wilden Funkeln in den Augen. Sein Name war White Deer. White Deer schaute Toad an, murmelte etwas und verschwand wieder.

Die Indianer verkündeten nun, sie wollten, dass Toad im Lager bleibe und die anderen es verließen.

Cope weigerte sich.

»Ist schon gut«, sagte Toad. »Ich stelle mich als eine Art Geisel zur Verfügung.«

»Es kann sein, dass sie Sie töten.«

»Sollten sie mich töten«, gab Toad zu bedenken, »so werden sie bestimmt Sie alle kurz darauf töten.«

Letztendlich blieb Toad, und die anderen gingen.

Bei Tagesanbruch schauten sie von ihrem Lager auf das Zeltdorf der Indianer herab. Die Krieger hatten angefangen, zu johlen und in Kreisen zu reiten; ein großes Feuer wurde aufgeschichtet.

»Der arme Toad«, sagte Isaac. »Er wird sicher gefoltert.«

Cope schaute durch sein Fernglas hinüber, aber der Rauch verdeckte alles. Jetzt setzte ein Singsang ein; er ging bis neun Uhr und brach dann plötzlich ab.

Ein Trupp Krieger kam zum Lager hochgeritten; auf einem separaten Pferd brachten sie Toad zurück. Sie kamen dazu, als Cope eben seine falschen Zähne in einer Schüssel wusch. Die Indianer schauten gebannt zu, und bevor Toad absteigen durfte, beharrten sie darauf, dass Cope seine lebensechten Zähne einsetzte und dann wieder herausnahm.

Cope wiederholte das mehrmals, zeigte abwechselnd ein strahlendes Lächeln und ein klaffendes, zahnloses Loch, und die Indianer ritten gut unterhalten davon.

Toad schaute ihnen benommen nach.

»Dieser eine Häuptling, White Deer, hat an meiner Hand ein Wunder gewirkt«, sagte er, »um sie zu heilen.«

»Hat es wehgetan?«

»Nein, sie haben nur Federn darübergeschwenkt und gesungen. Aber ich musste etwas Grässliches essen.«

»Was denn?«

»Ich weiß es nicht, aber es war grässlich. Jetzt bin ich sehr müde.« Er rollte sich unter dem Wagen zusammen und schlief die nächsten zwölf Stunden.

Am nächsten Morgen sah Toads Arm schon deutlich besser aus. Drei Tage später war er geheilt. Jeden Morgen kamen die Indianer ins Lager geritten, um Cope zu besuchen. Und um zuzuschauen, wie Funny Tooth seine Zähne wusch. Die Indianer lungerten oft im Lager herum, nahmen aber nie etwas. Und sie waren sehr interessiert daran, was die Weißen machten: Knochen suchen.

Land der Knochen

Nachdem diese anfänglichen Probleme gelöst waren, wollte Cope unbedingt mit der Arbeit beginnen. Die Studenten sahen ihn in der morgendlichen Kühle dastehen und die Felswände in der Nähe des Lagers anstarren, auf die eben das erste Licht des Tages fiel. Abrupt sprang er auf und sagte: »Kommt mit, kommt mit. Schnell jetzt, jetzt ist die beste Zeit zum Suchen.«

»Was suchen?«, fragten die Studenten überrascht.

»Das werden Sie bald genug merken.« Er führte sie zu der Felswand dicht am Lager und deutete hinauf. »Sehen Sie etwas?«

Sie legten den Kopf in den Nacken. Sie sahen nackten, verwitterten Fels, vorwiegend von grauer Farbe und mit rosa und dunkelgrauen Streifen, die das schwache Morgenlicht deutlich hervorhob. Das war alles.

»Keine Knochen?«, fragte Cope.

Ermutigt von seinem Fingerzeig, kniffen sie die Augen gegen das Licht zusammen und schauten genauer hin. Toad deutete nach oben und sagte: »Wie wär's da oben?«

Cope schüttelte langsam den Kopf. »Nur eingebettete Felsbrocken.«

Nun deutete Morton auf eine bestimmte Stelle. »Bei der Erhöhung dort?«

Cope schüttelte abermals den Kopf. »Viel zu hoch, nicht so weit oben schauen.«

Johnson versuchte sein Glück. »Da drüben?«

Cope lächelte. »Toter Wüstenbeifuß. Na, wie's scheint, sehen Sie alles außer Knochen. Aber jetzt: Schauen Sie zur Mitte der Felswand, denn eine Wand von dieser Höhe hat ihre Kreidezeitzone in der Mitte – bei einer niedrigeren Wand könnte sie weiter oben sein, aber bei dieser liegt sie in der Mitte. Direkt unter dem rosa Streifen dort. Jetzt lassen Sie den Blick an dem Band entlangwandern, bis Sie eine Art Rauigkeit bemerken, sehen Sie dort. Dieser ovale Fleck da. Das sind Knochen.«

Sie schauten hin, und dann sahen sie es: Die Knochen brachen das Sonnenlicht ganz anders als der Fels, die gerundeten Ränder wirkten gedämpfter als scharfkantiger Stein, die Färbung war einen Ton anders. Jetzt, da sie das alles wussten, ging es Schlag auf Schlag: Sie sahen eine andere Stelle hier – und weitere Knochen da drüben – und dort – und noch viel mehr. »Wir erkannten«, schrieb Johnson,

> *dass die gesamte Felswand fast zum Bersten mit Knochen gefüllt war, die für uns zuvor unsichtbar gewesen, jetzt aber so offensichtlich waren wie die Nase im Gesicht. Aber wie Professor Cope sagt, wir hätten auch erst lernen müssen, die Nase in unserem Gesicht zu erkennen. Er sagt gern: »Nichts ist offensichtlich.«*

Sie entdeckten Dinosaurier.

1876 war die wissenschaftliche Akzeptanz von Dinosauriern noch relativ neu. Anfang des Jahrhunderts wurde die Existenz solch großer Reptilien noch nicht einmal vermutet, obwohl die Beweise dafür unübersehbar waren.

Im Juli 1806 erkundete William Clark, von der Lewis and

Clark Expedition, in einer Region, die später das Montana Territory werden sollte, das Südufer des Yellowstone River und fand ein Fossil, »das in die Felsflanke wie einzementiert war«. Er beschrieb es als Knochen mit einem Umfang von sieben Komma sechs Zentimeter Umfang und einundneunzig Komma vier Zentimeter Länge und betrachtete es als die Rippe eines Fisches, obwohl es wahrscheinlich ein Dinosaurierknochen war.

1818 wurden in Connecticut weitere Dinosaurierknochen gefunden, man vermutete darin Überreste von menschlichen Wesen; Fußabdrücke von Dinosauriern, die in derselben Region gefunden wurden, beschrieb man als die Spuren von »Noahs Rabe«.

Die wahre Bedeutung dieser Fossilien wurde zuerst in England erkannt. 1824 beschrieb ein exzentrischer englischer Kleriker namens Buckland »den *Megalosaurus* oder die Große Fossile Echse von Stonesfield«. Buckland stellte sich vor, dass die fossile Kreatur mehr als zwölf Meter lang war, »und mit einer Masse, die der eines über zwei Meter großen Elefanten entsprach«. Aber diese erstaunliche Echse wurde als isoliertes Exemplar betrachtet.

Im folgenden Jahr beschrieb Gideon Mantell, ein englischer Arzt, »*Iguanodon*, ein neu entdecktes fossiles Reptil«. Mantells Beschreibung fußte größtenteils auf einigen Knochen, die man in einem englischen Steinbruch gefunden hatte. Ursprünglich wurden die Zähne an Baron Cuvier geschickt, den größten Anatomen seiner Zeit, er klassifizierte sie als Schneidezähne eines Nashorns. Mantell war unzufrieden mit dieser Einschätzung, er hielt an der Überzeugung fest, dass »ich die Zähne eines unbekannten pflanzenfressenden Reptils gefunden hatte«, und bewies schließlich, dass die Zähne am ehesten denen eines Leguans, einer amerikanischen Echse, ähnelten.

Baron Cuvier gestand seinen Irrtum ein und fragte sich: »Haben wir hier nicht ein neues Tier, ein pflanzenfressendes Reptil … aus einer anderen Zeit?« Danach wurden in schneller Folge andere fossile Reptilien ausgegraben: 1832 *Hylaeosaurus;* 1834 *Macrodontophion;* 1836 *Thecodontosaurus* und *Paläosaurus;* 1837 *Plateosaurus.* Mit jeder neuen Entdeckung erhärtete sich der Verdacht, dass die Knochen eine ganze Gruppe von Reptilien repräsentierten, die von der Erde verschwunden waren.

1841 schließlich schlug der Arzt und Anatom Richard Owen vor, die ganze Gruppe *Dinosaurier* oder »schreckliche Echsen« zu nennen. Die Vorstellung setzte sich so weitgehend durch, dass 1854 im Crystal Palace in Sydenham lebensgroße Rekonstruktionen von Dinosauriern aufgebaut und vom Publikum begeistert angenommen wurden. (Owen, der von Queen Victoria für seine Leistungen geadelt wurde, wandelte sich später zum erbitterten Gegner Darwins und der Evolutionstheorie.)

Ab 1870 verlagerte sich der Schwerpunkt der Dinosaurierjagd von Europa nach Nordamerika. Seit den 1850ern wusste man, dass es im amerikanischen Westen Fossilien in großer Anzahl gab, allerdings war eine Bergung dieser riesigen Knochen bis zur Fertigstellung der transkontinentalen Eisenbahn schwierig.

Im folgenden Jahr begannen Cope und Marsh ihren erbitterten Wettstreit um das Auffinden und die Bergung von Fossilien in dieser neuen Region. Sie unternahmen ihre Anstrengungen mit der ganzen Skrupellosigkeit eines Carnegie oder eines Rockefeller. Zum Teil war diese Aggressivität – die in wissenschaftlichen Bestrebungen bisher unbekannt war – ein Spiegelbild der vorherrschenden Werte ihrer Zeit. Und zum Teil war sie auch eine Anerkennung der Tatsache, dass Dinosaurier nicht länger unerklärlich waren. Cope und Marsh wussten genau, worum es ging: Sie endeckten die ganze Bandbreite einer großen Ordnung verschwundener Reptilien. Sie schrieben Wissenschaftsgeschichte.

Und sie wussten, dass Ruhm und Ehre dem Mann zufallen würden, der die größte Anzahl entdeckte und klassifizierte.

Die beiden Männer wurden verzehrt von der Suche. »Die Jagd nach Knochen«, schrieb Johnson, »hat eine eigentümliche Faszination, der Jagd nach dem Gold nicht unähnlich. Man weiß nie, was man finden wird, und die Möglichkeiten, die potenziellen Entdeckungen, die auf einen warten könnten, befeuern die Suche nur noch.«

Und sie machten tatsächlich Entdeckungen. Während sie an der Hügelflanke gruben, war Cope unten im Lager beschäftigt, er zeichnete, machte sich Notizen, klassifizierte. Er bestand darauf, dass die Studenten penibel festhielten, welche Knochen in der Nachbarschaft von welchen anderen gefunden wurden. Schaufel und Spitzhacke wurden benutzt, um den Stein zu lockern, und wichen dann kleineren Werkzeugen, die recht einfach schienen: Hammer, Meißel, Picke und Pinsel. Trotz der Ernsthaftigkeit der Studenten gab es noch viel Technik zu erlernen. Sie mussten lernen, jeweils das richtige Werkzeug auszuwählen: Es gab drei Gewichte beim Hammer, vier Breiten beim Felsmeißel (wegen der Qualität des Kaltstahls, erklärte Cope, aus Deutschland importiert), zwei Größen bei den Picken und eine Vielzahl von steifen Pinseln, um Erde und Staub und Kies wegzubürsten.

»Wir sind zu weit gekommen, um das jetzt nicht korrekt anzugehen«, sagte Cope. »Und die Fossilien machen es einem auch nicht immer einfach.«

Man schlage einen fossilen Knochen nicht einfach aus dem Fels, erklärte er ihnen. Man studiere die Lage des Fossils, klopfe, wenn nötig, mit einem Meißel auf den Stein, hämmere nur sehr selten kräftig. Um die feine Trennlinie zwischen Knochen und Stein zu finden, müsse man den Farbunterschied ausmachen.

»Manchmal hilft es schon, wenn man nur daraufspuckt«, sagte Cope. »Die Feuchtigkeit verstärkt den Kontrast.«

»Da werde ich wohl ziemlich schnell verdursten«, murmelte George Morton.

»Und schauen Sie sich nicht nur genau an, was Sie tun«, wies Cope sie an. »Horchen Sie auch. Hören Sie auf das Geräusch, wenn der Meißel den Stein trifft. Je höher der Ton, desto härter der Stein.«

Auch zeigte er ihnen die richtige Position, um die Fossilien herauszuarbeiten, abhängig von der Steilheit des Felses. Sie arbeiteten auf dem Bauch, auf den Knien, in der Hocke und manchmal sogar im Stehen. Wenn die Felsflanke besonders steil war, schlugen sie einen Haken hinein und sicherten sich mit einem Seil. Sie mussten begreifen, dass schräger Sonneneinfall nicht nur die Beschaffenheit der Flanke aufzeigte, sondern auch ihre Risse und unerwarteten Spalten.

Johnson musste daran denken, wie schwer es für ihn gewesen war, das Fotografieren zu erlernen; Fossilien aus der Umklammerung des Steines herauszuarbeiten, ohne sie zu beschädigen, war noch viel schwieriger.

Cope brachte ihnen bei, ihre Werkzeuge neben die Hand zu legen, die sie benutzte, und wie man am effektivsten arbeitete, denn während eines Tages würde ein Student Hunderte Male in allen möglichen Kombinationen zwischen Hammer und Meißel und Picke und Pinsel und wieder zurück wechseln. Linkshänder hatten ihre Meißel bei der rechten Hand, die Pinsel bei der linken.

»Die Arbeit ist ermüdender, als Sie denken.«

Und das war sie wirklich.

»Die Finger tun mir weh, die Handgelenke, die Schultern und auch die Knie und die Füße«, sagte George Morton nach den ersten paar Tagen.

»Lieber deine als meine«, sagte Cookie.

Wenn die Knochen dann ins Lager kamen, legte Cope sie, um besseren Kontrast zu haben, auf eine dunkle Decke und starrte sie an, bis er erkannte, in welcher Beziehung zueinander sie standen. Ende Juli verkündete er einen neuen *Hadrosaurus* mit Entenschnabel; eine Woche später ein Flugreptil. Und im August fanden sie dann einen *Titanosaurus* und schließlich die Zähne eines *Champsosaurus.* »Wir finden ganz wunderbare Dinosaurier!«, jubelte Cope. »Wunderbare, großartige Dinosaurier!«

Die Arbeit war ermüdend, schmerzhaft und manchmal gefährlich. Zum einen waren die Größenverhältnisse in der Landschaft, wie im übrigen Westen, oft trügerisch. Eine vermeintlich nicht sonderlich hohe Felswand erwies sich beim Klettern als einhundertfünfzig oder zweihundert Meter hoch. Diese senkrechten, bröckelnden Flanken hochzuklettern und dann auf halber Höhe der Erhebung zu arbeiten kostete enorm Kraft. Sie schufteten in einer merkwürdigen Welt: Wenn sie an diesen riesigen Felswänden hingen, waren sie oft so weit voneinander entfernt, dass sie sich kaum sehen konnten, aber weil das Land so still war und die geschwungenen Flanken wie Schächte wirkten, hörten sie sogar im Flüsterton geführte Gespräche, und das trotz der beständig hallenden Schläge von Hämmern auf Meißel und dem leisen Klicken von Meißel auf Stein.

Zu anderen Zeiten wirkten die allgemeine Stille und die Trostlosigkeit bedrückend. Vor allem, nachdem die Crow weitergezogen waren, wurde ihnen die Stille auf unbehagliche Weise bewusst.

Und Sternberg sollte recht behalten: Das Schlimmste am Ödland war der Staub. Beißend alkalisch wirbelte er bei jedem Schlag der Spitzhacke und jedem Stoß der Schaufel hoch; er brannte in den Augen, stach in der Nase, trocknete den Mund aus und verursachte Hustenanfälle; er brannte in offenen Wunden, überzog die Kleidung, scheuerte an Ellbogen und unter den Achseln und in den Kniekehlen; er knirschte in Schlafsäcken; er legte sich über das Essen, sodass es sauer und bitter schmeckte, und verfälschte den Kaffee; vom Wind aufgewirbelt, wurde er zu einer beständigen Kraft, zu einem Wesensmerkmal dieses rauen und unwirtlichen Ortes.

Ihre Hände, die sie zu allem brauchten, was sie taten, waren bald zerschunden und schwielig, und der Staub brannte in den Rissen. Cope bestand darauf, dass sie sich am Abend gründlich die Hände wuschen, und verteilte kleine Kleckse einer gelblichen Paste, die sie sich in Handflächen und Finger reiben sollten.

»Riecht übel«, sagte Johnson. »Was ist das?«

»Geklärtes Bärenfett.«

Aber der Staub war überall. Was sie auch versuchten, nichts funktionierte. Kopf- und Gesichtstücher halfen nicht, da sie die Augen nicht schützten. Cookie stellte ein Zelt auf, um wenigstens das Essen, das er zubereitete, vor dem Staub zu schützen, aber das brannte schon am zweiten Tag nieder. Eine Weile jammerten sie untereinander über diese und jene Unannehmlichkeiten, doch nach der zweiten Woche verlor keiner mehr ein Wort darüber. Es war wie eine Verschwörung des Schweigens. Über den Staub sprach man nicht mehr.

Waren die Knochen ausgegraben, mussten sie in einem mühseligen Verfahren an Seilen nach unten gelassen werden. Nur ein Ausrutscher, und die Fossilien lösten sich aus den Seilen, stürzten den Hang hinunter und zerbrachen auf dem Boden in wertlose Fragmente.

Wenn so etwas passierte, reagierte Cope giftig und erinnerte sie daran, dass die Fossilien »Millionen von Jahren in vollkommenem Frieden und einem erstaunlichen Erhaltungszustand im Fels gelegen haben, nur damit ihr sie fallen lasst wie Idioten! Idioten!«

Diese hitzigen Ausbrüche brachten sie dazu, auf einen Fehler zu warten, den Cope selbst machte, aber das passierte nie. Schließlich sagte Sternberg, dass »der Professor, von seinem Temperament abgesehen, perfekt ist, und das sollte man am besten anerkennen«.

Aber der Stein war zerbrechlich, und so kam es, auch bei behutsamster Behandlung, zu Beschädigungen der Fossilien. Am frustrierendsten waren Brüche, die erst Wochen nach dem Absenken passierten.

Es war Sternberg, der als Erster eine Lösung vorschlug.

In Fort Benton hatten sie sich mit mehreren Hundert Pfund Reis eingedeckt. Im Lauf der Zeit wurde klar, dass sie diesen ganzen Reis nie essen würden. (»Wenigstens nicht so, wie Cookie ihn kocht«, grummelte Isaac.) Anstatt ihn einfach zurückzulassen, zerkochte Sternberg den Reis zu einer gallertartigen Paste, die er über die Fossilien goss. Diese neuartige Technik ließ die Fossilien aussehen wie Schneeblöcke – oder, wie er sagte, »riesige Plätzchen«.

Wie man sie auch nennen mochte, die Paste bot einen guten Schutz. Knochenbrüche waren passé.

Am Feuer

Wenn am Abend die Sonne unterging und das Licht weich wurde, sodass das verwitterte Gelände weniger schroff wirkte, besprach Cope mit ihnen die Fundstücke des Tages und erzählte von der verlorenen Welt, in der diese riesigen Tiere gelebt hatten.

»Cope konnte sprechen wie ein großer Redner«, bemerkte Sternberg, »und so wurden an manchen Abenden die toten grauen Steine zu dichtem grünem Dschungel, die tröpfelnden Rinnsale zu Seen, die an Vegetation fast erstickten, der klare Himmel wurde schwer von heißen Regenwolken, und tatsächlich verwandelte sich die ganze öde Landschaft vor unseren Augen in einen uralten Sumpf. Es war geheimnisvoll, wenn er so sprach. Wir bekamen Gänsehaut.«

Zum Teil kam dieser Schauer vom Ruch der Ketzerei, der dem Ganzen anhaftete. Im Gegensatz zu Marsh war Cope kein ausgesprochener Darwinist, aber er schien an die Evolution zu glauben und mit Sicherheit an ein hohes Alter der Welt. Morton wollte Prediger werden wie sein Vater. Er fragte Cope »als einen Mann der Wissenschaft«, wie alt die Erde sei.

Cope sagte, er habe keine Ahnung, aber auf die sanfte Art, die er an den Tag legte, wenn er etwas zu verbergen hatte. Das war die andere Seite seines aufbrausenden Temperaments, diese gelassene, ruhige Stimme. Diese Sanftheit überkam Cope immer, wenn das Gespräch sich in Bereiche bewegte, die man als religiös betrachten konnte. Als frommem Quäker (trotz seines rauflustigen Temperaments) fiel es ihm schwer, auf den religiösen Empfindungen anderer herumzutrampeln.

Sei die Welt, fragte Morton, sechstausend Jahre alt, wie Bischof Ussher gesagt habe?

Sehr viele ernsthafte und informierte Menschen glaubten noch immer an dieses Datum, trotz Darwin und des Wirbels, den die neuen Wissenschaftler, die sich selbst »Geologen« nannten, machten. Denn das Problem mit dem, was die Wissenschaftler sagten, war letztlich die Tatsache, dass sie immer etwas anderes sagten. In diesem Jahr hatten sie eine Idee, im nächsten eine andere. Die wissenschaftliche Meinung änderte sich beständig, wie die Mode der Frauen, während das feste Datum 4004 vor Christus die Aufmerksamkeit jener auf sich zog, die nach der größeren Wahrheit suchten.

Nein, sagte Cope, er denke nicht, dass die Welt so jung sei.

Wie alt denn dann?, fragte Morton. Sechstausend Jahre? Zehntausend Jahre?

»Nein«, sagte Cope, noch immer sehr sanft.

»Wie viel älter?«

»Tausend mal tausend Mal so alt«, sagte Cope mit verträumter Stimme.

»Das soll doch wohl ein Witz sein!«, rief Morton. »Vier Milliarden Jahre? Das ist doch völlig absurd.«

»Ich kenne niemanden, der damals dabei war«, sagte Cope sanft.

»Aber was ist mit dem Alter der Sonne?«, fragte Morton mit süffisantem Lächeln.

1871 legte Lord Kelvin, der berühmteste Physiker seiner Zeit, einen ernsthaften Widerspruch gegen Darwins Theorie ein.

Weder Darwin noch sonst jemand hatte in den darauffolgenden Jahren darauf geantwortet.

Was man von der Evolutionstheorie auch halten mochte, sie implizierte auf jeden Fall eine beträchtliche Zeitspanne – mindestens mehrere Hunderttausend Jahre. Zur Zeit von Darwins Veröffentlichung belief sich die älteste Schätzung des Alters der Erde auf etwa zehntausend Jahre. Darwin selbst glaubte, dass die Erde mindestens dreihunderttausend Jahre alt sein müsse, um der Evolution genug Zeit zu geben. Die irdischen Indizien, die dieses neue Studium der Geologie erbrachten, waren verwirrend und widersprüchlich, aber es schien zumindest vorstellbar, dass die Erde mehrere Hunderttausend Jahre alt sein könnte.

Lord Kelvin ging an diese Frage anders heran. Er fragte, wie lange die Sonne schon brenne. Zu dieser Zeit war die Masse der Sonne bereits bekannt; sie loderte offensichtlich entsprechend demselben Prozess der Verbrennung, den man auf der Erde fand; deshalb konnte man die Zeit schätzen, die vergehen würde, bis die Masse der Sonne in einem großen Feuer verzehrt war. Kelvins Antwort lautete, dass die Sonne innerhalb von zwanzigtausend Jahren vollständig verbrennen werde.

Die Tatsache, dass Lord Kelvin ein sehr religiöser Mann war und deshalb der Evolution widersprach, durfte nicht als Beeinflussung seines Denkens betrachtet werden. Er hatte das Problem aus dem unparteiischen Blickwinkel der Mathematik und der Physik betrachtet. Und er hatte daraus unwiderruflich geschlossen, dass für den evolutionären Prozess einfach nicht genug Zeit war.

Unterstützende Beweise leiteten sich aus der Wärme der Erde ab. Aus Bergwerksschächten und anderen Bohrungen wusste man, dass die Erdtemperatur alle dreihundert Meter um ein Grad stieg. Das legte nahe, dass der Erdkern noch immer sehr heiß war. Aber wenn die Erde wirklich vor mehreren Hunderttausend Jahren entstanden war, wäre sie seitdem längst abgekühlt. Das war die eindeutige Implikation des zweiten Gesetzes der Thermodynamik, und das war nicht zu bestreiten.

Aus diesem physikalischen Dilemma gab es nur einen Ausweg, und Cope gab Darwin wieder, indem er ihn vorschlug. »Vielleicht«, sagte er, »wissen wir nicht alles über die Energiequellen der Sonne und der Erde.«

»Meinen Sie, dass es eine neue Form der Energie geben könnte, die der Wissenschaft noch nicht bekannt ist?«, fragte Morton. »Die Physiker sagen, dass das unmöglich ist, dass sie die Gesetze, die das Universum bestimmen, komplett erfasst haben.«

»Vielleicht irren sich die Physiker.«

»Vielleicht irrt sich jemand anders.«

»Das ist wahr«, sagte Cope neutral.

So unvoreingenommen, wie er sich Mortons Überzeugungen anhörte, begegnete er auch Little Wind, dem Snake Scout.

Zu Beginn der Ausgrabungen hatte Little Wind sich aufgeregt und Einwände gegen ihre Grabungen erhoben. Er sagte, sie würden getötet werden.

»Wer wird uns töten?«

»Der Große Geist, mit Blitzen.«

»Warum?«, fragte Sternberg.

»Weil wir die Begräbnisstätte stören.«

Little Wind erklärte, es seien die Knochen von riesigen Schlangen, die vor Urzeiten die Erde bevölkert hätten, bevor der Große Geist sie gejagt und alle mit Blitzen getötet habe, damit der Mensch auf der Prärie leben könne.

Der Große Geist wolle nicht, dass man die Schlangenknochen störe, und er sei ihren Abenteuern nicht wohlgesinnt.

Sternberg, der Little Wind sowieso nicht mochte, berichtete das pflichtschuldig an Cope.

»Er könnte recht haben«, sagte Cope.

»Das ist doch nichts als der Aberglaube eines Wilden«, schnaubte Sternberg.

»Aberglaube? Welchen Teil meinen Sie?«

»Alles«, sagte Sternberg. »Die gesamte Vorstellung.«

Cope sagte: »Die Indianer glauben, dass diese Fossilien die Knochen von Schlangen sind, das heißt von Reptilien. Auch wir glauben, dass es Reptilien waren. Sie glauben, dass diese Kreaturen riesig waren. Wir tun das auch. Sie glauben, dass der Große Geist sie getötet hat. Wir sagen, wir wissen nicht, warum sie verschwanden – aber da wir keine eigene Erklärung anbieten, wie können wir sicher sein, dass die ihre Aberglaube ist?«

Sternberg ging kopfschüttelnd davon.

Faules Wasser

Cope suchte die Lagerplätze ausschließlich nach ihrer Nähe zu Fossilien aus. Eines der größten Probleme ihres ersten Lagers war der Mangel an Wasser. Der nahe Bear Creek war so stark verschmutzt, dass sie nach dem ersten Abend von dort kein Wasser mehr holten, da sie in dieser Nacht alle unter Durchfall und Krämpfen litten. Und das sonstige Wasser im Ödland war, in Sternbergs Worten, »wie eine konzentrierte Lösung von Bittersalzen«.

Also bezogen sie ihr gesamtes Wasser aus Quellen. Little Wind kannte einige, die nächste lag einen Zwei-Meilen-Ritt vom Lager entfernt. Da Johnson beim Wasser der Pingeligste war, weil er es für die Entwicklung seiner Fotos brauchte, bekam er die Aufgabe, jeden Tag zur Quelle zu reiten und das Wasser zu holen.

Auf diese Ausflüge ging er niemals ohne Begleitung. Mit den Crow hatten sie keine Probleme gehabt, und die Sioux waren angeblich immer noch weit im Süden, aber sie befanden sich auf indianischen Jagdgründen und konnten nie wissen, ob sie nicht doch auf kleine Gruppen feindseliger Indianer trafen. Allein durch die Prärie zu reiten barg immer ein Risiko.

Dennoch war es für Johnson die erfreulichste Zeit des Tages. Unter der großen Kuppel des Himmels zu reiten, auf einer

Ebene, die sich weit in alle Richtungen erstreckte, war ein Erlebnis, das er als beinahe mystisch empfand.

Normalerweise ritt Little Wind mit ihm. Auch Little Wind verließ gern das Lager, wenn auch aus anderen Gründen. Je mehr Knochen im Lauf der Zeit ausgegraben wurden, desto stärker fürchtete er die Strafe des Großen Geistes oder, wie er ihn manchmal nannte, des Überall-Geistes – des Geistes, der in allen Dingen dieser Welt existierte und überall zu finden war.

Normalerweise erreichten sie die Quelle, die in flacher Prärie lag, gegen drei am Nachmittag, wenn die Sonne nicht mehr so heiß brannte und das Licht gelber leuchtete. Sie füllten ihre Wassersäcke und hängten sie an die Pferde, hielten kurz inne, um direkt aus der Quelle zu trinken, und ritten dann zurück.

Als sie eines Tages zur Quelle kamen, bedeutete Little Wind Johnson, in einiger Entfernung zu warten, während er abstieg und die unmittelbare Umgebung der Quelle sehr genau untersuchte.

»Was ist los?«, fragte Johnson.

Little Wind bewegte sich schnell um die Quelle herum, die Nase nur Zentimeter über dem Boden. Hin und wieder nahm er einen Klumpen Präriegras in die Hand, roch daran und ließ ihn wieder fallen.

Dieses Verhalten rief bei Johnson immer eine Mischung aus Erstaunen und Verärgerung hervor – Erstaunen, weil ein Indianer das Land lesen konnte, wie er ein Buch las, und Verärgerung, weil er es nicht selbst lernen konnte, und er vermutete, dass Little Wind, der das wusste, seinem Vorgehen zusätzlich eine gewisse theatralische Note verlieh.

»Was ist los?!«, wiederholte Johnson gereizt.

»Pferde«, sagte Little Wind. »Zwei Pferde, zwei Männer. Heute Morgen.«

»Indianer?« Das Wort kam nervöser aus seinem Mund, als er beabsichtigt hatte.

Little Wind schüttelte den Kopf. »Pferde haben Hufeisen. Männer haben Stiefel.«

Seit fast einem Monat hatten sie, außer den Mitgliedern ihrer eigenen Truppe, keine Weißen mehr gesehen. Für Weiße gab es wenig Grund, hier zu sein.

Johnson runzelte die Stirn. »Trapper?«

»Was für Trapper?« Little Wind deutete auf die flache Weite der Prärie um sie herum. »Hier gibt es nichts, was man mit Fallen fangen könnte.«

»Bisonjäger?« Nach wie vor wurde Handel mit Bisonhäuten betrieben, aus denen man Kleidung machte, die in den Städten verkauft wurde.

Little Wind schüttelte den Kopf. »Bisonjäger jagen nicht auf Sioux-Land.«

Das stimmt, dachte Johnson. Ins Land der Sioux auf der Suche nach Gold einzudringen war eine Sache, aber Büffeljäger würden dieses Risiko nie eingehen.

»Wer sind sie dann?«

»Dieselben Männer.«

»Welche selben Männer?«

»Dieselben wie am Dog Creek.«

Johnson stieg ab. »Dieselben Männer, deren Lager du gefunden hast, da am Dog Creek? Woher weißt du das?«

Little Wind schaute auf den Schlamm. »Dieser Stiefel hat einen gebrochenen Absatz. Derselbe Absatz. Derselbe Mann.«

»Verdammt«, sagte Johnson. »Wir werden verfolgt.«

»Ja.«

»Na gut«, sagte er. »Holen wir uns das Wasser und berichten es Cope. Vielleicht will er etwas unternehmen.«

»Das Wasser hier ist nicht gut.« Little Wind wies auf die Pferde, die still an der Quelle standen.

»Ich verstehe nicht.«

»Pferde trinken nicht«, sagte Little Wind.

Die Pferde tranken immer, sobald sie die Quelle erreichten. Das war das Erste, was sie taten: Sie tränkten die Pferde, bevor sie ihre Wassersäcke füllten.

Aber Little Wind hatte recht: An diesem Tag tranken die Pferde nicht.

»Hol mich doch ...«, sagte Johnson.

»Wasser nicht so gut«, sagte Little Wind. Er beugte sich über das Wasser und schnupperte. Plötzlich tauchte er den Arm bis zur Schulter in die Quelle und zog große Klumpen blassgelben Grases heraus. Er griff noch einmal hinein, holte noch mehr heraus. Mit jedem Klumpen, den er entfernte, floss das Wasser freier.

Er nannte Johnson den Namen des Krautes und erklärte ihm, dass es Männer, die das Wasser tränken, krank machen würde. Little Wind redete schnell, und Johnson verstand nicht alles, außer dass es offensichtlich Fieber und Erbrechen verursachte und die Männer sich verrückt verhielten, wenn sie nicht sogar daran starben.

»Schlechte Sache«, sagte er. »Morgen ist das Wasser gut.«

Er schaute über die Ebene.

»Machen wir uns auf die Suche nach diesen weißen Männern?«, fragte Johnson.

»Ich suche sie.«

»Ich auch«, sagte Johnson.

Beinahe eine Stunde galoppierten sie durch das gelbliche Nachmittagslicht, und bald waren sie weit vom Lager entfernt. Es würde schwierig werden, erkannte Johnson, den Rückweg vor Einbruch der Nacht zu schaffen.

Immer wieder hielt Little Wind an, stieg ab, untersuchte den Boden und stieg wieder auf.

»Wie weit noch?«

»Bald.«

Sie ritten weiter.

Die Sonne versank hinter den Gipfeln der Rockies, und sie ritten immer noch. Johnson machte sich langsam Sorgen. Er war noch nie nachts draußen in freier Prärie gewesen, und Cope hatte ihm wiederholt eingeschärft, immer vor Einbruch der Dunkelheit wieder im Lager zu sein.

»Wie weit denn noch?«

»Bald.«

Sie ritten vielleicht noch fünfzehn Minuten und kamen wieder zum Stehen. Litte Wind schien jetzt viel öfter anzuhalten. Johnson dachte, er tue das, um den Boden in der einbrechenden Dunkelheit besser sehen zu können.

»Wie weit noch?«

»Willst du umkehren?«

»Ich? Nein, ich habe nur gefragt, wie weit noch.«

Little Wind grinste. »Wird dunkel, du hast Angst.«

»Mach dich nicht lächerlich. Ich habe nur gefragt. Ist es noch sehr viel weiter, was meinst du?«

»Nein«, sagte Little Wind. Er hob den Arm. »Dort.«

Hinter einem entfernten Höhenzug sahen sie eine dünne Säule grauen Rauches in den Himmel steigen. Ein Lagerfeuer.

»Pferde dalassen«, sagte Little Wind und stieg ab. Er riss ein Büschel Gras aus der Erde und ließ die Halme in den Wind fallen. Sie wehten nach Süden. Little Wind nickte und erklärte, dass sie sich dem Lager gegen den Wind nähern müssten, sonst würden die Pferde der anderen Männer sie wittern.

Sie krochen vorwärts auf den Höhenzug hoch und schauten hinunter in das Tal unter ihnen.

Im Zwielicht sahen sie zwei Männer, ein Zelt, ein glühendes Feuer. Hinter dem Zelt waren sechs Pferde angebunden. Einer der Männer war untersetzt, der andere groß. Sie brieten Stücke einer Antilope. Johnson konnte ihre Gesichter nicht gut erkennen.

Aber er fand den Anblick dieses einsamen Lagers, das in allen Richtungen von offener Ebene umgeben war, merkwürdig beunruhigend. Warum waren sie da?

»Diese Männer wollen Knochen«, sagte Little Wind und sprach aus, was Johnson dachte.

Und dann beugte sich der große Mann übers Feuer, um das Bein auf dem Spieß zu drehen, und Johnson sah ein Gesicht, das er kannte. Es war der grobe Mann, mit dem er auf dem Bahnhof von Omaha gesprochen hatte. Der Mann, mit dem Marsh nahe dem Maisfeld gesprochen hatte. Navy Joe Benedict.

Und dann hörten sie eine murmelnde Stimme. Die Zeltklappe ging auf, und ein korpulenter Mann mit schütterem Haar kam heraus. Er rieb etwas in seinen Händen – eine Brille, deren Gläser er reinigte. Der Mann sprach wieder, und auch aus der Distanz erkannte Johnson das leichte Stocken, das Formelle seiner Sprache.

Es war Marsh.

Cope klatschte erfreut in die Hände. »Soso. Dann ist der gelehrte Professor der Copeologie uns hierhergefolgt. Was habe ich euch gesagt? Der Mann ist kein Wissenschaftler – er ist ein Neidhammel. Er sucht nicht nach eigenen Entdeckungen – er will die meinen ausspionieren. Ich habe weder die Zeit noch die Lust, ihn auszuspionieren. Aber Daddy Marsh kann den ganzen Weg vom Yale College ins Territorium von Montana kommen, nur um mir auf der Spur zu bleiben!« Er schüttelte den Kopf. »Im Irrenhaus ist noch ein Platz für ihn frei.«

»Sie scheinen belustigt, Professor«, sagte Johnson.

»Natürlich bin ich belustigt. Nicht nur ist meine Theorie vom Schwachsinn dieses Mannes hinlänglich bestätigt – da er mir an den Fersen hängt, kann er offenbar keine eigenen Knochen finden!«

»Ich bezweifle, dass das daraus folgt«, sagte Sternberg nüchtern. »Marsh hat Geld im Übermaß, und seine Studenten sind nicht bei ihm. Wahrscheinlich bezahlt er seine Knochenjäger dafür, dass sie gleichzeitig in drei oder vier Territorien graben, und zwar in diesem Augenblick.«

Sternberg hatte vor einigen Jahren für Marsh in Kansas gearbeitet. Er hatte zweifellos recht, und Cope hörte auf zu lächeln.

»Weil wir vom Finden sprechen«, sagte Cookie, »wie hat er uns gefunden?«

»Little Wind hat gesagt, das sind dieselben Männer, die uns schon am Dog Creek folgten.«

Isaac sprang auf. »Sehen Sie? Ich habe doch gesagt, dass wir verfolgt werden!«

»Setzen Sie sich, J. C.«, sagte Cope. Jetzt hatte er die Stirn gerunzelt, sein Humor war verschwunden.

»Was wollen die hier überhaupt?«, fragte Cookie. »Das sind keine Ehrenmänner. Die werden uns umbringen und die Knochen mitnehmen.«

»Sie werden uns nicht umbringen«, sagte Cope.

»Na, aber die Knochen klauen sie sicher.«

»Das würden sie nicht wagen. Nicht einmal Marsh würde das wagen.«

Aber in der Dunkelheit der Prärie klang er nicht sehr überzeugt. Ein Schweigen entstand. Sie lauschten dem Ächzen des Nachtwinds.

»Sie haben das Wasser vergiftet«, sagte Johnson.

»Ja«, sagte Cope. »Das haben sie.«

»Ich würde das nicht gerade nachbarschaftlich nennen«, sagte Cookie.

»Stimmt ...«

»Sie haben einige wichtige Entdeckungen gemacht, Professor. Jeder Wissenschaftler würde seinen linken Arm hergeben, um sie für sich zu beanspruchen.«

»Stimmt.«

Wieder entstand ein langes Schweigen.

»Wir sind hier draußen sehr weit weg von zu Hause«, sagte Isaac. »Wenn uns etwas passieren würde, kriegt das doch keiner mit. Man würde es den Indianern in die Schuhe schieben, wenn wir nicht nach Fort Benton zurückkehren würden.«

»Man schiebt es auf die Indianer.« Little Wind nickte.

»Genau.«

»Dann sollten wir besser was gegen sie unternehmen«, sagte Isaac.

»Sie haben recht«, sagte Cope schließlich. »Wir werden etwas unternehmen. Wir laden sie morgen Abend zum Essen ein.«

Nachtmahl mit Cope und Marsh

Am nächsten Tag wurde die Suche nach Fossilien unterbrochen, um alles für Marshs Besuch vorzubereiten. Das Lager wurde gereinigt, Kleidung und Körper wurden gewaschen. Sternberg schoss einen Hirsch, und Cookie briet ihn.

Cope war mit seinen eigenen Vorbereitungen beschäftigt. Er suchte in den Stapeln von Fossilien, die sie gefunden hatten, hier ein Stück und dort ein Stück aus und legte sie beiseite.

Johnson fragte, ob er helfen könne, aber Cope schüttelte den Kopf. »Das ist eine Arbeit für Experten.«

»Suchen Sie Fundstücke für Marsh aus?«

»In gewisser Weise. Ich erschaffe eine neue Kreatur: *Dinosaurus marshiensis vulgaris.*«

Bis zum Abend hatte er einen ganz passablen Schädel zusammengestellt, mit zwei hornartigen Fortsätzen, die seitlich aus dem Kiefer ragten wie geschwungene Stoßzähne.

Isaac meinte, das Ding sehe aus wie ein wilder Eber oder ein Warzenschwein.

»Genau«, sagte Cope aufgeregt. »Ein prähistorisches Riesenschwein. Ein schweinsähnlicher Dinosaurier.«

»Ganz nett«, sagte Sternberg, »aber einer genaueren Untersuchung durch Marsh wird es nicht standhalten.«

»Muss es auch nicht.«

Cope befahl ihnen, den Schädel, der mit der Reispaste zusammengeklebt war, anzuheben, und nach seinen Anweisungen trugen sie ihn zunächst weiter vom Feuer weg, dann näher heran, dann wieder weiter weg. Als Nächstes auf die eine Seite, dann auf die andere. Cope stand am Feuer, kniff die Augen zusammen und befahl schließlich, dass er noch einmal bewegt werde.

»Der benimmt sich wie eine Frau, die ihr Haus einrichtet, und wir schieben die Möbel hin und her«, sagte Cookie keuchend.

Es war schon später Nachmittag, als Cope mit der Position des Schädels zufrieden war. Sie alle gingen davon, um sich zu waschen, und Little Wind wurde losgeschickt, um das andere Lager zum Abendessen einzuladen. Schon ein paar Minuten später kehrte er zurück und meldete, dass drei Reiter sich dem Lager näherten.

Cope lächelte grimmig. »Ich hätte wissen müssen, dass er sich selbst einlädt.«

»Beide Männer hatten etwas Theatralisches«, hielt Sternberg, der sowohl für Cope als auch für Marsh gearbeitet hatte, fest, »auch wenn es sich unterschiedlich zeigte. Professor Marsh war schwer und pathetisch, ein Mann besonnener Pausen. Er redete langsam und auf eine Art, die den Zuhörer an seinen Lippen hängen ließ. Professor Cope war das genaue Gegenteil – seine Worte kamen in einem purzelnden Schwall, seine Bewegungen waren schnell und nervös, und er fesselte die Aufmerksamkeit, wie ein Kolibri es tut, so brillant schnell, dass man nichts verpassen will. Bei dieser Begegnung – der einzigen von Angesicht zu Angesicht, die ich je mitbekam – war schnell klar, dass die beiden nichts füreinander übrig hatten, obwohl sie sich große Mühe gaben, dies hinter frostiger Ostküstenförmlichkeit zu verbergen.«

»Welchem Umstand haben wir diese Ehre zu verdanken, Professor Marsh?«, fragte Cope, als die drei Männer ins Lager geritten und abgestiegen waren.

»Ein Höflichkeitsbesuch, Professor Cope«, sagte Marsh. »Wir waren zufällig in der Nachbarschaft.«

»Ganz außerordentlich, Professor Marsh, wenn man bedenkt, was für eine große Nachbarschaft das ist.«

»Ähnliche Interessen, Professor Cope, führen einen auf ähnliche Pfade.«

»Ich bin erstaunt, dass Sie überhaupt wussten, dass wir hier sind.«

»Wir wussten es nicht«, sagte Marsh. »Aber wir haben das Kochfeuer gesehen und wollten Nachforschungen anstellen.«

»Ihre Aufmerksamkeit ehrt uns«, sagte Cope. »Sie müssen natürlich zum Essen bleiben.«

»Wir wollen nicht stören«, sagte Marsh, und sein Blick schnellte im Lager umher.

»Und auch wir haben nicht den Wunsch, Ihre Reise zu verzögern.«

»Da Sie darauf bestehen, bleiben wir sehr gerne zum Essen. Wir nehmen die Einladung dankend an.«

Cookie zauberte einen anständigen Bourbon hervor, und während sie tranken, schaute Marsh sich weiter im Lager um. Sein Blick fiel auf mehrere Fossilien und zum Schluss auf den ungewöhnlichen Schädel, der etwas abseits lag. Seine Augen wurden rund.

»Ich sehe, Sie schauen sich um …«, begann Cope.

»Nein, nein …«

»Unsere Expedition muss Ihnen sehr klein vorkommen, verglichen mit der Größe Ihrer Unternehmungen.«

»Ihre Ausrüstung wirkt effizient und kompakt.«

»Wir hatten das Glück, einen oder zwei bedeutende Funde zu machen.«

»Dessen bin ich mir sicher«, sagte Marsh. Er verschüttete nervös seinen Bourbon und wischte sich mit dem Handrücken übers Kinn.

»Unter Kollegen, vielleicht würde Ihnen eine Besichtigung unseres kleinen Lagers gefallen, Professor Marsh.«

Marshs Aufregung war spürbar, doch er sagte nur: »Ach, ich will ja nicht neugierig sein.«

»Ich kann Sie also nicht verführen?«

»Ich will mir nichts Unschickliches vorwerfen lassen«, sagte Marsh lächelnd.

»Wenn ich darüber nachdenke«, sagte Cope, »haben Sie natürlich wie immer recht. Verzichten wir auf die Besichtigung und essen ganz einfach miteinander.«

In diesem Augenblick warf Marsh ihm einen Blick voll so viel mörderischem Hass zu, dass es Johnson einen Schauer über den Rücken jagte.

»Noch einen Whiskey?«, fragte Cope.

»Ja, ich nehme noch einen«, sagte Marsh und streckte sein Glas hin.

Das Abendessen geriet zu einer Komödie der Diplomatie. Marsh erinnerte Cope an die Details ihrer früheren Freundschaft, die natürlich in Berlin begonnen hatte, als beide Männer noch sehr viel jünger waren und der Bürgerkrieg wütete. Cope beeilte sich, seine eigenen, herzlichen und bestätigenden Anekdoten beizutragen; sie überschlugen sich förmlich in ihrem Eifer, sich gegenseitig ihrer glühenden Bewunderung zu versichern.

»Professor Cope hat Ihnen wahrscheinlich erzählt, wie ich ihm seine erste Arbeit besorgt habe.«

Die Zuhörer wandten höflich ein, dass sie es noch nicht gehört hätten.

»Nun ja, nicht gerade seine erste Arbeit«, sagte Marsh. »Professor Cope hatte seine Position als Zoologieprofessor in Harvard aufgegeben – ziemlich unvermittelt, wenn ich mich recht erinnere –, und 1868 hatte er vor, in den Westen zu gehen. Stimmt das, Professor Cope?«

»Stimmt, Professor Marsh.«

»Also brachte ich ihn nach Washington und stellte ihn Ferdinand Hayden vor, der eben die Geological Survey Expedition vorbereitete. Die beiden mochten sich, und Professor Cope verpflichtete sich als Paläontologe der Expedition.«

»Sehr richtig.«

»Obwohl Sie die Expedition dann gar nicht begleiteten, wenn ich mich recht erinnere«, ergänzte Marsh.

»Nein«, sagte Cope. »Meine kleine Tochter war krank, und mit meiner eigenen Gesundheit war es ebenfalls nicht zum Besten bestellt, deshalb arbeitete ich von Philadelphia aus und katalogisierte die Knochen, die die Expedition nach Hause schickte.«

»Sie haben die außerordentliche Fähigkeit, Schlüsse aus Knochen zu ziehen, ohne die Ausgrabungsstätte gesehen oder sie selbst ausgegraben zu haben.«

Marsh schaffte es, aus diesem Kompliment eine Beleidigung zu machen.

»In dieser Hinsicht sind Sie nicht weniger talentiert, Professor Marsh«, sagte Cope schnell. »Ich wünsche mir oft, ich hätte wie Sie die umfangreichen Mittel von verschiedenen Förderern, die nötig sind, um das große Netzwerk aus Knochenjägern und Fossilienscouts zu bezahlen, die Sie beschäftigen. Es muss schwer für Sie sein, die Menge an Knochen zu bewältigen, die Ihnen nach New Haven geschickt werden, und alle Ihre Aufsätze selbst zu schreiben.«

»Ein Problem, das sich auch Ihnen stellt«, sagte Marsh. »Es erstaunt mich, dass Sie in Ihrer eigenen Berichterstattung nicht mehr als ein Jahr hintendran sind. Sie dürften oft gezwungen sein, mit großer Hast zu arbeiten.«

»Mit hoher Geschwindigkeit sicherlich.«

»Sie hatten schon immer eine außerordentliche Auffassungsgabe«, sagte Marsh und erzählte dann von einigen Wochen, die sie als junge Männer in Haddonfield, New Jersey, mit der gemeinsamen Suche nach Fossilien verbracht hatten. »Das war eine großartige Zeit«, sagte er strahlend.

»Natürlich waren wir damals noch viel jünger und wussten noch nicht, was wir jetzt wissen.«

»Aber schon damals war es so«, sagte Marsh, »wenn ich mich recht erinnere, dass ich, wenn wir ein Fossil gefunden hatten, tagelang darüber nachgrübeln musste, um auf seine Bedeutung zu kommen, während Professor Cope es nur kurz anschaute, mit den Fingern schnippte und ihm einen Namen gab. Eine beeindruckende Demonstration der Gelehrsamkeit – trotz der gelegentlichen Fehler.«

»Ich kann mich an keine Fehler erinnern«, sagte Cope, »obwohl Sie in den Jahren seitdem so freundlich waren, alle meine Fehler aufzuspüren und mich darauf hinzuweisen.«

»Die Wissenschaft ist eine anspruchsvolle Geliebte, die vor allem Wahrheit fordert.«

»Ich persönlich war immer der Überzeugung, dass die Wahrheit ein Nebenprodukt des Charakters eines Mannes ist. Ein ehrlicher Mann wird die Wahrheit mit jedem seiner Atemzüge aufzeigen, während ein unehrlicher Mann sie auf dieselbe Art verzerren wird. Noch Whiskey?«

»Ich glaube, ich nehme jetzt Wasser«, sagte Marsh. Navy Joe Benedict, der neben ihm saß, stieß ihn an. »Wenn man sich's genau überlegt, Whiskey klingt doch gut.«

»Sie wollen kein Wasser?«

»Das Wasser im Ödland bekommt mir nicht.«

»Das ist der Grund, warum wir das unsere aus einer Quelle holen. Wie auch immer, was sagten Sie gerade, Professor Marsh, über die Ehrlichkeit?«

»Nein, ich glaube, die Ehrlichkeit war Ihr Thema, Professor Cope.«

Später schrieb Johnson in sein Tagebuch:

Unsere Begeisterung darüber, diese beiden Giganten der paläontologischen Wissenschaft bei einer persönlichen Begegnung zu sehen, schwand, je länger der Abend dauerte. Es war interessant, wie lange sie sich schon kannten und wie ähnlich sie sich in ihrer Herkunft waren. Beide Männer hatten ihre Mütter bereits in der Kindheit verloren und waren von sehr strengen Vätern aufgezogen worden. Beide Männer hatten von frühester Kindheit an ein Interesse für Fossilien an den Tag gelegt – ein Interesse, das ihre Väter bekämpften. Beide Männer waren schwierige, einzelgängerische Persönlichkeiten – Marsh, weil er auf einer ländlichen Farm aufgewachsen war, Cope, weil er ein Wunderkind gewesen war, das schon mit sechs Jahren anatomische Studien angefertigt hatte. Beide Männer hatten parallele Karrieren verfolgt, sodass sie sich in Europa kennenlernten, wo sie sich beide aufhielten, um die Fossilien dieses Kontinents zu studieren. Zu der Zeit waren sie gute Freunde gewesen, und jetzt waren sie unversöhnliche Feinde.

Im Verlauf der Stunden ließ das Interesse an ihrem Geplänkel nach. Wir waren müde von den Anstrengungen des Tages und reif fürs Bett. Auf Marshs Seite wirkte sein grobschlächtiger Begleiter ähnlich erschöpft. Und dennoch redeten Cope und

Marsh bis spät in die Nacht, stichelten, haderten und tauschten Beleidigungen wie Komplimente aus.
Schließlich schlief Toad neben dem Feuer einfach ein. Sein lautes Schnarchen war der unleugbare Beweis dafür, dass diese beiden ihr Publikum verloren hatten, und da es keine Zuhörer für ihre Spitzfindigkeiten mehr gab, schienen sie auch das Interesse aneinander zu verlieren.
Der Abend hatte sich zu einem scheinbar undramatischen Ende geschleppt – kein Geschrei, keine Schüsse –, und auf beiden Seiten war zu viel getrunken worden. Marsh und Cope gaben sich die Hände, aber mir fiel auf, dass der Handschlag länger dauerte; der eine hielt die Hand des anderen fest und ließ sie nicht los, während sie sich hasserfüllt in die Augen starrten und der Schein des Feuers über ihre Gesichter flackerte. Ich konnte in diesem Augenblick nicht sagen, welcher Mann der Angreifer war, aber ich sah deutlich, wie jeder Mann sich stumm seine unversöhnliche Feindschaft gegenüber dem anderen schwor. Dann wurde der Handschlag beinahe gewaltsam gelöst, und Marsh und seine Männer ritten hinaus in die Dunkelheit.

»Schlaft heute Nacht bei euren Waffen, Jungs.«

Kaum war Marsh hinter dem ersten Höhenzug verschwunden, zeigte sich Cope hellwach, wachsam und voller Energie.

»Holt eure Waffen!«, sagte er. »Schlaft heute Nacht bei euren Waffen, Jungs.«

»Warum? Was soll das heißen?«

»Wir bekommen heute Nacht Besuch, lasst euch das gesagt sein.« Cope ballte kämpferisch die Fäuste. »Diese Wirbeltier-Vulgarität kommt zurück, wie eine Schlange wird sie auf dem Bauch gekrochen kommen, um sich meinen Schweineschädel genauer anzusehen.«

»Aber Sie haben doch nicht vor, auf sie zu schießen?«, fragte Isaac entsetzt.

»Doch«, sagte Cope. »Sie haben uns bekämpft und behindert; sie haben uns die Armee auf den Hals gehetzt, sie haben unser Wasser vergiftet und uns persönlich beleidigt; und jetzt wollen sie unsere Funde stehlen. Ja, ich habe vor, auf sie zu schießen.«

Das kam ihnen ziemlich extrem vor, aber Cope war wütend und ließ sich nicht davon abbringen.

Eine Stunde verging. Fast alle im Lager schliefen ein. Johnson lag neben Cope, und seine Zappeligkeit hielt ihn wach.

Deshalb sah er auch, wie die erste Gestalt über den Höhenzug gekrochen kam.

Cope seufzte leise.

Eine zweite Gestalt, dann eine dritte. Die dritte war untersetzt und schwerfällig.

Cope seufzte noch einmal und richtete seine Waffe aus.

Die Gestalten krochen auf das Lager zu und dann in Richtung des selbst gebauten Schädels.

Cope hob seine Waffe, um zu schießen. Er war ein erstklassiger Schütze, und einen entsetzten Augenblick lang dachte Johnson, er wolle seinen Rivalen wirklich töten.

»Aber, Professor ...«

»Johnson«, sagte er leise, »ich habe ihn im Visier. Ich habe das Recht, einen Eindringling und Dieb zu erschießen. Denken Sie an diese Nacht.«

Cope richtete seine Waffe schräg in die Höhe, schoss zweimal in die Luft und rief: »Indianer! Indianer!«

Dieser Schrei brachte das ganze Lager auf die Füße. Bald wurde von allen Seiten geschossen, die Nachtluft war neblig vom Rauch und roch scharf nach Schießpulver.

Vor dem Lager hörten sie die Eindringlinge den Hügel hochhasten. Hin und wieder schrie jemand: »Hol dich der Teufel! Hol dich doch der Teufel!«

Schließlich rief eine tiefe, markante Stimme: »Genau Ihre Art, Cope! Eine abscheuliche Fälschung! Genau Ihre Art! Eine Fälschung!«

Dann waren die drei Männer verschwunden.

Das Schießen hörte auf.

»Ich glaube, unseren Othy Marsh sehen wir so schnell nicht wieder«, sagte Cope. Dann drehte er sich grinsend um und schlief ein.

Die Zelte werden abgebrochen

Anfang August erhielten sie Besuch von einem Trupp Soldaten, der auf seinem Weg zum Missouri River das Ödland durchquerte. Dampfschiffe kamen flussaufwärts nur bis Cow Island, wo die Armee ein kleines Lager unterhielt. Die Soldaten waren unterwegs, um die dortige Garnison zu verstärken.

Es waren junge irische und deutsche Burschen, nicht älter als die Studenten, und sie schienen sehr erstaunt, hier in dieser Region weiße Männer lebend zu finden. »Ich würde auf jeden Fall von hier abziehen«, sagte einer.

Sie brachten Nachrichten vom Krieg, und es waren keine guten: Custers Niederlage war noch immer nicht gerächt; General Crook hatte am Powder River in Wyoming eine ergebnislose Schlacht geschlagen, seitdem aber keine Indianer mehr gesehen; General Terry hatte überhaupt keinen Feindkontakt mit größeren Sioux-Gruppen gehabt. Der Krieg, von dem die Zeitungen an der Ostküste zuversichtlich vorausgesagt hatten, dass er in ein paar Wochen vorüber sein werde, schien sich jetzt endlos hinzuschleppen. Einige Generäle prophezeiten, dass er noch mindestens ein Jahr dauern werde, vielleicht sogar bis zum Ende des Jahrzehnts.

»Das Problem mit den Indianern ist«, erklärte einer der Soldaten, »wenn sie einen finden wollen, dann finden sie einen – und wenn sie nicht wollen, dass man sie findet, weiß man nicht einmal, dass sie überhaupt da sind.« Er hielt inne. »Das ist schließlich ihr Land, aber das habe ich nicht gesagt.«

Ein anderer Soldat schaute sich ihre aufgestapelten Kisten an. »Schürfen Sie hier?«

»Nein«, sagte Johnson. »Das sind Knochen. Wir graben fossile Knochen aus.«

»Aber natürlich«, sagte der Soldat und grinste breit. Er bot Johnson seine Wasserflasche an, die mit Bourbon gefüllt war. Johnson keuchte auf; der Soldat lachte. »Macht die Meilen kürzer, das kann ich Ihnen sagen.«

»Ich auf jeden Fall würde hier nicht sehr viel länger herumtrödeln«, sagte Captain Lawson. »Soweit wir wissen, ziehen Sitting Bull, Crazy Horse und ihre Sioux für den Winter nach Kanada, was bedeutet, dass sie jeden Tag hier sein können. Wenn sie Sie hier finden, dann bringen sie Sie mit Sicherheit um.«

Und mit dieser letzten Warnung ritt er davon.

(Viel später hörte Johnson, dass Sitting Bull auf seinem Zug nach Norden alle Weißen getötet hatte, auf die er gestoßen war, darunter auch die in Cow Island stationierten Truppen, Captain Lawson eingeschlossen.)

»Ich denke, wir sollten uns auf den Weg machen«, sagte Isaac und rieb sich das Kinn.

»Noch nicht«, sagte Cope.

»Wir haben schon eine Menge Knochen gefunden.«

»Genau«, sagte Cookie. »Eine Menge bis jetzt. Mehr als genug.«

»Noch nicht«, sagte Cope in einem eisigen Ton, der jede Diskussion im Keim erstickte. Wie Sternberg in seinem Bericht über die Expedition notierte: »Wir wussten schon seit Langem, dass eine Diskussion nichts brachte, wenn er eine Entscheidung getroffen hatte. Copes unbeugsamer Wille konnte nicht gebrochen werden.«

Doch Cope beschloss tatsächlich, das Lager abzubrechen und an einen anderen Ort zu ziehen. Seit drei Wochen lagerten sie am Fuß dreihundert Meter hoher Schieferwände. Er hatte die Umgebung erkundet und den Eindruck gewonnen, dass es in drei Meilen Entfernung eine vielversprechendere Fossilienlagerstätte gab.

»Wo?«, fragte Sternberg.

Cope zeigte mit dem Finger die Richtung an. »Oben auf der Hochebene.«

»Sie meinen, das flache Plateau?«

»Genau.«

Isaac protestierte. »Aber, Professor, es dauert drei Tage, das Ödland zu verlassen, eine neue Route zu finden und dann da oben ein neues Lager zu bauen.«

»Nein, wird es nicht.«

»Wir können diese Felswände nicht hoch.«

»Doch, können wir.«

»Ein Mann kann nicht hinaufgehen, ein Pferd nicht hinaufsteigen, und dieser Wagen kann mit Sicherheit nicht diese Wände hochgezogen werden.«

»Doch, er kann. Ich zeige es Ihnen.«

Cope bestand darauf, dass sie sofort packten, und dann zogen sie zwei Meilen nach Osten, wo Cope ihnen stolz einen Schieferhang präsentierte.

Er war viel sanfter als die Felswände in der Umgebung, aber noch immer zu steil. Obwohl es einige flache Kämme gab, war der Schiefer lose und bröckelig und bot nur trügerischen Halt.

Cookie, der Fuhrmann, schaute sich die vorgeschlagene Route an und spuckte Tabaksaft aus. »Ist nicht zu machen, ist nicht zu machen.«

»Doch, ist es«, sagte Cope, »und wird es.«

Sie brauchten vierzehn Stunden, um dreihundert Meter zu überwinden – eine Knochenarbeit und immer gefährlich. Mit Schaufeln und Pickeln gruben sie einen Pfad die Flanke hoch. Dann entluden sie den Wagen und schafften die Ladung auf Pferden nach oben; nun blieb nur noch der Wagen selbst.

Cookie fuhr ihn halb den Abhang hoch, doch als er einen Absatz erreichte, der so schmal war, dass ein Rad in der Luft hing, weigerte er sich weiterzufahren.

Cope wurde wütend und sagte, er werde den Wagen selbst fahren: »Sie sind nicht nur ein abscheulicher Koch, Sie sind auch ein elender Fuhrmann!« Die anderen gingen schnell dazwischen, und Isaac kletterte auf den Kutschbock.

Sie mussten die Führungspferde ausspannen und den Wagen mit den verbleibenden zwei Ponys ziehen.

Sternberg beschrieb es später in *Das Leben eines Fossilienjägers:*

Isaac war etwa zehn Meter gefahren, als das Unausweichliche passierte. Ich sah, wie der Wagen langsam zur Seite kippte und die Ponys mit sich zog, und dann begann das ganze Gespann, Wagen und Pferde, den Abhang hinunterzurollen. Wenn die Räder in die Höhe ragten, zogen die Pferde die Beine an den Bauch, und bei der nächsten Umdrehung streckten sie sie für die nächste Rolle wieder aus.
Mir schlug das Herz bis zum Hals vor Angst, Isaac könnte bei einem der Überschläge getötet werden oder der Wagen den Abhang hinunterstürzen, aber nach drei kompletten Umdrehungen landeten sie, die Pferde auf den Füßen, der Wagen auf den Rädern, auf einem ebenen Sandsteinsims und standen da, als wäre nichts passiert.

Schließlich spannten sie alle Pferde aus und zogen den Wagen mit Seilen nach oben, und am späten Nachmittag schlugen sie ihr Lager auf der Hochebene auf.

Cope blaffte Cookie an: »Dieses Abendessen sollte besser Ihr allerfeinstes werden.«

»Warten Sie's ab«, sagte Cookie. Und er servierte ihnen die übliche Kost aus Hartkeksen, Speck und Bohnen.

Die Nörgelei konnte nicht darüber hinwegtäuschen, dass ihr neues Lager eine entscheidende Verbesserung war. Ein leichter Wind sorgte für Abkühlung, denn sie waren auf einer offenen Hochebene, mit, wie Johnson schrieb, »einem großartigen Blick in jede Richtung – im Westen die hoch aufragenden Rockies mit dem weißen Schnee, der auf ihren Gipfeln glänzte, im Süden, Westen und Norden der Judith River, Medicine Bow, Bearpaw und die Sweet Grass Mountains, und wir mittendrin. Vor allem frühmorgens, wenn wir in der klaren Luft die Herden von Hirschen und Wapitis und Antilopen und dahinter die Berge sahen, war es ein Anblick von solcher Pracht, wie man sie sonst in der Schöpfung wohl nirgends finden mag.«

Aber die Herden der Hirsche und Antilopen wanderten nach Norden, und der Schnee kroch die Rockies herab, während die Tage vergingen. Eines Morgens wachten sie auf und stellten fest, dass sich über Nacht eine dünne Schneedecke übers Land gelegt hatte, und obwohl sie bis zum Mittag weggeschmolzen war, konnten sie die unausweichliche Tatsache nicht ignorieren: Die Jahreszeiten wechselten, der Herbst kam, und mit ihm die Sioux.

»Zeit zum Aufbruch, Professor.«

»Noch nicht«, sagte Cope. »Jetzt noch nicht.«

Die Zähne

Eines Nachmittags stieß Johnson auf einige knubbelige Felsauswüchse, jeder ungefähr so groß wie eine Faust. Er arbeitete gerade an einer vielversprechenden Lagerstätte in der Mitte eines Schieferhangs, und diese Knubbel waren ihm im Weg, deshalb riss er einige aus dem nackten Schiefer. Sie kullerten den Abhang hinunter und verfehlten nur knapp Cope, der am Fuß der Wand stand und ein neu entdecktes *Allosaurus*-Bein zeichnete. Cope hörte sie kommen und sprang mit geübtem Schritt zur Seite.

»He, da oben!«, rief er den Hang hoch.

»Tut mir leid, Professor«, rief Johnson dümmlich. Es fielen noch ein paar weitere Steine, und Cope trat wieder beiseite und staubte sich ab.

»Seien Sie vorsichtig!«

»Ja, Sir. Tut mir leid!«, wiederholte Johnson. Behutsam machte er sich wieder an die Arbeit, legte mit seinem Pickel andere Steine frei, versuchte, sie herauszulösen und …

»Aufhören!«

Johnson schaute nach unten. Cope krabbelte wie ein Verrückter zu ihm hoch, mit einem der heruntergekullerten Steine in jeder Hand.

»Aufhören! Ich sage aufhören!«

»Aber ich bin doch vorsichtig«, protestierte Johnson.

»Warten Sie!« Cope rutschte den Hang ein paar Meter hinunter. »Nichts tun! Nichts anrühren!« Noch immer rufend, rutschte er rücklings weiter und verschwand in einer Staubwolke.

Johnson wartete. Nach einem Augenblick sah er Professor Cope aus dem Staub krabbeln und hektisch den Hang hochklettern.

Johnson dachte, dass er sehr wütend sein musste. Es war töricht und so gut wie unmöglich – wie sie alle längst wussten –, den Hang in direkter Linie hochzuklettern. Die Oberfläche war zu steil und zu bröckelig; ein Kletterer musste sich im Zickzack hocharbeiten, und auch das war so schwierig, dass sie meistens einen Umweg von bis zu einer Meile in Kauf nahmen, um eine einfache Route nach ganz oben zu finden und von dort zu der Stelle abzusteigen, die sie sich ausgesucht hatten.

Und doch kletterte Cope steil nach oben, als würde sein Leben davon abhängen. »Warten Sie!«

»Ich warte, Professor.«

»Tun Sie rein gar nichts.«

»Ich tue nichts, Professor.«

Schließlich war Cope bei ihm, von Staub bedeckt und schwer atmend. Aber er zögerte nicht. Er wischte sich mit dem Hemdsärmel übers Gesicht und schaute die Ausgrabung an.

»Wo ist Ihre Kamera?«, wollte er wissen. »Warum haben Sie Ihre Kamera nicht dabei? Ich will ein Foto der Stücke in Originallage.«

»Von diesen Steinen?«, fragte Johnson erstaunt.

»Steine? Denken Sie, das sind Steine? Sie sind nichts dergleichen.«

»Was sind sie dann?«

»Es sind Zähne!«, rief Cope.

Cope berührte einen, strich mit den Fingern über die sanften Höhen und Tiefen des Höckers. Er legte die beiden Zähne auf seiner Handfläche nebeneinander, fand dann einen dritten Zahn zu Johnsons Füßen und legte ihn in eine Reihe mit den beiden anderen; an der Ähnlichkeit in Größe und Form sah man deutlich, dass sie zueinandergehörten.

»Zähne«, wiederholte er. »Dinosaurierzähne.«

»Aber sie sind riesig! Dieser Dinosaurier muss ja gigantisch sein.«

Einen Augenblick lang dachten die beiden Männer schweigend darüber nach, wie groß ein solcher Dinosaurier gewesen sein musste – was für ein Kiefer nötig war, um Reihen so großer Zähne zu halten, was für ein dicker Schädel, der zu einem so großen Kiefer passte, was für ein enormer Hals vom Durchmesser einer kräftigen Eiche, um einen solchen Schädel samt Kiefer zu heben und zu bewegen, was für ein gigantisches, dem Hals entsprechendes Rückgrat, mit Wirbeln so groß wie Wagenräder, was für riesige Beine, um ein solches Tier zu tragen. Jeder dieser Zähne deutete auf eine ungeheure Größe jedes Knochens und jedes Gelenks hin. Und genau genommen brauchte ein Tier dieser Größe auch noch einen langen Schwanz als Gegengewicht zu seinem Hals.

Cope schaute über die steinige Fläche hinweg ins Leere, in seine eigene Fantasie und sein Wissen. Einen Augenblick lang wich sein gewohnter wilder Optimismus stillem Staunen. »Das komplette Tier musste mindestens doppelt so groß gewesen sein wie jeder bis jetzt bekannte Dinosaurier«, sagte er, fast zu sich selbst.

Sie hatten bereits mehrere Entdeckungen großer Dinosaurier gemacht, darunter drei Exemplare der Gattung *Monoclonius,* eines gehörnten Dinosauriers, der einem riesigen Nashorn geähnelt haben musste. Bei *Monoclonius sphenocerus,* einem der Exemplare, hatte Cope eine Hüfthöhe von über zwei Metern und eine Gesamtlänge inklusive Schwanz von über siebeneinhalb Metern geschätzt.

Doch dieser Dinosaurier hier war noch viel größer. Cope maß die Zähne mit seinem Stahlzirkel, kritzelte einige Berechnungen auf seinen Skizzenblock und schüttelte den Kopf. »Es scheint unmöglich«, sagte er und maß noch einmal. Dann stand er da und starrte wieder in die Weite, als erwartete er, dass der riesige Dinosaurier vor ihm auftauchte und mit jedem Schritt die Erde erzittern ließ. »Wenn wir Entdeckungen wie diese da machen«, sagte er zu Johnson, »heißt das, dass wir noch kaum an der Oberfläche dessen gekratzt haben, was möglicherweise noch zu entdecken ist. Sie und ich sind die ersten Männer in der Geschichte der Menschheit, die diese Zähne zu Gesicht bekommen haben. Sie werden alles verändern, was wir über diese Tiere zu wissen glauben, und sosehr ich auch zögere, so etwas zu sagen, aber der Mensch wird kleiner, wenn wir erkennen, welche erstaunlichen Lebewesen vor uns da waren.«

Johnson erkannte nun, dass alles, was auf Copes Mission erreicht wurde – auch alles, was er jetzt machte –, für zukünftige Wissenschaftler von enormer Bedeutung sein würde.

»Ihre Kamera«, erinnerte ihn Cope. »Wir müssen diesen Augenblick und diesen Ort festhalten.«

Johnson ging los, um seine Ausrüstung von der Hochebene zu holen. Als er, auf seine Schritte bedacht, zurückkam, schüttelte Cope noch immer den Kopf. »Natürlich kann man sich nicht nur auf die Zähne verlassen«, sagte er. »Allometrische Faktoren können in die Irre führen.«

»Wie groß schätzen Sie ihn?«, fragte Johnson. Er schaute auf den Skizzenblock, der jetzt vor Berechnungen wimmelte, einige durchgestrichen und neu angestellt.

»Dreiundzwanzig, möglicherweise dreißig Meter lang, mit einem Kopf vielleicht zehn Meter über dem Boden.«

Und gleich hier gab er ihm einen Namen, *Brontosaurus,* »Donnerechse«, weil es gedonnert haben musste, wenn er ging. »Aber vielleicht«, sagte er, »sollte ich ihn *Apatosaurus* nennen oder ›unwirkliche Echse‹. Denn es scheint unglaublich, dass so eine Kreatur je existiert hat …«

Johnson schoss mehrere Aufnahmen, aus der Nähe und von weiter weg, und Cope war immer mit im Bild. Dann eilten sie ins Lager zurück, erzählten den anderen von ihrer Entdeckung, und im verlöschenden Zwielicht schritten sie die Ausmaße des *Brontosaurus* ab – eines Wesens, so lang wie drei von Pferden gezogene Wagen, so hoch wie ein vierstöckiges Gebäude. Ihre Vorstellungen überschlugen sich. All das war wirklich erstaunlich, und Cope verkündete, dass »allein diese Entdeckung unsere ganze Zeit und Arbeit im Westen rechtfertigt« und dass sie »mit diesen Zähnen eine folgenreiche Entdeckung« gemacht hätten. »Das sind«, sagte Cope, »die Zähne von Drachen.«

Die Probleme, die diese Zähne ihnen bald bereiten würden, konnten sie noch nicht erahnen.

Ums Lagerfeuer

Jede Entdeckung verleitete Cope zu philosophischen Ausflügen am abendlichen Lagerfeuer. Jeder Mann hatte die Zähne untersucht, ihre Grate und Knubbel, das Gewicht in der Hand gespürt. Die Entdeckung des *Brontosaurus* erregte ein ungewöhnliches Maß an Spekulation.

»So vieles in der Natur übersteigt unsere Vorstellungskraft«, sagte Cope. »Zur Zeit dieses *Brontosaurus* war das Gletschereis zurückgegangen und unser gesamter Planet tropisch. Feigenbäume wuchsen in Grönland, Palmen in Alaska. Die weiten Ebenen Amerikas waren damals riesige Seen, und wo wir jetzt sitzen, war der Grund eines Sees. Die Tiere, die wir finden, sind erhalten, weil sie starben und auf den Grund des Sees sanken, wo schlammiges Sediment sie bedeckte und dann selbst zu Stein komprimiert wurde. Aber wer hätte sich solche Dinge ausdenken können, bevor Beweise dafür gefunden wurden?«

Niemand sagte etwas. Alle starrten ins knisternde Feuer.

»Ich bin zweiunddreißig Jahre alt, aber zu der Zeit, als ich geboren wurde«, sagte Cope, »waren Dinosaurier noch unbekannt. All diese vielen Generationen von Menschen, die geboren wurden und starben, die lebten und die Erde bevölkerten, und keiner hätte sich je träumen lassen, dass unser Planet lange, lange vor ihnen von einer Rasse gigantischer, reptilischer Kreaturen beherrscht wurde – für Millionen und Abermillionen von Jahren.«

George Morton hüstelte. »Wenn das so ist, was ist dann mit dem Menschen?«

Ein unbehagliches Schweigen entstand. Die meisten Diskussionen wichen der Frage nach dem Menschen aus. Selbst Darwin hatte sich erst zehn Jahre nach Veröffentlichung seines Buches mit dem Menschen beschäftigt.

»Sie wissen von den deutschen Funden im Neandertal?«, fragte Cope. »Nein? Nun ja, '56 fand man in Deutschland einen kompletten Schädel – mit schweren Knochen und einem mächtigen Brauenwulst. Das Alter der Erdschicht ist umstritten, aber er scheint sehr alt zu sein. Ich selbst sah das Fundstück '63 in Europa.«

»Ich habe gehört, der Neandertalerschädel gehörte einem Affen oder einem Degenerierten«, sagte Sternberg.

»Das ist unwahrscheinlich«, sagte Cope. »Professor Venn in Düsseldorf hat eine neue Methode entwickelt, um die Gehirngröße eines Schädels zu messen: Er füllt die Hirnschale mit Senfsamen und gießt die Samen dann in einen Messbecher. Seine Forschungen zeigen, dass der Neandertalerschädel ein größeres Gehirn enthielt, als wir es heute besitzen.«

»Sie wollen damit sagen, dass dieser Schädel menschlich ist?«, fragte Morton.

»Ich weiß es nicht«, sagte Cope. »Aber ich verstehe nicht, wie man glauben kann, dass Dinosaurier sich entwickelten und Reptilien sich entwickelten, und Säugetiere wie das Pferd sich entwickelten, dass aber der Mensch voll entwickelt und ohne Vorfahren entsprang.«

»Sind Sie nicht ein Quäker, Professor Cope?«

Copes Ideen waren noch immer für die Anhänger fast aller Glaubensrichtungen inakzeptabel, auch für die Religiöse Gesellschaft der Freunde, wie die offizielle Bezeichnung der Quäker lautete.

»Vielleicht bin ich es nicht«, sagte Cope. »Die Religion erklärt, was der Mensch nicht erklären kann. Aber wenn ich etwas vor meinen Augen sehe und meine Religion sich beeilt, mir zu versichern, dass ich mich täusche, dass ich es überhaupt nicht sehe ... Nein, dann bin ich vielleicht doch kein Quäker mehr.«

Raus aus dem Ödland

Der Morgen des 26. August war sehr kühl. Die Gruppe brach zu einer eintägigen Reise nach Cow Island auf. Man erreichte die Insel, gelegen an einem zweihundert Meilen langen Stück des Missouri, wo die Missouri Breaks zu beiden Seiten Barrieren bildeten, über eine natürliche Furt. Hier legten auch Dampfschiffe an, und Cope hatte vor, dort auf das Schiff zu warten, das aus St. Louis kam. Sie wollten alle unbedingt Land gewinnen und machten sich, wenn sie ehrlich waren, große Sorgen wegen der Indianer, aber die Fossilien, die sie gesammelt hatten, passten nicht alle in den Wagen. So blieb ihnen nichts anderes übrig, als zwei Fahrten zu machen. Cope markierte die kostbarste Kiste, diejenige mit den *Brontosaurus*-Zähnen, mit einem dezenten X auf einer Seite.

»Diese hier werde ich für die zweite Fahrt hierlassen«, sagte Cope.

Johnson meinte, er verstehe nicht. Warum sie nicht auf der ersten Fahrt mitnehmen?

»Das Risiko, bei der ersten Fahrt überfallen zu werden, ist wahrscheinlich höher als das Risiko, dass man die zweite Ladung hier findet«, sagte er. »Außerdem sollten wir auf Cow Island zusätzliche Männer anheuern können, die uns auf der zweiten Fahrt bewachen.«

Die erste Fahrt war ereignislos; sie erreichten Cow Island

am frühen Abend und dinierten mit den dort stationierten Truppen. Marsh und seine Männer waren schon mit dem vorherigen Schiff den Missouri hinaufgefahren, nachdem sie die Soldaten vor »Copes Mordgesellen und Vagabunden« gewarnt hatten, die eventuell einige Tage später auftauchen würden.

Captain Lawson lachte. »Ich glaube, Mr. Marsh hat für Ihre Truppe nicht sehr viel übrig«, sagte er.

Cope bestätigte, dass das der Fall sei.

Man erwartete das Dampfschiff in zwei Tagen, aber der Fahrplan war unzuverlässig, vor allem so spät im Jahr. Ihre letzte Fahrt in die Ebene sollte also unbedingt gleich am nächsten Tag unternommen werden. Cope würde auf Cow Island bleiben und die Fossilien für den Transport auf dem Dampfschiff umpacken, während Little Wind und Cookie unter Sternbergs Aufsicht den Wagen zurückfahren würden.

Aber früh am nächsten Morgen wachte Sternberg mit Schüttelfrost und Fieber auf, ein Wiederaufflammen seiner Malaria. Isaac wollte nicht zurückkehren, wegen der Indianer, und Cookie und Little Wind waren zu unzuverlässig, um sie unbeaufsichtigt fahren zu lassen. Es stellte sich die Frage, wer die Expedition führen würde.

Johnson sagte: »Ich führe sie.«

Es war der Moment, auf den er gewartet hatte. Der Sommer in der Prärie hatte ihn abgehärtet, aber er war von den älteren und erfahreneren Männern immer mit einem gewissen Argwohn betrachtet worden. Er sehnte sich nach einer Chance, sich selbst zu beweisen, und diese kurze Fahrt schien die perfekte Gelegenheit zu sein, ein passender Abschluss der Abenteuer dieses Sommers.

Toad ging es genauso. Er sagte sofort: »Ich gehe auch.«

»Sie beide sollten die Fahrt nicht alleine machen«, sagte

Cope. »Es ist mir noch nicht gelungen, zusätzliche Männer zu finden. Und die Soldaten stehen uns nicht zur Verfügung.«

»Wir werden nicht allein sein. Wir haben Cookie und Little Wind.«

Cope runzelte die Stirn. Dann trommelte er nervös mit den Fingern auf seinen Notizblock.

»Bitte, Professor. Es ist wichtig, dass Sie die Fossilien umpacken. Wir werden es schon schaffen. Und der Tag vergeht, während wir hier herumstehen und diskutieren.«

»Nun gut«, sagte Cope schließlich. »Wider besseres Wissen, aber in Ordnung.«

Hocherfreut brachen Johnson und Toad früh an diesem Morgen auf, zusammen mit Cookie und Little Wind, die den Wagen lenkten.

Cope ordnete die Holzkisten mit den Fossilien und packte die um, die nicht sicher genug waren, um die Verheerungen zu überstehen, die die Schauermänner des Dampfschiffs anrichten konnten. Isaac kümmerte sich um Sternberg, der die meiste Zeit delirierte; er kochte ihm einen Tee aus Weidenrinde, der, wie er sagte, das Fieber bekämpfe. Morton half Cope.

Sechs oder sieben andere Fahrgäste warteten auf Cow Island auf das Dampfschiff, unter ihnen ein mormonischer Farmer namens Travis und sein junger Sohn. Sie waren nach Montana gekommen, um den Siedlern die Heilsbotschaft zu bringen, doch sie hatten wenig Erfolg gehabt und waren verstimmt.

»Was haben Sie in diesen Kisten?«, fragte Travis.

Cope hob den Kopf. »Fossile Knochen.«

»Wofür?«

»Ich untersuche sie«, sagte Cope.

Travis lachte. »Warum Knochen untersuchen, wenn Sie lebende Tiere untersuchen können?«

»Das sind die Knochen von ausgestorbenen Tieren.«

»Das kann nicht sein.«

»Warum nicht?«, fragte Cope.

»Sind Sie ein gottesfürchtiger Mann?«

»Ja, das bin ich.«

»Glauben Sie, dass Gott vollkommen ist?«

»Ja, das tue ich.«

Travis lachte noch einmal. »Na, dann müssen Sie mir zustimmen, dass es keine ausgestorbenen Tiere geben kann, weil der Herr in seiner Vollkommenheit nie zulassen würde, dass eine Linie seiner Schöpfung ausstirbt.«

»Warum nicht?«

»Das habe ich Ihnen eben gesagt.«

»Sie haben mir Ihre Ansichten darüber dargelegt, wie Gott sich um seine Angelegenheiten kümmert. Was aber, wenn Gott seine Vollkommenheit erst nach und nach erhält und vergangene Schöpfungen verwirft, um neue zu schaffen?«

»Menschen tun das, weil Menschen unvollkommen sind. Gott tut es nicht, weil er vollkommen ist. Es gab nur eine Schöpfung. Glauben Sie, Gott machte in seiner Schöpfung Fehler?«

»Er erschuf den Menschen. Haben Sie nicht eben gesagt, dass der Mensch unvollkommen ist?«

Travis machte ein finsteres Gesicht. »Sie sind einer dieser Professoren«, sagte er. »Einer dieser gebildeten Narren, die sich von der Rechtschaffenheit ab- und der Gotteslästerung zugewandt haben.«

Cope hatte keine Lust auf eine theologische Diskussion. »Besser ein gebildeter Narr als ein ungebildeter«, blaffte er.

»Sie verrichten das Werk des Teufels«, sagte Travis und trat gegen eine der Fossilienkisten.

»Machen Sie das noch einmal«, sagte Cope, »und ich prügle Ihnen das Hirn aus dem Schädel.«

Travis trat noch einmal gegen eine Kiste.

In einem Brief an seine Frau schrieb Cope:

Ich schäme mich furchtbar für das, was dann passierte, und habe keine Entschuldigungen außer den Mühen, die ich aufgewendet hatte, um diese Fossilien zu sammeln, ihrem unschätzbaren Wert und meiner eigenen Erschöpfung nach einem Sommer voller Hitze und Ungeziefer und ätzendem Alkali des Ödlands. Diesem dummen Frömmler gegenüberzustehen war zu viel für mich, und meine Geduld ließ mich im Stich.

Morton beschrieb direkter, was passiert war:

Ohne Vorwarnung stürzte Cope sich auf diesen Mann und prügelte ihn bis zur Besinnungslosigkeit. Es konnte nicht mehr als eine Minute gedauert haben, denn Professor Cope war sehr kämpferisch veranlagt. Zwischen den Schlägen rief er: »Wie können Sie es wagen, meine Fossilien anzurühren! Wie können Sie es wagen?«, und dann wieder mit Hohn in der Stimme: »Im Namen der Religion!« Der Kampf endete, als die Soldaten Cope von dem armen mormonischen Herren wegzerrten, der nichts anderes gesagt hatte als das, was viele Menschen auf der ganzen Welt für die reine und unbestreitbare Wahrheit hielten.

1876 war das mit Sicherheit noch immer so. Früher in diesem Jahrhundert hatte Thomas Jefferson seine Ansicht, wonach Fossilien ausgestorbene Tiere darstellten, sorgfältig verheimlicht. Zu seiner Zeit betrachtete man es als Ketzerei, für den Glauben an das Aussterben von Arten öffentlich einzustehen. Die Meinungen hatten sich seitdem vielerorts geändert, aber nicht überall. In gewissen Teilen der Vereinigten Staaten war es noch immer sehr brisant, die Evolutionstheorie zu verfechten.

Kurz nach Ende des Streites kam das Dampfschiff *Lizzie B.* um die Flussbiegung und kündigte mit einem Pfeifen seine baldige Ankunft an. Alle Blicke waren auf das Schiff gerichtet, einzig ein Soldat wandte sein Augenmerk in Richtung Prärie und rief: »Schaut dort! Pferde!«

Über die Ebene kamen zwei reiterlose Pferde galoppiert.

»Mir wurde bange ums Herz«, schrieb Cope in sein Tagebuch, »als ich mir ausmalte, was das bedeuten könnte.«

Sie stiegen schnell auf ihre Pferde und ritten den vermeintlich reiterlosen Tieren entgegen. Als sie näher kamen, sahen sie Cookie, vornübergebeugt klammerte er sich halb tot am Sattelknauf fest. Ein halbes Dutzend Indianerpfeile steckte in seinem Körper; Blut floss aus seinen Wunden. Das andere Pferd gehörte Johnson: Der Sattel war blutig, und Pfeile steckten im Leder.

Die Soldaten holten Cookie vom Pferd und legten ihn auf den Boden. Seine Lippen waren geschwollen und verkrustet; sie gaben ihm in kleinen Schlucken aus einer Feldflasche zu trinken, bis er wieder sprechen konnte.

»Was ist passiert?«, fragte Cope.

»Indianer«, sagte Cookie. »Verdammte Indianer. Wir konnten nichts …«

Er hustete Blut, stockend und sich krümmend, und starb.

»Wir müssen sofort zurückkehren und nach Überlebenden suchen«, sagte Cope. »Und nach unseren Knochen.«

Captain Lawson schüttelte den Kopf. Er riss einen Pfeil aus dem Sattel. »Das sind Sioux-Pfeile«, sagte er.

»Und?«

Der Captain nickte in Richtung Prärie. »Da ist nichts mehr,

wozu Sie zurückkehren können, Professor. Es tut mir leid, aber wenn Sie Ihre Freunde überhaupt noch finden – was ich bezweifle –, werden sie skalpiert und verstümmelt sein und in der Prärie verrotten.«

»Aber wir müssen doch etwas tun können.«

»Begraben Sie den da und sprechen Sie ein Gebet für die anderen, das ist so ziemlich alles, was Sie tun können«, sagte Captain Lawson.

Am nächsten Morgen luden sie schwermütig ihre Fossilien auf das Dampfschiff und fuhren den Missouri hinauf. Die nächste Telegrafenstation war Bismarck im Dakota Territory, das fast fünfhundert Meilen weiter östlich am Missouri lag. Als die *Lizzie B.* dort anlegte, schickte Cope an Johnsons Familie in Philadelphia das folgende Telegramm:

> Ich bedauere zutiefst, Ihnen den Tod Ihres Sohnes und dreier anderer Männer eröffnen zu müssen, am gestrigen Tag, den 27. August, im Ödland des Judith-Beckens im Territory durch die Hand feindlicher Sioux-Indianer. Mein aufrichtiges Beileid.
> Edward Drinker Cope, Paläontologe der US

3. Teil

Drachenzähne

Auf der Prärie

Aus dem Tagebuch von William Johnson:

Von Enthusiasmus erfüllt, machten wir uns am Morgen des 27. August auf, um den Rest der Fossilien zu holen. Wir waren zu viert in unserer kleinen Gruppe: Little Wind, der Snake Scout, Toad und ich selbst, der ein kleines Stück hinter den beiden ritt und das vor uns liegende Gelände sehr aufmerksam beobachtete, und schließlich Cookie, der seine Tiere peitschte und verfluchte, während er den Wagen über die Prärie lenkte. Unsere Reise würde uns zwölf Meilen ins Ödland führen und zwölf Meilen wieder zurück. Wir ritten schnell, um noch vor Einbruch der Dunkelheit wieder in Cow Island zu sein.

Es war ein klarer, kalter, wunderschöner Morgen. Fedrige Zirruswolken streiften die blaue Kuppel des Himmels. Auf den Rocky Mountains vor uns glänzte frisch gefallener Schnee, der sich jetzt von den Gipfeln bis in die tiefen Schluchten erstreckte. Das Präriegras flüsterte in einer sanften Brise. Herden blasser Antilopen sprangen vor dem entfernten Horizont. Toad und ich betrachteten uns als Pioniere, die unsere kleine Expedition in die Wildnis führten, in Abenteuer und Gefahren, die tapfer gemeistert werden mussten. Für zwei College-Studenten aus dem Osten von gerade einmal achtzehn Jahren war das enorm aufregend. Wir saßen sehr aufrecht in unseren Sätteln, wir musterten den Horizont mit zusammengekniffenen Augen, wir hatten die Hand auf dem Pistolengriff und die Gedanken ganz bei der vor uns liegenden Aufgabe.

Im Verlauf des Vormittags sahen wir ungeheure Mengen Wild – nicht nur Antilopen, sondern auch Wapitis und Büffel. Es war viel mehr Wild, als wir in unseren bisherigen Wochen in der Prärie gesehen hatten, und wir unterhielten uns darüber. Wir hatten etwa die Hälfte der Strecke zu unserem Lager zurückgelegt – ungefähr sechs Meilen quer über die Prärie –, als Cookie einen Halt verlangte. Ich weigerte mich. »Kein Anhalten, bis wir das Lager erreicht haben«, sagte ich.

»Ihr kleinen Mistkerle werdet anhalten, wenn ich es euch sage«, rief Cookie.

Ich drehte mich um und sah, dass Cookie eine Schrotflinte auf uns gerichtet hatte. Das verlieh ihm große Autorität. Wir hielten an.

»Was hat das zu bedeuten?«, fragte ich mit lauter Stimme.

»Halt's Maul, du kleiner Hohlkopf«, sagte Cookie und kletterte vom Wagen. »Und jetzt runter von den Pferden.«

Ich schaute Little Wind an, doch der wandte den Blick ab.

»Na los, runter von den Pferden«, fauchte Cookie, weshalb wir schließlich abstiegen.

»Was soll diese Aufregung?«, fragte Toad und blinzelte schnell.

»Endstation, Jungs«, sagte Cookie und schüttelte den Kopf. »Hier steige ich aus.«

»Sie steigen aus?«

»Kann auch nichts dafür, wenn ihr zu blöd sein, um die Nase in eurem Gesicht zu sehen. Habt ihr das ganze Wild heute gesehen?«

»Was ist damit?«

»Habt ihr euch nicht gefragt, warum ihr so viel Wild seht? Es wird nach Norden getrieben, das ist der Grund. Schaut dort.« Er deutete nach Süden.

Wir schauten in die angezeigte Richtung. In der Ferne stiegen dünne Rauchfäden in die Höhe.

»Das ist das Lager der Sioux, ihr Trottel. Dort ist Sitting Bull.« Cookie nahm unsere Pferde und stieg auf.

Ich schaute genauer hin. Die Feuer – wenn es überhaupt welche waren – schienen sehr weit weg. »Aber die sind doch mindestens einen Tagesritt entfernt«, protestierte ich. »Wir können es bis ins Lager schaffen, aufladen und zurück auf Cow Island sein, bevor sie uns erreichen.«

»Na, dann macht mal, Jungs«, sagte Cookie. Er saß auf Toads Pferd und führte meines am Zügel.

Ich schaute zu Little Wind, aber er konnte mir nicht in die Augen sehen. Er schüttelte den Kopf. »Schlechter Tag, jetzt. Viele Sioux-Krieger in Sitting Bulls Lager. Töten alle Crow. Töten alle Weißen.«

»Ihr habt den Mann gehört«, sagte Cookie. »Ich schätze meinen Skalp. Auf Wiedersehen, Jungs. Komm, Little Wind.« Und er setzte sich in nördlicher Richtung in Bewegung. Einen Augenblick später wendete Little Wind sein Pferd und ritt mit ihm davon.

Toad und ich standen am Wagen und schauten ihnen nach.

»Die beiden haben das geplant«, sagte Toad. Er schüttelte die Faust hinter ihnen her, während sie zum Horizont ritten. »Mistkerle! Mistkerle!«

Mein froher Mut verflog nun ziemlich schnell.

Plötzlich wurde mir unsere schlimme Lage bewusst – wir waren nur zwei Jungs alleine auf den riesigen Ebenen des Westens. »Was tun wir jetzt?«

Toad war noch immer wütend. »Cope hat sie im Voraus bezahlt, sonst hätten sie sich das nie getraut.«

»Ich weiß«, sagte ich, »aber was machen wir jetzt?«

Toad kniff die Augen zusammen und schaute zu den Rauchfahnen im Süden. »Glaubst du wirklich, dass diese Lager einen Tagesritt entfernt sind?«

»Woher soll ich das wissen?«, rief ich. »Ich habe das nur gesagt, damit sie nicht abhauen.«

»Bei den Indianern ist das nämlich so«, sagte Toad. »Wenn sie ein großes Lager haben, wie das von Sitting Bull, dann haben sie immer Voraustrupps, die jagen und plündern, weit vor dem Lager.«

»Wie weit voraus?«

»Manchmal ein, zwei Tage.«

Wir starrten beide wieder zu den Feuern. »Ich kann sechs, vielleicht sieben Feuer erkennen«, sagte Toad. »Das kann also nicht das Hauptlager sein. Das Hauptlager hätte Hunderte von diesen Feuern.«

Ich traf für mich eine Entscheidung. Ohne die Fossilien würde ich nicht nach Cow Island zurückkehren. Ich könnte dem Professor nicht unter die Augen treten. »Wir müssen die Fossilien holen«, sagte ich.

»Genau«, sagte Toad.

Wir stiegen auf den Wagen und fuhren nach Westen. Ich hatte zuvor noch nie einen Wagen gefahren, schlug mich aber recht tapfer. Toad neben mir pfiff nervös. »Lass uns was singen«, schlug er vor.

»Lieber nicht«, sagte ich. Und so fuhren wir schweigend weiter, während das Herz uns bis zum Hals schlug.

Sie verirrten sich.

Eigentlich waren ihre Spuren vom Vortag noch gut zu erkennen, aber große Abschnitte der Prärie waren so flach und strukturlos wie der Ozean, und so kamen sie mehrmals vom Weg ab.

Sie hatten erwartet, das Lager auf der Ebene noch vor Mittag zu erreichen, tatsächlich aber fanden sie es erst am späten Nachmittag. Sie beluden den Wagen mit den restlichen zehn Kisten Fossilien, die insgesamt etwa tausend Pfund wogen, und dazu noch mit einigen letzten Vorräten und Johnsons fotografischer Ausrüstung. Er war sehr froh, dass sie den Weg hierher auf sich genommen hatten, denn zu den Fossilien, die jetzt auf dem Wagen lagen, gehörte natürlich auch die Kiste mit dem X, die die kostbaren *Brontosaurus*-Zähne enthielt. »Ohne die hätte ich nicht heimkehren mögen«, sagte er.

Inzwischen war es bereits nach vier Uhr, und es wurde langsam dunkel.

Sie waren sich ziemlich sicher, dass sie den Rückweg nach Cow Island im Dunkeln nie finden würden. Das bedeutete, dass sie die Nacht im Lager verbringen müssten – und im Lauf eines weiteren Tages könnten die Sioux sie erreicht haben. Sie diskutierten eben, was sie tun sollten, als sie die wüsten, grauenerregenden Schreie der Indianer hörten.

»O mein Gott«, sagte Toad.

Am östlichen Horizont tauchte eine von vielen Reitern aufgewirbelte Staubwolke auf, die sich auf sie zuwälzte.

Sie kletterten auf den Wagen. Toad holte die Gewehre heraus und lud sie.

»Wie viel Munition haben wir?«, fragte Johnson.

»Nicht genug«, sagte Toad. Seine Hände zitterten, ließen Patronen fallen.

Das Gebrüll wurde lauter. Jetzt sahen sie einen einzelnen

Reiter, der tief geduckt im Sattel saß und von einem Dutzend anderen verfolgt wurde. Aber sie hörten keine Schüsse.

»Vielleicht haben sie keine Gewehre«, sagte Toad hoffnungsvoll. In diesem Augenblick pfiff der erste Pfeil an ihnen vorbei. »Lass uns von hier verschwinden!«

»Wohin?«, fragte Johnson.

»Egal. Nur weg von denen.«

Johnson peitschte mit den Zügeln, und das Gespann reagierte mit ungewohnter Begeisterung. Der Wagen rumpelte beängstigend schnell voran, hüpfte und schlingerte über die Prärie, und die Ladung rutschte ächzend auf der Pritsche herum. In zunehmender Dunkelheit fuhren sie nach Westen, weg vom Missouri River, weg von Cow Island.

Die Indianer kamen immer näher. Der einzelne Reiter erreichte ihren Wagen, und sie sahen, dass es Little Wind war. Er war schweißnass, genauso wie sein Pferd. Little Wind kam sehr dicht an den Wagen und sprang geschickt an Bord. Er gab seinem Pony einen Klaps, und es jagte in nördlicher Richtung davon.

Einige Indianer verfolgten es, aber die meisten jagten weiter hinter dem Wagen her.

»Verdammte Sioux! Verdammte Sioux!«, schrie Little Wind und schnappte sich ein Gewehr. Wieder sausten Pfeile durch die Luft. Little Wind und Toad feuerten auf die herangaloppierenden Indianer. Johnson, der sich kurz umschaute, schätzte, dass es ein Dutzend Krieger waren, vielleicht sogar mehr.

Die Reiter kamen immer näher und umzingelten den Wagen mühelos von drei Seiten. Toad und Little Wind schossen auf sie, und beide trafen einen Indianer beinahe gleichzeitig, sodass es ihn rücklings vom Pferd riss. Ein anderer kam immer näher, bis Toad sorgfältig zielte und schoss; der Sioux-Krieger fasste sich ans Auge, sackte mit schlaffen Gliedern nach vorn und fiel dann seitlich vom Pferd.

Ein Indianer schaffte es, auf den Wagen zu springen, so, wie Little Wind es getan hatte. Schon schwang er seinen Tomahawk über Johnson, doch Little Wind schoss ihm in den Mund. In dem Augenblick, als die Klinge Johnsons Oberlippe aufschlitzte, zerbarst das Gesicht des Kriegers, er kippte nach hinten, fiel vom Wagen und verschwand im Staub.

Johnson fasste sich an das blutende Gesicht, aber für Entsetzen war keine Zeit; Little Wind drehte sich zu ihm und rief: »Wo fährst du hin? Fahr nach Süden!«

»Im Süden ist das Ödland!« Es war bereits ziemlich dunkel, es wäre Selbstmord, nachts in das Ödland mit seinen schroffen Abhängen und tiefen Rinnen zu fahren.

»Nach Süden!«

»Wir sterben, wenn wir nach Süden fahren!«

»Wir sterben sowieso. Nach Süden!«

Und dann erkannte Johnson, was ihm da befohlen wurde. Ihre einzige Hoffnung, ihre sehr geringe Hoffnung bestand darin, dorthin zu fahren, wohin die Indianer ihnen nicht folgen würden. Er peitschte das Gespann, und der Wagen rumpelte, so schnell es ging, nach Süden, aufs Ödland zu.

Vor ihnen erstreckte sich eine Meile offener Prärie, die schreienden und johlenden Indianer hatten sie jetzt auf allen Seiten umzingelt. Ein Pfeil ritzte Johnsons Bein und nagelte seine Hose am hölzernen Bock fest, aber er spürte keinen Schmerz und fuhr weiter. Es wurde immer dunkler, ihre Gewehre blitzten hell bei jedem Schuss auf. Die Indianer, die ihren Plan mittlerweile durchschaut hatten, verfolgten sie umso intensiver.

Bald konnte Johnson die erodierte, dunkle Linie des Ödlands am Rand der Prärie erkennen. Die flache Ebene schien einfach in schwarzes Nichts abzufallen. Sie näherten sich der Kante mit beängstigender Geschwindigkeit.

»Festhalten, Jungs!«, schrie er, und ohne das Gespann zu zügeln, ließ er den Wagen über die Kante und in die Dunkelheit schnellen.

Im Ödland

Stille unter einem abnehmenden Mond.

Wasser tropfte auf sein Gesicht, auf die Lippen. Er öffnete die Augen und sah, dass Little Wind sich über ihn beugte. Johnson hob den Kopf.

Der Wagen stand aufrecht. Die Pferde schnaubten leise. Sie waren am Fuß eines steilen, hoch aufragenden Abhangs.

Johnson spürte ein Kneifen im Bein. Er versuchte, sich zu bewegen.

»Bleib«, sagte Little Wind. Seine Stimme klang angespannt.

»Fehlt mir wa…«

»Bleib«, wiederholte er. Er stellte eine Feldflasche ab und gab ihm eine andere. »Trink.«

Johnson nippte, verschluckte sich, hustete. Der Whiskey brannte ihm in der Kehle, und ein bisschen was spritzte auf den Riss an seiner Oberlippe und ließ auch den brennen.

»Trink mehr«, sagte Little Wind. Er schnitt den Stoff von Johnsons Hosenbein mit einem Messer auf. Johnson schaute an sich hinunter.

»Nicht schauen«, sagte Little Wind, aber es war zu spät.

Der Pfeil hatte Haut und Fleisch an seinem rechten Bein durchstochen und ihn an den Bock genagelt. Das Fleisch rund um die Wunde war hässlich geschwollen und lila verfärbt.

Johnson spürte Schwindel und Übelkeit in sich aufsteigen. Little Wind packte ihn. »Warte. Trink.«

Johnson nahm einen großen Schluck. Der Schwindel kehrte zurück.

»Ich mache das wieder gut«, sagte Little Wind, über Johnsons Bein gebeugt. »Nicht hinschauen.«

Johnson starrte in den Himmel, zum Mond. Dünne Wolken zogen vorüber. Er spürte den Whiskey.

»Was ist mit Toad?«

»Unten bleiben. Nicht hinschauen.«

»Ist Toad in Ordnung?«

»Jetzt nicht kümmern.«

»Wo ist er? Lass mich mit ihm reden!«

»Jetzt tut's gleich weh«, sagte Little Wind und spannte den Körper an. Es gab ein knallendes Geräusch, und Johnson spürte einen so heftigen Schmerz, dass er laut aufschrie und seine Stimme von der Felswand widerhallte. Gleich darauf spürte er einen sengenden Schmerz, der noch schlimmer war; er konnte nicht schreien, nur nach Luft schnappen.

Little Wind hob den Pfeil in die Höhe, der im Mondschein blutig glänzte.

»Fertig jetzt.«

Johnson wollte aufstehen, aber Little Wind hielt ihn zurück. Er gab ihm den Pfeil. »Behalt den.« Johnson spürte warmes Blut aus der offenen Wunde quellen; Little Wind verband sie mit einem Stoffstreifen, den er aus seinem Stirnband geschnitten hatte.

»Gut. Jetzt gut.«

Johnson drückte sich hoch und spürte beim Aufstehen Schmerzen, doch sie waren erträglich. »Wo ist Toad?«

Little Wind schüttelte den Kopf.

Toad lag ausgestreckt hinten auf dem Wagen. Ein Pfeil hatte

seinen Hals seitlich durchstochen; in seiner Brust steckten zwei weitere Pfeile. Toads Augen starrten nach links, sein Mund klaffte, als wäre er noch immer überrascht, dass er tot war.

Johnson hatte noch nie einen Toten gesehen, und er kam sich komisch vor, als er Toad die Augen schloss und sich abwandte. Er war nicht so sehr traurig, fühlte sich eher, als wäre er gar nicht hier an diesem trostlosen Ort irgendwo im Westen, als wäre er nicht allein mit einem indianischen Scout, als wäre er nicht in tödlicher Gefahr. Sein Verstand weigerte sich einfach, das zu akzeptieren. Er suchte sich etwas zu tun und sagte: »Wir sollten ihn besser begraben.«

»Nein!« Little Wind schien entsetzt.

»Warum nicht?«

»Sioux finden ihn.«

»Nicht, wenn wir ihn begraben, Little Wind.«

»Sioux finden die Stelle, graben ihn aus, nehmen seinen Skalp, nehmen seine Finger. Frauen kommen, nehmen noch mehr.« Er deutete auf seine Lenden.

Johnson schauderte. »Wo sind die Sioux jetzt?«

Little Wind deutete zu der Ebene über der Felswand.

»Gehen sie weg, oder bleiben sie?«

»Sie bleiben. Sie kommen in der Früh. Bringen vielleicht noch mehr Krieger.«

Mattigkeit überkam Johnson, sein Bein pochte. »Wir brechen auf, sobald es hell ist.«

»Nein. Jetzt aufbrechen.«

Johnson hob den Kopf. Die Wolken waren dichter geworden, und ein blassblauer Hof umringte den Mond.

»In ein paar Minuten ist es stockdunkel. Man sieht dann nicht einmal Sterne.«

»Wir müssen aufbrechen«, beharrte Little Wind.

»Es grenzt schon an ein Wunder, dass wir bis jetzt überlebt

haben, aber wir können auf keinen Fall in der Dunkelheit durchs Ödland fahren.«

»Jetzt aufbrechen«, sagte Little Wind.

»Aber dann sterben wir.«

»Wir sterben sowieso. Jetzt aufbrechen.«

Sie bewegten sich durch völlige Dunkelheit.

Johnson fuhr den Wagen, und Little Wind ging ein paar Schritte voraus. Little Wind hatte einen langen Stecken und einige Steine in den Händen. Wenn er nicht sehen konnte, was vor ihm lag, warf er Steine.

Manchmal dauerte es lange, bis sie auf dem Boden landeten, und wenn das Geräusch dann zurückkam, klang es entfernt und hohl und hallend. Dann tastete Little Wind sich vor, klopfte mit dem Stecken auf den Boden wie ein Blinder, bis er den Rand des Abhangs gefunden hatte. Dann dirigierte er den Wagen in eine andere Richtung.

Diese Art der Fortbewegung war anstrengend und quälend langsam. Johnson konnte nicht glauben, dass sie pro Stunde mehr als ein paar Hundert Meter vorankamen; es schien sinnlos. Bei Tagesanbruch würden die Indianer den Abhang hinunterstürmen, ihre Spur aufnehmen und sie innerhalb von Minuten finden.

»Was soll das bringen?«, fragte er immer dann, wenn das Pochen in seinem Bein besonders schlimm wurde.

»Schau in den Himmel«, antwortete Little Wind dann.

»Ich sehe den Himmel. Er ist schwarz. Der Himmel ist schwarz.«

Little Wind sagte nichts.

»Was ist mit dem verdammten Himmel?«

Doch Little Wind gab keine weiteren Erklärungen.

Kurz vor Sonnenaufgang fing es an zu schneien.

Sie hatten den Bear Creek am Rande des Ödlands erreicht und hielten an, um das Gespann zu tränken.

»Schnee ist gut«, sagte Little Wind. »Unkpapa-Krieger sehen Schnee, wissen, dass sie uns leicht verfolgen können. Sie warten, bleiben warm am Feuer ein, zwei Stunden in der Früh.«

»Und wir sausen unterdessen wie der Teufel.«

Little Wind nickte. »Sausen wie Teufel.«

Vom Bear Creek steuerten sie nach Westen. Johnson spürte jedes Rumpeln des Wagens in seinem Bein.

»Wohin gehen wir, nach Fort Benton?«

Little Wind schüttelte den Kopf. »Alle Weißen gehen nach Fort Benton.«

»Du meinst, die Sioux erwarten, dass wir dorthin gehen?«

Er nickte.

»Wohin dann?«

»Heilige Berge.«

»Was für heilige Berge?«

»Donnerberge des Großen Geistes.«

»Warum gehen wir dorthin?«

Little Wind antwortete nicht.

»Wie weit sind diese heiligen Berge weg? Was tun wir, wenn wir dort sind?«

»Vier Tage. Wart ab«, sagte Little Wind. »Du triffst viele weiße Männer.«

»Aber warum gehst du dorthin?«

Johnson bemerkte, dass Blut durch Little Winds Wildlederbluse sickerte.

»Little Wind, bist du verletzt?«

Mit hoher Falsettstimme stimmte Little Wind ein Lied an. Johnson sagte nichts mehr.

Sie wandten sich nach Süden und zogen über die Prärie.

Little Wind starb still in der dritten Nacht. Johnson wachte bei Tagesanbruch auf und sah ihn steif am schwelenden Feuer liegen, das Gesicht schneebedeckt, die Haut kalt.

Mit seinem Gewehr als Stütze zerrte Johnson Little Winds Leichnam zum Wagen, wuchtete ihn mühsam auf die Ladefläche, legte ihn neben Toads Leichnam und fuhr weiter. Er hatte Fieber und Hunger und delirierte oft. Er war sicher, dass er sich verirrt hatte, aber das war ihm egal. Er zwang sich, aufrecht sitzen zu bleiben, auch wenn sein Bewusstsein aus diesem Martyrium floh und verwirrende Visionen erzeugte. Irgendwann glaubte er, der Wagen nähere sich dem Rittenhouse Square in Philadelphia, und dass er erfolglos nach dem Herrenhaus seiner Familie suchte.

Früh am vierten Tag fand er eine deutlich sichtbare, frische Wagenspur. Der Pfad wand sich ostwärts auf eine Kette niederer purpurner Hügel zu.

Er folgte dem Pfad in die Hügellandschaft hinein. Im Weiterfahren kam er an Stellen vorbei, wo Holz geschlagen und Initialen in Baumstämme geritzt worden waren – Spuren weißer Männer. Es war sehr kalt, und es schneite heftig, als er eine letzte Anhöhe erreichte und in der Senke darunter eine Stadt entdeckte – eine einzige schlammige Straße mit rechteckigen, zweckmäßigen Holzhäusern zu beiden Seiten. Er trieb die Pferde an und fuhr hinunter.

Und so kam es, dass William Johnson, halb bewusstlos vor Hunger, Durst, Erschöpfung und Blutverlust, mit einer Wagenladung Knochen und den Leichen eines Weißen und eines Indianers am 31. August 1876 in die Stadt Deadwood Gulch einfuhr.

Deadwood

Deadwood war ein trostloser Anblick: eine einzelne Straße, gesäumt von ungetünchten Holzhäusern und umgeben von kahlen Hügeln – die Bäume hatte man gefällt, um Bauholz für die Stadt zu gewinnen. Alles war mit einer dünnen Schicht schmutzigen Schnees bedeckt. Trotz des tristen Erscheinungsbildes war die Stadt mit der Erregtheit einer Boomtown aufgeladen. Die Hauptstraße von Deadwood präsentierte die in Goldgräberstädten übliche Vielfalt – eine Eisenwarenhandlung, ein Schreiner, eine Trockenguthandlung, vier Pferdeställe, sechs Lebensmittelhandlungen, eine Chinatown mit vier chinesischen Wäschereien und fünfundsiebzig Saloons. Und mittendrin das Grand Central Hotel.

Johnson taumelte die vier Stufen hoch, und als Nächstes fand er sich auf einer gepolsterten Bank im Inneren des Hotels wieder, umsorgt vom Besitzer, einem älteren Mann mit dicker Brille und schütterem, pomadisiertem Haar.

»Junger Freund«, witzelte er, »ich habe schon Männer in einem schlimmeren Zustand gesehen, aber ein großer Teil von denen war tot.«

»Essen?«, krächzte Johnson.

»Wir haben hier jede Menge Essen. Ich werde Ihnen in den Speisesaal helfen, und dann wollen wir was Nahrhaftes in Sie hineinbekommen. Haben Sie Geld?«

Eine Stunde später fühlte er sich schon deutlich besser und schaute von seinem Teller hoch. »Das war gut. Was war das?«

Die Frau, die den Tisch abräumte, sagte: »Bisonzunge.«

Der Besitzer, Sam Perkins mit Namen, schaute vorbei. Trotz der eher derben Umgebung war er äußerst höflich. »Ich denke, Sie brauchen ein Zimmer, junger Mann.«

Johnson nickte.

»Vier Dollar, im Voraus zu bezahlen. Und ein Bad ist gleich die Straße runter in den Deadwood Public Baths zu haben. Auch wenn man es nicht glauben mag, ja, wir haben hier sogar ein öffentliches Badehaus.«

»Verbindlichsten Dank«, sagte Johnson.

»Dieser hübsche Riss in Ihrem Gesicht wird von alleine heilen, allerdings eine Narbe hinterlassen, aber um dieses Bein muss man sich kümmern.«

»Ich pflichte Ihnen bei«, sagte Johnson matt.

Perkins fragte, wo Johnson herkomme. Er sagte, er komme aus dem Ödland Montanas in der Nähe von Fort Benton. Perkins schaute ihn ungläubig an, meinte aber nur, das sei eine lange Reise gewesen.

Johnson stand auf und fragte, ob es irgendwo eine Möglichkeit gebe, die Kisten auf seinem Wagen einzulagern. Perkins sagte, er habe hinter dem Hotel einen Raum, der den Gästen zur Verfügung stehe, und dass nur er den Schlüssel dazu habe. »Was wollen Sie denn einlagern?«

»Knochen«, sagte Johnson und spürte, dass die warme Mahlzeit ihm neue Kraft gegeben hatte.

»Sie meinen Tierknochen?«

»Genau.«

»Wollen Sie Suppe kochen?«

Johnson konnte über den Witz nicht lachen. »Sie sind für mich sehr wertvoll.«

Perkins meinte, er glaube nicht, dass irgendjemand in Deadwood ein Interesse daran habe, seine Knochen zu stehlen.

Johnson meinte, er sei für diese Knochen durch die Hölle gegangen und habe zwei Leichen in seinem Wagen, die das bewiesen, und er wolle kein Risiko eingehen. Könne er bitte seine Knochen in diesem Lagerraum unterbringen?

»Wie viel Platz brauchen Sie denn? Es ist keine Scheune.«

»Ich habe zehn Kisten mit Knochen und einiges an Ausrüstung.«

»Na, dann schauen wir uns die Sachen mal an.«

Perkins folgte Johnson auf die Straße hinaus, schaute in den Wagen und nickte. Während Johnson anfing, die Kisten umzupacken, inspizierte Perkins die schneebedeckten Leichen. Er wischte den Schnee weg.

»Der da ist ein Indianer.«

»Stimmt.«

Perkins schaute Johnson mit zusammengekniffenen Augen an. »Wie lange haben Sie diese beiden schon bei sich?«

»Der eine ist schon fast eine Woche tot. Der Indianer starb gestern.«

Perkins rieb sich das Kinn. Er fragte: »Denken Sie daran, Ihren Freund zu beerdigen?«

»Jetzt, da ich ihn von den Sioux wegbekommen habe, werde ich das wohl tun.«

»Am nördlichen Stadtrand gibt es einen Friedhof. Was ist mit dem Indianer?«

»Ich werde ihn ebenfalls begraben.«

»Nicht auf dem Friedhof.«

»Er ist ein Snake.«

»Schön für ihn«, sagte Perkins. »Mit Snakes, die am Leben sind, haben wir keine Probleme, aber auf dem Friedhof können Sie keinen Indianer begraben.«

»Warum nicht?«

»Die Bewohner der Stadt werden das nicht dulden.«

Johnson schaute sich die ungetünchten Holzbauten an. Die Stadt schien noch nicht lange genug zu existieren, um sich eine bürgerschaftliche Meinung zu irgendeinem Thema gebildet zu haben, aber er fragte einfach, warum nicht.

»Er ist ein Heide.«

»Er ist ein Snake, und ich habe ihn aus demselben Grund nicht begraben, aus dem ich auch den weißen Mann nicht begraben habe. Wenn die Sioux das Grab gefunden hätten, hätten sie ihn ausgegraben und verstümmelt. Dieser Indianer hat mich in Sicherheit gebracht. Ich bin ihm ein anständiges Begräbnis schuldig.«

»Sie machen mit ihm, was Sie wollen«, sagte Perkins, »solange Sie ihn nur nicht auf dem Friedhof begraben. Sie wollen doch keine Probleme verursachen. Nicht in Deadwood.«

Johnson war zu müde, um zu diskutieren. Er trug die Kisten mit den Fossilien nach drinnen, stapelte sie so, dass sie so wenig Platz wegnahmen wie möglich, und versicherte sich, dass Perkins den Raum auch verschloss, nachdem er ihn verlassen hatte. Dann bat er den Besitzer, ein Bad für ihn zu arrangieren, und ging davon, um die Leichen zu begraben.

Er brauchte lange, um auf dem Friedhof am Stadtrand das Loch für Toad zu graben. Er musste einen Pickel benutzen, bevor er die steinige Erde ausschaufeln konnte. Dann zerrte er Toad vom Wagen und schleifte ihn ins Grab, was nicht sehr bequem aussah, auch nicht für einen Toten. »Tut mir leid, Toad«, sagte er laut. »Ich sage deiner Familie Bescheid, wenn ich Gelegenheit dazu habe.«

Als die erste Schaufel Erde auf Toads Gesicht landete, hielt Johnson inne. Ich bin nicht mehr der, der ich mal war, dachte er. Dann füllte er das Grab auf.

Anschließend fuhr er mit Little Winds Leichnam auf einer Seitenstraße aus der Stadt hinaus und schaufelte unter einer ausladenden Kiefer an einem Hang ein Grab. Die Erde war hier leichter zu bearbeiten, was ihn auf den Gedanken brachte, die Stadt hätte den Friedhof wohl besser hierherverlegt. Der Hang neigte sich nach Norden, und von hier aus war kein Hinweis auf eine Siedlung oder weiße Männer zu sehen.

Er setzte sich hin und weinte, bis ihm zu kalt wurde, um noch länger zu bleiben. Er kehrte in die Stadt zurück, nahm sein Bad und reinigte und verband sein Bein sorgfältig. Dann zog er seine schmutzigen, blutverkrusteten Sachen wieder an.

In seinem Hotelzimmer hing über der Waschschüssel ein Spiegel, und nun untersuchte er zum ersten Mal den Riss an seiner Oberlippe. Die Wundränder heilten bereits ab, hatten sich aber nicht geschlossen. Eine ziemlich große Narbe würde bleiben.

Das Bett war eine dünne Strohmatratze auf einem schlichten Holzrahmen.

Er schlief dreißig Stunden ohne Unterbrechung.

Aus Johnsons Tagebuch:

Als ich zwei Tage später nach unten in den Speisesaal des Hotels ging, um etwas zu essen, stellte ich fest, dass ich zu Deadwoods berühmtester Person geworden war. Bei Antilopensteaks traktierten die fünf anderen Hotelgäste – alles grobe Goldgräber – mich mit Bourbon und Fragen nach meinen Abenteuern. Wie der Besitzer Mr. Perkins waren auch sie ausgesprochen höflich in ihren Umgangsformen, und jeder behielt beim Essen beide Hände auf dem Tisch. Höflich hin oder her, ich merkte doch, dass sie mir meine Geschichte nicht glaubten. Es dauerte eine Weile, bis ich erfuhr, warum. Offensichtlich war jeder, der behauptete, es von Montana nach Dakota geschafft zu haben, allem Anschein nach ein Lügner, da jeder, der das versuchte, den sicheren Tod durch die Hand der Sioux erleiden würde. Tatsächlich hatte ich nach dem Angriff auf den Wagen überhaupt keine Indianer mehr gesehen; anscheinend war Sitting Bull nördlich von uns, als wir die Grenze überquerten. Doch in Deadwood glaubte man mir die Geschichte nicht, und dies lenkte die Aufmerksamkeit auf meine »Knochen«, die ich eingelagert hatte. Ein interessierter Gast war ein harter Kerl nahmen Broken Nose Jack McCall, dessen Spitzname wahrscheinlich von einer Saloonschlägerei herrührte. Broken Nose hatte außerdem ein Auge, das unerschütterlich nach links schaute und einen bläulichen Schimmer hatte, wie bei einem Raubvogel. Ob nun wegen seines Auges oder aus einem anderen Grund, war er ein sehr gemeiner Mann, aber nicht so gemein wie sein Begleiter Black Dick Curry, der auf seinem linken Handgelenk eine Schlangentätowierung hatte und den unwahrscheinlichen Spitznamen »Goldgräbers Freund« trug. Als ich Perkins fragte, warum er Goldgräbers Freund genannt werde, antwortete der Hotelbesitzer, das sei eine Art Witz.

»Was meinen Sie mit Witz?«

»Wir können es zwar nicht beweisen, aber die meisten Leute denken, dass Dick Curry und seine Brüder Clem und Bill die Wegelagerer sind, die die Postkutschen und Goldtransporte von Deadwood nach Laramie und Cheyenne ausrauben«, erklärte Perkins.

»Wir sind in der Nähe von Cheyenne?«, fragte ich, plötzlich aufgeregt. Zum hundertsten Mal verfluchte ich mein mangelhaftes geografisches Wissen.

»Nicht weiter weg als von sonst wo«, sagte der Besitzer.

»Ich will dorthin«, sagte ich.

»Hier hält Sie doch niemand, oder?«

In heller Aufregung, weil er an Lucienne dachte, kehrte er in sein Zimmer zurück. Aber nachdem er die Tür aufgeschlossen hatte, entdeckte er, dass sein Zimmer durchsucht worden war. Seine persönliche Habe lag überall verstreut. Seine Brieftasche fehlte, sein gesamtes Geld war verschwunden.

Er ging nach unten zu Perkins an die Rezeption.

»Ich wurde ausgeraubt.«

»Wie kann das sein?«, fragte Perkins und begleitete ihn nach oben. Perkins betrachtete das Zimmer mit Gleichmut. »Nur einer der Jungs, der, getrieben von Neugier, Ihre Geschichte überprüfen wollte. Man hat doch nichts gestohlen, oder?«

»Doch, man hat mir die Brieftasche gestohlen.«

»Wie kann das sein?«

»Sie war hier, in meinem Zimmer.«

»Sie haben Ihre Brieftasche im Zimmer gelassen?«

»Ich wollte doch nur nach unten zum Abendessen.«

»Mr. Johnson«, sagte Perkins ernst, »Sie sind in Deadwood. Sie dürfen Ihr Geld keine Sekunde aus den Augen lassen.«

»Nun ja, ich habe es getan.«

»Das ist ein Problem«, sagte Perkins.

»Sie sollten besser den Marshal rufen und den Raub melden.«

»Mr. Johnson, in Deadwood gibt es keinen Marshal.«

»Keinen Marshal?«

»Mr. Johnson, letztes Jahr um diese Zeit gab es diese Stadt noch nicht. Wir sind wahrlich noch nicht dazu gekommen, einen Marshal anzustellen. Außerdem glaube ich nicht, dass die Jungs einen dulden würden. Die würden ihn auf der Stelle umbringen. Erst vor zwei Wochen wurde Bill Hickok hier getötet.«

»Wild Bill Hickok?«

»Genau der.« Perkins erklärte, dass Hickok in Nuttal and Mann's Saloon Karten gespielt habe, als Jack McCall hereingekommen sei und ihn in den Hinterkopf geschossen habe. Die Kugel habe Hickoks Schädel durchdrungen und sei im Handgelenk eines Mitspielers stecken geblieben. Hickok sei tot gewesen, bevor seine Hände seine Revolver berührt hätten.

»Der Jack McCall, mit dem ich am Tisch saß?«

»Genau der. Es geht das Gerücht, Jack sei angeheuert worden, um Wild Bill zu töten, von Leuten, die gefürchtet hätten, er werde als Marshal eingestellt. Ich vermute, dass jetzt niemand mehr scharf auf diesen Job ist.«

»Wer vertritt dann hier das Gesetz?«

»Hier gibt es kein Gesetz«, sagte Perkins. »Das ist Deadwood.« Er sprach langsam wie zu einem dummen Kind. »Richter Harlan führt die Untersuchungen, wenn er nüchtern genug ist, aber ansonsten gibt es hier kein Gesetz, und die Leute wollen es so. Verdammt, jeder Saloon in Deadwood ist eigentlich gegen das Gesetz; das hier ist Indianerterritorium, und in Indianerterritorien darf man keinen Schnaps verkaufen.«

»Na schön«, sagte Johnson. »Wo ist das Telegrafenamt? Ich telegrafiere meinem Vater, dass er mir Geld anweist, dann bezahle ich Sie und bin weg.«

Perkins schüttelte den Kopf.

»Kein Telegrafenamt?«

»Nicht in Deadwood, Mr. Johnson. Zumindest noch nicht.«

»Was unternehme ich dann wegen meines gestohlenen Geldes?«

»Das ist ein Problem«, pflichtete Perkins ihm bei. »Sie sind jetzt seit drei Tagen hier, Sie schulden mir sechs Dollar, plus das heutige Abendessen, das ist noch ein Dollar mehr. Und Sie haben Ihre Pferde bei Colonel Ramsey untergestellt?«

»Ja, weiter unten an der Straße.«

»Nun, er verlangt zwei Dollar pro Tag, das macht noch mal sechs oder acht Dollar, die Sie ihm schulden. Ich schätze, Sie können ihm Ihren Wagen und das Gespann verkaufen, um die Schuld zu begleichen.«

»Wenn ich meinen Wagen und das Gespann verkaufe, wie soll ich dann mit meinen Knochen von hier weg?«

»Das ist ein Problem«, sagte Perkins. »Das ist es wirklich.«

»Ich weiß, dass es ein Problem ist!« Johnson fing an zu schreien.

»Nun, Mr. Johnson, bewahren Sie doch einen kühlen Kopf«, sagte Perkins beruhigend. »Sie haben noch immer vor, nach Laramie und Cheyenne zu gehen?«

»Ja.«

»Dann nützt Ihnen der Wagen sowieso nichts.«

»Warum nicht?«

»Mr. Johnson, warum kommen Sie nicht nach unten und gestatten mir, Ihnen etwas einzuschenken? Ich fürchte, es gibt hier noch ein paar Tatsachen, mit denen Sie sich vertraut machen müssen.«

Diese Tatsachen waren folgende:

Es gab zwei Straßen nach Deadwood, eine aus dem Norden und eine aus dem Süden.

Johnson hatte nur unbehelligt nach Deadwood fahren können, weil er von Norden gekommen war. Von Norden wurde nie jemand erwartet; die Route war schlecht, und im Norden gab es feindliche Indianer, und deshalb wurde die Straße nicht von Räubern und Wegelagerern heimgesucht.

Die Straße nach Laramie und Cheyenne dagegen führte nach Süden. Und auf dieser Straße wimmelte es von Dieben. Manchmal lauerten sie Auswanderern auf, die hierherkamen, um ihr Glück zu suchen, vor allem aber lauerten sie allen auf, die Deadwood in südlicher Richtung verließen.

Zusätzlich gab es marodierende Indianerhorden, die von weißen Banditen wie dem berüchtigten »Persimmons Bill« unterstützt wurden, der angeblich die Wilden angeführt hatte, die verantwortlich für das Massaker an der gesamten Metz-Gruppe im Red Canyon vor ein paar Monaten waren.

Die Postkutschenlinie war in diesem Jahr aufgenommen worden, anfangs nur mit einem bewaffneten Wachmann oder Kurier, der neben dem Kutscher auf dem Bock saß. Doch schon bald erhöhte man auf zwei Kuriere, dann auf drei. In letzter Zeit waren es nie weniger als vier. Und wenn die Gold Stage, der Goldtransporter, einmal die Woche in den Süden fuhr, reiste sie in einem Konvoi mit einem Dutzend schwer bewaffneter Wachen.

Doch selbst dann kamen sie nicht immer durch. Manchmal wurden sie zurück nach Deadwood getrieben, manchmal wurden sie getötet und das Gold geraubt.

»Sie meinen, die Wachen wurden getötet?«

»Die Wachen wie die Passagiere«, sagte Perkins. »Diese Wegelagerer töten von Natur aus jeden, der ihnen in die Quere kommt. Das ist ihre Berufsauffassung.«

»Das ist ja grotesk!«

»Yep. Und ziemlich übel.«

»Wie soll ich dann von hier wegkommen?«

»Nun, das wollte ich Ihnen ja gerade erklären«, sagte Perkins geduldig. »Es ist viel leichter, nach Deadwood zu kommen, als von hier wieder abzureisen.«

»Was kann ich tun?«

»Nun ja, im kommenden Frühling sollte sich die Lage ein wenig beruhigen. Es heißt, Wells Fargo wird eine Postkutschenlinie eröffnen, und die haben Erfahrung darin, sich mit solchen Desperados ins Benehmen zu setzen. Dann dürften Sie sicher sein.«

»Im Frühling. Aber jetzt ist September.«

»Ich glaube schon«, sagte Perkins.

»Wollen Sie mir damit sagen, dass ich bis zum Frühling in Deadwood festsitze?«

»Ich glaube schon«, sagte Perkins und schenkte ihm noch ein Glas ein.

Das Leben in Deadwood

In den späteren Abendstunden ereigneten sich jede Menge Schießereien, und Johnson verbrachte eine unruhige Nacht. Er wachte mit heftigen Kopfschmerzen auf. Perkins gab ihm starken schwarzen Kaffee, und dann ging er in die Stadt, um Geld aufzutreiben.

Der Schnee war während der Nacht geschmolzen, die Straßen waren jetzt knöcheltief mit stinkendem Schlamm bedeckt, die Holzhäuser fleckig vor Feuchtigkeit. Jetzt sah Deadwood noch trister aus, und die Aussicht, sechs oder sieben Monate hier zu verbringen, deprimierte ihn. Auch besserte sich seine Stimmung nicht, als er auf der schlammigen Straße einen Toten auf dem Rücken liegen sah. Fliegen umschwirrten die Leiche, drei oder vier Faulenzer standen davor, rauchten Zigarren und redeten über den Verblichenen, aber keiner machte Anstalten, die Leiche fortzuschaffen; auch Fuhrwerke rollten einfach daran vorbei.

Johnson blieb stehen. »Was ist passiert?«

»Das ist Will Jackson. Er hatte gestern eine Auseinandersetzung.«

»Eine Auseinandersetzung?«

»Ich glaube, er ließ sich auf einen Streit mit Black Dick Curry ein, und sie legten ihn draußen auf der Straße bei.«

Ein anderer Mann sagte: »Will hat immer zu viel getrunken.«

»Soll das heißen, Dick hat ihn erschossen?«

»War nicht das erste Mal. Dick tötet gern. Tut es, so oft er kann.«

»Sie lassen ihn einfach hier liegen?«

»Ich weiß nicht, wer ihn wegschafft«, sagte einer.

»Na ja, er hat keine Verwandten, die um ihn trauern. Er hatte einen Bruder, aber der starb vor drei Monaten an der Ruhr. Ein paar Meilen östlich von hier hatten die beiden einen kleinen Claim.«

»Was ist eigentlich mit diesem Claim passiert?«, fragte ein Mann und schnippte Asche von seiner Zigarre.

»Glaub nicht, dass die je was rausgeholt haben.«

»Er hatte aber auch nie Glück.«

»Nein, das hatte Willy nie.«

Johnson sagte: »Also bleibt die Leiche einfach hier liegen?«

Ein Mann deutete mit dem Daumen auf den Laden hinter ihnen. Auf dem Schild stand KIM SING WASCHEN UND BÜGELN. »Na ja, er liegt vor Sings Bude, ich schätze, Sing wird ihn fortschaffen, bevor er zu reif wird und ihm das Geschäft verdirbt.«

»Sings Sohn wird ihn wegschaffen.«

»Zu schwer für den Sohn, kann ich mir vorstellen. Er ist ja erst elf.«

»Nee, der Kleine ist stark.«

»Aber nicht so stark.«

»Er hat den alten Jack weggeschafft, als die Kutsche ihn überfuhr.«

»Stimmt, Jack hat er weggeschafft.«

Sie diskutierten noch immer, als Johnson sich in Bewegung setzte.

In Colonel Ramseys Stall bot er seinen Wagen und das Gespann zum Kauf an. Cope hatte beides in Fort Benton zu dem überhöhten Preis von hundertachtzig Dollar gekauft; Johnson glaubte, dass er dafür vielleicht vierzig oder fünfzig Dollar bekommen würde.

Colonel Ramsey bot ihm zehn.

Nach langem Jammern stimmte Johnson schließlich zu. Ramsey erklärte nun, dass Johnson ihm bereits sechs schulde, und knallte die Differenz – vier Silberdollar – auf die Ladentheke.

»Das ist ein Skandal«, sagte Johnson.

Schweigend nahm Ramsey einen der vier Dollar wieder von der Theke.

»Wofür ist das?«

»Dafür, dass Sie mich beleidigt haben«, sagte Ramsey. »Wollen Sie es noch einmal versuchen?«

Colonel Ramsey war ein abgebrühter Kerl und deutlich über eins achtzig groß. An jeder Hüfte trug er einen Colt Sechsschüsser mit langem Lauf.

Johnson nahm die restlichen drei Dollar und wandte sich zum Gehen.

»Ganz schön große Klappe, kleiner Mistkerl. Wenn ich Sie wäre, würde ich lernen, sie zu halten.«

»Ich weiß den Rat zu schätzen«, sagte Johnson leise. Allmählich verstand Johnson, warum jeder in Deadwood so höflich, so beinahe unnatürlich ruhig war.

Er ging zum Black Hills Overland and Mail Express am Nordende der Straße. Der dortige Angestellte informierte ihn, dass der Fahrpreis in der normalen Kutsche acht Dollar betrage, in der Expresskutsche aber dreißig Dollar.

»Warum kostet die Expresskutsche so viel mehr?«

»Die Expresskutsche wird von einem Sechsergespann gezogen. Vor der normalen Kutsche sind nur zwei Pferde, und sie ist langsamer.«

»Das ist der einzige Unterschied?«

»Na ja, in letzter Zeit kam die langsame Kutsche nicht immer durch.«

»Oh.«

Johnson erklärte nun, dass er auch Fracht zu transportieren habe. Der Mann nickte. »Die meisten Leute haben das. Wenn es Gold ist, dann kostet es eineinhalb Prozent des Schätzwerts.«

»Es ist kein Gold.«

»Na, dann kostet es die normale Frachtrate, fünf Cent pro Pfund. Wie viel haben Sie?«

»Ungefähr tausend Pfund.«

»Tausend Pfund! Was in Gottes Namen wiegt tausend Pfund?«

»Knochen«, sagte Johnson.

»Das ist sehr ungewöhnlich«, sagte der Angestellte. »Ich weiß gar nicht, wie wir das unterbringen sollen.« Er kritzelte Zahlen auf ein Blatt Papier. »Diese, äh, Knochen, können doch aufs Dach?«

»Ich schätze, das können sie, wenn sie da oben sicher sind.«

Bei fünf Cent pro Pfund schätzte Johnson, dass die Kosten fünfzig Dollar betragen würden.

»Das wären dann achtzig Dollar, plus fünf Dollar Ladegebühr.«

Mehr, als er erwartet hatte. »Fünfzig für die Fracht und dreißig für die Expresskutsche. Insgesamt fünfundachtzig?«

Der Angestellte nickte. »Wollen Sie die Fahrt buchen?«

»Noch nicht.«

»Sie wissen ja, wo Sie uns finden«, sagte er und wandte sich ab.

An der Tür drehte Johnson sich noch einmal um. »Wegen der Expresskutsche«, sagte er.

»Ja?«

»Wie oft kommt sie durch?«

»Na ja, meistens«, sagte der Angestellte. »Das Beste, was Sie tun können, keine Frage.«

»Aber wie oft?«

Der Angestellte zuckte die Achseln. »Ich würde sagen, drei von fünf kommen durch. Ein paar werden durchsiebt, aber meistens geht es gut.«

»Vielen Dank«, sagte Johnson.

»Nichts zu danken«, sagte der Mann. »Sind Sie sicher, dass Sie in den Kisten keine Goldnuggets haben?«

Der Angestellte der Postkutschenstation war nicht der Einzige, der von den Kisten mit den Knochen gehört hatte. Ganz Deadwood wusste davon, und jede Menge Spekulationen machten die Runde. Zum Beispiel war bekannt, dass Johnson mit einem toten Indianer nach Deadwood gekommen war. Da die Indianer besser wussten als jeder weiße Mann, wo in ihren heiligen Black Hills Gold zu finden war, dachten viele, dass der Indianer Johnson das Gold gezeigt und Johnson dann ihn und seinen eigenen Partner umgebracht hatte, um sich mit dem Erz davonzumachen, das er jetzt als Kisten voller »Knochen« ausgab.

Andere waren sich sicher, dass die Kisten kein Gold enthielten, weil Johnson sie nicht zum Schätzer auf der anderen Straßenseite gebracht hatte, was das einzig Sinnvolle war, was man mit Gold tun konnte. Aber die Kisten könnten dennoch sehr wertvoll sein, enthielten vielleicht Juwelen oder sogar Bargeld.

Doch falls das der Fall war, warum brachte er sie dann nicht zur Deadwood Bank? Dafür lautete die einzig mögliche Erklärung, dass die Kisten wiedererkennbare gestohlene Schätze enthielten, die von den Bankangestellten identifiziert werden könnten. Was für Schätze das sein mochten, war schwer zu sagen, aber jeder redete viel darüber.

»Ich denke, Sie sollten diese Knochen besser woandershin bringen«, sagte Sam Perkins. »Die Leute reden darüber. Ich kann nicht garantieren, dass sie nicht aus dem Lagerraum gestohlen werden.«

»Kann ich sie nach oben in mein Zimmer bringen?«

»Dabei wird Ihnen aber niemand helfen, falls Sie das wissen wollen.«

»Das wollte ich gar nicht wissen.«

»Tun Sie, was Sie wollen. Wenn Sie mit Unmengen von Tierknochen in einem Raum schlafen wollen, wird niemand etwas dagegen haben.«

Und genau das tat er dann. Zehn Kisten, die Treppe hoch, sorgfältig an der Wand aufgestapelt, sodass sie fast das gesamte Licht von seinem einzigen Fenster blockierten.

»Natürlich weiß jeder, dass Sie sie nach oben gebracht haben«, sagte Perkins. »Das lässt sie noch wertvoller erscheinen.«

»Daran habe ich auch schon gedacht.«

»Die Pfosten in dieser Wand sind solide, aber die Tür kann jeder aufbrechen.«

»Ich könnte einen dicken Holzriegel an der Innenseite anbringen, wie bei einer Stalltür.«

Perkins nickte. »Das sichert diese Kisten, wenn Sie im Zimmer sind, aber was ist, wenn Sie es nicht sind?«

»Ich könnte am Türstock zwei Löcher bohren, eins in der Wand und eins in der Tür, und eine Kette mit Vorhängeschloss benutzen.«

»Haben Sie ein gutes Vorhängeschloss?«

»Nein.«

»Ich habe eins, aber Sie müssen es mir abkaufen. Zehn Dollar. Stammt von der Tür eines Güterwagens der Sioux City and

Pacific Railroad, der in Flammen aufgegangen ist. Ist schwerer, als es aussieht.«

»Ich wäre Ihnen sehr zu Dank verpflichtet.«

»Sie wären mir noch zu mehr verpflichtet, finanziell gesprochen.«

»Ja.«

»Ich fürchte, da werden Sie sich einen Job besorgen müssen«, sagte Perkins. »Sie müssen über hundert Dollar aufbringen und zusätzlich das, was Sie mir schulden. Das ist viel Geld, wenn man es ehrlich verdienen muss.«

Das brauchte man Johnson nicht zu sagen.

»Können Sie irgendwas, irgendeine sinnvolle Arbeit?«

»Ich habe den ganzen Sommer gegraben.«

»Hier kann jeder graben. Das ist der einzige Grund, warum die Leute in die Black Hills kommen – um zu graben. Nein, ich meine, können Sie kochen oder Pferde beschlagen oder schreinern, so was in der Richtung? Eine besondere Fähigkeit.«

»Nein. Ich bin Student.« Johnson schaute zu den Kisten mit Fossilien. Er legte seine Hand auf eine, strich darüber. Er könnte die Fossilien hierlassen. Er könnte die Postkutsche von Deadwood nach Fort Laramie nehmen und dort nach Hause um Geld telegrafieren. Er könnte Cope benachrichtigen – falls Cope noch am Leben war –, dass die Fossilien verloren waren. In Gedanken bastelte er sich eine Geschichte zusammen: Sie waren überfallen worden, der Wagen war umgekippt und einen Abhang hinuntergestürzt, alle Fossilien waren verloren oder zertrümmert. Eine Schande, aber nichts zu machen.

Wie auch immer, dachte er, die Fossilien sind nicht so wichtig, ist doch der ganze amerikanische Westen voll von Fossilien. Wo immer man an einem Hang grub, fand man alte Knochen. Diese paar würde keiner vermissen. In dieser Wildnis gab es auf jeden Fall mehr Fossilien als Gold. Und bei dem Tempo, in dem Cope und Marsh sammelten, würde man sich in einem Jahr kaum noch an sie erinnern.

Dann kam ihm eine andere Idee: die Fossilien hier in Deadwood lassen, nach Laramie fahren, um Geld telegrafieren, dann mit entsprechenden Mitteln nach Deadwood zurückkehren, die Fossilien holen und mit ihnen erneut aufbrechen.

Aber er wusste, falls er je lebend aus Deadwood hinausgelangen sollte, würde er nie mehr zurückkehren. Nicht um alles in der Welt. Er musste sie entweder jetzt mitnehmen oder sich ohne sie aus dem Staub machen.

»Drachenzähne«, sagte er leise, berührte die Kiste und dachte an den Augenblick ihrer Entdeckung.

»Was sagten Sie?«

»Nichts«, sagte Johnson. Sosehr er sich auch bemühte, gedanklich konnte er die Bedeutung dieser Fossilien nicht schmälern. Nicht nur, weil er sie mit eigenen Händen ausgegraben hatte, im Schweiße seines Angesichts. Nicht nur, weil dafür Männer gestorben waren, seine Freunde und Gefährten. Vor allem wegen dem, was Cope gesagt hatte.

Diese Fossilien waren die Überreste der größten Kreaturen, die je auf dieser Erde gelebt hatten – Kreaturen, die die Wissenschaft nicht einmal vermutete, die der Menschheit unbekannt waren, bis ihre kleine Truppe sie mitten im Ödland von Montana ausgegraben hatte.

»Von ganzem Herzen«, schrieb er in sein Tagebuch,

möchte ich diese verfluchten Steine hier in dieser verfluchten Stadt in dieser verfluchten Wildnis zurücklassen. Von ganzem Herzen möchte ich sie hierlassen und nach Philadelphia zurückkehren und nie mehr in meinem Leben an Cope oder Marsh oder Gesteinsschichten oder Dinosaurierarten oder an irgendeinen Aspekt dieses erschöpfenden Unterfangens denken.

Aber zu meinem Entsetzen muss ich feststellen, dass ich es nicht kann. Ich muss sie mitnehmen oder hier bei ihnen bleiben, wie eine Henne bei ihren Eiern bleibt. Diese verdammten Prinzipien.

Während Johnson mit der Hand über die Kiste strich, deutete Perkins zu einem Stapel Ausrüstung unter einer Plane. »Gehört das auch Ihnen? Was ist das alles?«

»Das ist eine fotografische Ausrüstung«, sagte Johnson gedankenverloren.

»Können Sie damit umgehen?«

»Natürlich.«

»Na ja, dann sind Ihre Probleme gelöst!«

»Wie das?«

»Wir hatten hier einen Mann, der fotografische Bilder machte. Letzten Frühling ist er mit seiner Kamera ab nach Süden. Nur er und ein Pferd, um die Landschaft zu fotografieren. Warum, weiß ich nicht. Die nächste Postkutsche fand ihn auf dem Rücken liegend, Truthahngeier auf ihm. Die Kamera war in tausend Stücke zersprungen.«

»Was ist mit seinen Platten und Chemikalien passiert?«

»Wir haben sie noch, aber niemand weiß, was man damit machen soll.«

Die Kunstgalerie Black Hills

Wie schnell können sich Nachteile in Vorteile verwandeln!«, schrieb Johnson in sein Tagebuch.

Nach der Eröffnung meines Studios, der Kunstgalerie Black Hills, wird jeder meiner Charakterfehler in einem neuen Licht gesehen. Zuvor wurden meine Ostküstengewohnheiten als Mangel an Männlichkeit betrachtet, jetzt sind sie ein Beweis meiner künstlerischen Fähigkeiten. Zuvor wurde mein Desinteresse am Goldschürfen mit Argwohn, jetzt mit Erleichterung aufgenommen. Zuvor hatte ich nichts, was irgendjemand wollte, jetzt kann ich etwas liefern, wofür jeder teuer zu bezahlen bereit ist – ein Porträt.

Johnson mietete sich Räumlichkeiten an der Südkurve von Deadwood, weil das Tageslicht ihm hier stärker und länger erschien; die Kunstgalerie Black Hills lag hinter Kim Sings Wäscherei, und das Geschäft lief rege.

Johnson verlangte zwei Dollar für ein Porträt und erhöhte den Preis, als die Nachfrage immer größer wurde, auf drei. Der Bedarf erstaunte ihn immer wieder. »In dieser rauen und öden Umgebung wollen harte Männer nichts sehnlicher, als totengleich dazusitzen und dann mit ihrem fotografischen Ebenbild davonzugehen.«

Das Leben eines Goldgräbers bestand aus erschöpfender Knochenarbeit; all diese Männer hatten einen langen und gefährlichen Weg auf sich genommen, um in dieser zerklüfteten Wildnis ihr Glück zu suchen, und es war klar, dass nur wenige Erfolg haben würden. Fotografien lieferten eine greifbare Realität für Männer, die weit weg von zu Hause, ängstlich und müde waren; Posen des Erfolgs, Souvenirs, die man Freundinnen und Angehörigen schicken konnte, oder ganz einfach eine Erinnerung, das Festhalten eines Augenblicks in einer sich schnell verändernden und unsicheren Welt.

Sein Geschäft war nicht auf Porträts beschränkt. Wenn das Wetter gut war, machte er Exkursionen zu den Goldwaschstätten außerhalb der Stadt, um die Männer bei der Arbeit auf ihren Claims zu fotografieren; dafür verlangte er zehn Dollar.

Zwischendurch baten ihn fast alle Geschäftsleute der Stadt, ihre Etablissements zu fotografieren. Das waren Augenblicke kleinerer Triumphe. Am 4. September notierte er knapp:

Fotografie des Mietstalls von Colonel Ramsey. Berechnete $ 25, wegen der »erforderlichen großen Platte«. Wie er das Bezahlen hasste! Bl. 11 bei 22 Sek., trüber Tag.

Und anscheinend freute es ihn sehr, dass er zum Vollbürger der Stadt avancierte. Im Lauf der Zeit wurde »Foggy« – so nannte man ihn neuerdings wegen seiner Fotografien – Johnson in Deadwood zu einer allseits bekannten und vertrauten Gestalt.

Außerdem bekam er den Frust eines jeden berufsmäßigen Fotografen überall auf der Welt zu spüren. Am 9. September schrieb er:

Broken Nose Jack McCall, ein berüchtigter Revolverheld, kehrte heute in mein Studio zurück, um sich über sein Porträt zu beschweren, das ich gestern angefertigt hatte. Er hatte es seiner Angebeteten gezeigt, die meinte, es schmeichle ihm nicht, und deshalb verlangte er von mir eine sympathischere Version. Mr. McCall hat ein Gesicht wie ein Kriegsbeil, ein Grinsen, das eine Kuh zu Tode erschrecken könnte, und eine pockennarbige Haut, außerdem schielt er. Ich sagte ihm höflich, dass ich, wenn man es recht bedenke, mein Bestes gegeben hätte.
Er feuerte seine Revolver in der Kunstgalerie ab, bis ich ihm anbot, es kostenlos noch einmal zu versuchen.
So saß er mir noch einmal Modell, und er wollte eine andere Pose, bei der er das Kinn auf die Hand stützte. Aber diese Pose verlieh ihm das Aussehen eines nachdenklichen, verweichlichten Gelehrten. Sie passte absolut nicht zu seiner Stellung im Leben, Einwände wollte er jedoch nicht hören. Als ich mich in die Dunkelkammer zurückzog, wartete Broken Nose draußen und ließ mich das Klicken der Munitionskammern hören, während er seine Revolver nachlud und auf das Ergebnis meiner erneuten Bemühungen wartete. Dergestalt sind die Kunstkritiker in Deadwood, und unter diesen Umständen übertrafen meine Bemühungen meine eigenen Erwartungen, obwohl ich viel Schweiß vergoss, bevor Broken Nose und Sarah sich zufrieden erklärten.

Anscheinend beherrschte Johnson die Grundlagen der Retusche; durch umsichtige Verwendung des Bleistifts war es möglich, Narben abzumildern und andere Korrekturen vorzunehmen.

Nicht jeder wollte sich fotografieren lassen.

Am 12. September wurde Johnson engagiert, um das Innere des Deadwood Melodeon Saloon zu fotografieren, ein Trink-

und Spieletablissement am Südende der Hauptstraße. Die Innenräume waren dunkel, und oft musste er mehrere Tage auf ausreichend helles Licht warten, um einen Auftrag ausführen zu können. Aber ein paar Tage später war das Wetter sonnig, und so kam er um zwei Uhr nachmittags mit seiner Ausrüstung in den Saloon und traf alle Vorbereitungen, um eine Belichtung zu machen.

Der Melodeon Saloon war ein schäbiger Laden mit einer langen Bar an der Rückwand und drei oder vier grob gezimmerten Tischen zum Kartenspielen. Johnson ging herum und zog alle Vorhänge auf, um den Raum mit Licht zu fluten. Die Gäste stöhnten und fluchten. Der Besitzer, Leander Samuels, rief: »Immer mit der Ruhe, meine Herren.«

Johnson duckte sich unter das dunkle Tuch seiner Kamera, um die Aufnahme zu komponieren, und eine Stimme sagte: »Was zum Teufel tust du da, Foggy?«

»Ich schieße ein Foto«, sagte Johnson.

»Nichts da!«

Johnson schaute hoch. Black Dick, Goldgräbers Freund, war von seinem Tisch aufgestanden. Seine rechte Hand lag auf seiner Waffe.

»Komm, Dick«, sagte Mr. Samuels. »Ist doch nur ein Bild.«

»Es stört meinen Frieden.«

»Also komm, Dick …«, begann Mr. Samuels.

»Ich habe gesagt, was ich zu sagen hatte«, drohte Dick. »Ich spiele jetzt Karten, und ich will kein Bild.«

»Wenn Sie vielleicht nach draußen gehen wollen, während das Bild gemacht wird«, sagte Johnson.

»Vielleicht willst *du* mit mir nach draußen gehen«, sagte Dick.

»Nein, vielen Dank, Sir«, erwiderte Johnson.

»Dann pack jetzt endlich dein Zeug und verschwinde, und komm nicht wieder.«

»Hör mal, Dick, ich habe Foggy engagiert, damit er ein Bild für die Wand hinter der Theke macht, ich denke, das würde gut aussehen.«

»Das ist ja schön und gut«, sagte Dick. »Er kann kommen, wann er will, solange ich nicht da bin. Niemand macht ein Bild von mir.« Er deutete mit dem Finger auf Johnson und zeigte dabei seine Schlangentätowierung am Handgelenk, auf die er sehr stolz war. »Vergiss das nicht. Und jetzt raus.«

Johnson verdrückte sich.

Das war der erste eindeutige Hinweis darauf, dass Black Dick irgendwo von der Polizei gesucht wurde. Zwar war niemand in Deadwood davon überrascht, aber es verlieh Dick etwas Geheimnisvolles, das seinen Ruf untermauerte.

So begannen allerdings auch die Schwierigkeiten zwischen Johnson und den drei Curry-Brüdern – Dick, Clem und Bill –, die ihm später so viel Kummer bereiten würden.

Obwohl sein Geschäft wuchs und gedieh, hatte Johnson nicht viel Zeit, um sein Vermögen zu vergrößern. Am 13. September schrieb er:

Inzwischen weiß ich, dass die Bergstraßen spätestens an Thanksgiving wegen Schnees geschlossen werden, vielleicht auch schon am 1. November. Ich muss vor Ende Oktober reisefertig sein oder bis zum Frühling bleiben. Jeden Tag notiere ich meine Einnahmen und meine Kosten. Ich sehe beim besten Willen nicht, wie ich rechtzeitig genug Geld für meine Abreise verdienen kann.

Seine Tagebucheinträge der folgenden Tage waren voller verzweifelter Anmerkungen, doch zwei Tage danach nahm Johnsons Glück erneut eine verblüffende Wendung.

»Meine Gebete wurden erhört!«, schrieb er. »Die Armee ist in die Stadt gekommen.«

Die Armee kommt

Am 14. September 1876 säumten zweitausend Goldgräber die Straßen von Deadwood, schossen in die Luft und jubelten, als General George Crook und seine Kolonne der 2nd Cavalry in die Stadt ritten. »Einen erfreulicheren Anblick für die Einheimischen kann man sich kaum vorstellen«, schrieb Johnson, »denn jeder hier fürchtet die Indianer, und General Crook hat seit dem Frühjahr erfolgreich gegen sie Krieg geführt.«

Nach Monaten in der Prärie war die Armee in einem ziemlich zerlumpten Zustand. Als General Crook sich im Grand Central Hotel einquartierte, schlug Perkins auf seine höfliche Art vor, er möge vielleicht einen Besuch im öffentlichen Bad und vielleicht auch den Erwerb neuer Kleidung in einer Trockenguthandlung erwägen. General Crook verstand die Andeutung und war sauber und ordentlich, als er auf den Balkon des Grand Central trat und vor den versammelten Goldgräbern eine kurze Ansprache hielt.

Johnson betrachtete die Festlichkeiten, die bis weit in die Nacht dauerten, aus einer ganz anderen Perspektive. »Endlich«, schrieb er, »ist meine Fahrkarte in die Zivilisation eingetroffen!«

Johnson fragte Cooks Quartiermeister Lieutenant Clark, ob er sich der Kavallerie auf dem Marsch nach Süden anschließen könne. Clark meinte, das gehe schon in Ordnung, er müsse es aber mit dem General persönlich besprechen. Johnson überlegte sich, wie er dem Mann am besten gegenübertrat, und dachte, dass er ihm vielleicht anbieten könnte, ihn zu fotografieren.

»Der General hasst Bilder«, erwiderte Clark. »Tun Sie das nicht. Gehen Sie direkt zu ihm und fragen Sie ihn.«

»Nun gut«, sagte Johnson.

»Nur noch eins«, sagte Clark. »Geben Sie ihm nicht die Hand. Der General hasst Händeschütteln.«

»Nun gut«, sagte Johnson.

Major General George Crook war von Kopf bis Fuß ein Mann des Militärs: kurz geschnittene Haare, ein durchdringender Blick, ein voller, fließender Bart. In kerzengerader Haltung saß er auf seinem Stuhl im Speisesaal. Johnson wartete, bis er seinen Kaffee getrunken hatte und einige seiner Bewunderer in die Spielhallen verschwunden waren, bevor er zu ihm ging und seine Situation erklärte.

Crook hörte sich Johnsons Geschichte aufmerksam an, doch schon bald schüttelte er den Kopf und murmelte, dass er, wegen der damit einhergehenden Risiken, keine Zivilisten auf eine militärische Expedition mitnehmen könne – es tue ihm leid, aber es sei unmöglich. Dann erwähnte Johnson die Fossilien, die er nach Hause mitnehmen wollte.

»Fossile Knochen?«

»Ja, General.«

Crook fragte: »Sie haben Fossilknochen ausgegraben?«

»Ja, General.«

»Und Sie kommen aus Yale?«

»Ja, General.«

Seine ganze Haltung änderte sich. »Dann müssen Sie mit Professor Marsh in Verbindung stehen«, sagte er.

Nach kürzestem Zögern sagte Johnson, dass er tatsächlich mit Professor Marsh in Verbindung stehe.

»Großartiger Mann. Charmanter, intelligenter Mann«, sagte Crook. »Ich habe ihn '72 in Wyoming kennengelernt, wir waren zusammen auf der Jagd. Herausragender Mann. Erstaunlicher Mann.«

»So einen wie ihn gibt es kein zweites Mal«, pflichtete Johnson ihm bei.

»Sie gehören zu seiner Truppe?«

»Ich gehörte. Ich wurde von ihr getrennt.«

»Verdammtes Pech«, sagte Crook. »Nun, alles, was ich für Marsh tun kann, werde ich auch tun. Sie sind in meiner Kolonne herzlich willkommen, und wir werden Ihre Knochen sicher nach Cheyenne bringen.«

»Vielen Dank, General!«

»Lassen Sie Ihre Knochen auf einen dafür geeigneten Wagen laden. Quartiermeister Clark wird Sie in allem, was Sie brauchen, unterstützen. Wir brechen im Morgengrauen auf, und zwar übermorgen. Freut mich sehr, Sie bei uns zu haben.«

»Vielen Dank, General!«

Letzter Tag in Deadwood

Am 15. September, seinem letzten Tag in Deadwood, erledigte Johnson noch zwei Fotoaufträge.

In der Früh ritt er zum Negro Gulch, um die farbigen Goldgräber zu fotografieren, die dort einen prächtigen Fund gemacht hatten. Sechs Schürfer hatten dort wochenlang fast zweitausend Dollar täglich aus der Erde geholt; ihr Erz wurde nach Hause transportiert, und sie hatten ihren Claim bereits verkauft. Jetzt posierten sie, standen für den Fotografen in ihrer alten Arbeitskluft an der Wasserrinne, zogen sich dann ihre neuen Sachen an und verbrannten die alten.

Sie waren bester Laune und wollten das Bild mit nach St. Louis nehmen. Johnson seinerseits freute sich, Goldgräber zu sehen, die so diszipliniert waren, dass sie ihre Funde mit nach Hause nahmen. Die meisten ließen ihre Gewinne in den Saloons oder auf dem grünen Tuch der Spieltische, aber diese Männer waren anders. »Sie sind so fröhlich«, schrieb Johnson, zweifellos selbst fröhlich, »und ich wünsche ihnen für ihre Heimreise nur das Allerbeste.«

Am Nachmittag fotografierte er die Fassade des Grand Central Hotel für dessen Besitzer Sam Perkins. »Jeden anderen haben Sie schon fotografiert«, sagte Perkins, »und da Sie die Stadt verlassen, ist es das Mindeste, was Sie tun können.«

Johnson musste seine Kamera auf der anderen Straßenseite aufstellen. Hätte er sie näher vor dem Gebäude postiert, hätten die vorbeiziehenden Pferde und Kutschen ihm Schlamm auf die Linse geschleudert. Der Straßenverkehr schien den Blick auf das Hotel zu stören, aber Johnson wusste, dass Objekte in Bewegung – Pferde und Wagen – bei einer Langzeitbelichtung nicht mehr als einen spukhaften Schatten hinterlassen würden; im Grunde genommen würde das Hotel so erscheinen, als stünde es an einer leeren Straße.

Und tatsächlich wurde das zum Problem, wenn Fotografen versuchten, das geschäftige Straßenleben einer Stadt abzubilden, weil die Bewegungen von Pferden und Fußgängern und Wagen zu schnell waren, als dass der Film sie aufnehmen konnte.

Johnson machte seine übliche Belichtung – Blende 11 und 22 Sekunden –, dann beschloss er, da das Licht besonders stark war und er eine nasse Platte übrig hatte, wenigstens zu versuchen, in einer letzten Aufnahme das Straßenleben von Deadwood einzufangen. Diese letzte Platte belichtete er mit Blende 3,5 und 2 Sekunden.

Johnson entwickelte beide Platten in seiner Dunkelkammer in der Kunstgalerie und kaufte sich, während sie trockneten, einen passenden Wagen, um seine Knochen mit der Kavallerie zu transportieren. Dann ging er ins Hotel, um seine Fossilien aufzuladen, und nahm schließlich sein letztes Abendessen in Deadwood ein.

Er kam gerade rechtzeitig, um zu sehen, wie eine Leiche auf die Straße getragen wurde.

Norman H. »Texas Tom« Walsh war erwürgt in seinem Zimmer im Obergeschoss des Grand Central Hotel aufgefunden worden. Texas Tom war ein kleiner, temperamentvoller Mann, angeblich ein Mitglied der Straßenräuberbande der

Currys. Der Mordverdacht fiel natürlich auf Black Dick Curry, der zu der Zeit ebenfalls im Hotel wohnte, doch niemand hatte den Mut, die Anschuldigung vorzubringen.

Black Dick seinerseits behauptete, den ganzen Nachmittag im Melodeon Saloon verbracht zu haben und absolut nicht zu wissen, was mit Texas Tom passiert sein könnte.

Und hier hätte die Sache wohl enden können, hätte nicht Sam Perkins beschlossen, an Johnsons Tisch zu kommen und noch während des Essens nach dem Hotelporträt zu fragen.

»Haben Sie es heute gemacht?«, fragte Perkins.

»Habe ich, ja.«

»Und wie ist es geworden?«

»Sehr nett«, sagte Johnson. »Ich bringe Ihnen morgen einen Abzug.«

»Wann haben Sie es gemacht?«

»Das muss so gegen drei Uhr nachmittags gewesen sein.«

»Ist zu der Zeit nicht Schatten? Es würde mir nicht gefallen, wenn das Gebäude zu düster aussieht, mit Schatten.«

»Es gab ein paar Schatten«, sagte Johnson, erklärte ihm aber, dass Schatten ein Bild besser aussehen ließen, ihm mehr Tiefe und Charakter verliehen.

In diesem Augenblick bemerkte Johnson, dass Black Dick ihrer Unterhaltung interessiert zuhörte.

»Von wo haben Sie das Bild aufgenommen?«, fragte Perkins.

»Von der anderen Straßenseite.«

»Wo, drüben bei Donohues Laden?«

»Nein, weiter südlich, bei Kim Sing's.«

»Worüber faselt ihr zwei denn?«, fragte Black Dick.

»Foggy hat heute ein Porträt des Hotels geschossen.«

»Hat er das.« Die Stimme wurde kalt. »Wann war das?«

Johnson spürte die Gefahr in dieser Situation sofort, aber

Perkins bekam nichts davon mit. »Was haben Sie eben gesagt, Foggy, so gegen drei Uhr?«

»Ungefähr«, sagte Johnson.

Dick legte den Kopf schief und fixierte Johnson mit wachsamem Blick. »Foggy, ich hab dich doch gewarnt, dass du nicht fotografieren sollst, wenn ich in der Nähe bin.«

»Aber Sie waren doch gar nicht in der Nähe«, sagte Perkins. »Wissen Sie noch, Sie haben Judge Harlan gesagt, dass Sie den ganzen Nachmittag im Saloon waren.«

»Ich weiß, was ich Judge Harlan gesagt habe«, knurrte Dick. Dann wandte er sich langsam Johnson zu. »Von wo hast du das Foto aufgenommen, Foggy?«

»Von der anderen Straßenseite.«

»Ist es was geworden?«

»Nein, es ist überhaupt nichts geworden. Ich werde es morgen noch einmal machen müssen.« Als er das sagte, trat er Perkins unter dem Tisch gegen das Schienbein.

»Ich dachte, deine Bilder werden immer was.«

»Nicht immer.«

»Wo ist das Bild, das du heute gemacht hast?«

»Ich habe die Glasplatte bereits gereinigt. Sie ist ja nichts geworden.«

Dick nickte. »Na gut«, sagte er. Und wandte sich wieder seinem Teller zu.

»Denken Sie, was ich denke?«, fragte Perkins später.

»Ja«, sagte Johnson.

»Texas Tom hatte ein Zimmer vorne im Hotel, mit dem Fenster zur Straße. Mitten am Nachmittag scheint da das Licht direkt rein. Haben Sie sich Ihr Foto schon richtig gut angeschaut?«

»Nein«, sagte Johnson. »Habe ich nicht.«

In diesem Augenblick kam Judge Harlan schwer atmend herein. Sie erzählten ihm schnell von der Unterhaltung mit Black Dick. »Wie ich das sehe, haben wir gegen Dick absolut nichts in der Hand«, sagte er. »Ich komme eben aus dem Melodeon. Jeder dort schwört, dass Dick Curry den ganzen Nachmittag Karten gespielt hat, so wie er behauptet.«

»Na, dann hat er sie wahrscheinlich bezahlt.«

»Es sind über zwanzig, die ihn gesehen haben. Ich glaube kaum, dass er sie alle bezahlt hat«, sagte Judge Harlan. »Nein, Dick war wirklich dort.«

»Wer hat dann Texas Tom umgebracht?«

»Darüber zerbreche ich mir bei der gerichtlichen Untersuchung den Kopf, morgen in der Früh.«

Johnson hatte eigentlich vor, nach dem Abendessen zu packen, aber die Neugier – und Perkins Drängen – führten ihn stattdessen in die Kunstgalerie. »Wo sind sie?«, fragte Perkins, als sie die Tür hinter sich geschlossen hatten.

Sie untersuchten die beiden belichteten Platten.

Die erste Belichtung war so, wie Johnson sich erinnerte – ein verlassenes Hotel, kein Mensch zu sehen.

Die zweite Platte zeigte Pferde auf der Straße und Menschen, die durch den Schlamm stapften.

»Können Sie das Fenster sehen?«

»Nicht wirklich«, sagte Johnson, kniff die Augen zusammen und hielt die Platte an eine Kerosinlampe.

»Ich glaube, da ist etwas«, sagte Perkins. »Haben Sie eine Lupe?«

Johnson hielt ein Vergrößerungsglas über die Platte.

Jetzt wurden in dem Fenster im Obergeschoss zwei Gestalten deutlich sichtbar. Der eine Mann wurde von dem anderen gewürgt, der hinter ihm stand.

»Hol mich doch der Teufel«, sagte Perkins. »Sie haben ein Foto von dem Mord geschossen!«

»Man kann allerdings nicht viel sehen«, sagte Johnson.

»Vergrößern Sie es«, sagte Perkins.

»Ich muss packen«, sagte Johnson. »Ich breche bei Sonnenaufgang mit der Kavallerie auf.«

»Die Kavallerie säuft in den Saloons in der ganzen Stadt«, sagte Perkins. »Die brechen nie bei Sonnenaufgang auf. Vergrößern Sie es.«

Johnson hatte kein Vergrößerungsgerät, aber es gelang ihm, eine Vorrichtung zu improvisieren, und er belichtete einen Abzug. Sie spähten beide in die Entwicklerschale, in der langsam das Bild erschien.

Im Fenster war Texas Tom zu sehen, der sich wehrte, den Rücken vor Anstrengung durchgedrückt, das Gesicht verzerrt. Zwei Hände umklammerten seinen Hals, aber der Körper des Mörders wurde durch den Vorhang auf der linken Seite verdeckt, und der Kopf des Mörders war verschattet.

»Besser«, sagte Perkins. »Aber wir können immer noch nicht sehen, wer es ist.«

Sie machten noch einen Abzug und dann einen noch größeren. Im Lauf des Abends kamen sie immer langsamer voran. Die zusammengebastelte Vorrichtung wurde bei starker Vergrößerung sehr vibrationsempfindlich, und Perkins war so aufgeregt, dass er in den langen Belichtungszeiten nicht stillstehen konnte.

Kurz vor Mitternacht erhielten sie einen scharfen Abzug. Bei so starker Vergrößerung war das Bild fleckig und grobkörnig. Aber ein Detail war deutlich zu erkennen. Am linken Handgelenk des würgenden Arms war eine Tätowierung: Sie zeigte eine zusammengerollte Schlange.

»Wir müssen es Judge Harlan sagen«, beharrte Perkins.

»Ich muss packen«, sagte Johnson, »und ich brauche etwas Schlaf, bevor ich morgen aufbreche.«

»Aber das ist Mord!«

»Das ist Deadwood«, sagte Johnson. »Passiert die ganze Zeit.«

»Sie wollen einfach gehen?«

»Will ich, ja.«

»Dann geben Sie mir das Bild, und ich gehe zu Judge Harlan.«

»Wie Sie wollen«, sagte Johnson und gab ihm den Abzug.

Zurück in der Halle des Grand Central Hotel, kam er an Black Dick Curry vorbei. Dick war betrunken.

»Hallo, Foggy«, sagte Dick.

»Hallo, Dick«, sagte Johnson und ging auf sein Zimmer. Es war, wie Johnson in seinem Tagebuch notierte, ein feiner ironischer Abschluss seines letzten Tages im berüchtigten Deadwood.

Er packte seit einer halben Stunde, als Perkins mit Judge Harlan in seinem Zimmer auftauchte.

»Haben Sie dieses Foto aufgenommen?«

»Habe ich, Judge.«

»Haben Sie dieses Bild irgendwie manipuliert, mit Bleistift nachgebessert oder sonst etwas?«

»Nein, Judge.«

»Das ist gut«, sagte Judge Harlan. »Dann haben wir ihn quasi auf frischer Tat ertappt.«

»Das freut mich für Sie«, sagte Johnson.

»Die Untersuchung wird das morgen Vormittag klären«, sagte Judge Harlan. »Seien Sie um zehn Uhr dort, Foggy.«

Johnson sagte, dass er die Stadt mit General Crooks Kavallerie verlassen werde.

»Ich fürchte, das können Sie nicht«, sagte Judge Harlan. »Genau genommen sind Sie hier heute Nacht in großer Gefahr. Wir werden Sie in Schutzhaft nehmen müssen.«

»Wovon reden Sie?«, fragte Johnson.

»Ich rede vom Gefängnis«, sagte Judge Harlan.

Der nächste Tag in Deadwood

Das Gefängnis war ein verlassener Bergwerksschacht am Rande von Deadwood. Er war mit einem Eisengitter und einem soliden Schloss versehen. Nachdem Johnson eine Nacht in eisiger Kälte verbracht hatte, konnte er durch die Stangen zusehen, wie die Kavallerie unter dem Kommando von General Crook in südlicher Richtung aus der Stadt hinausritt.

Er rief ihnen nach – schrie, bis er heiser wurde –, aber niemand achtete auf ihn. Es war schon fast Mittag, als endlich Judge Harlan ächzend und kopfschüttelnd auftauchte.

»Was ist denn los?«, fragte Johnson.

»Gestern Abend ein bisschen zu viel getrunken«, sagte der Richter. Er hielt die Tür auf. »Sie sind frei und können gehen.«

»Was ist mit der Untersuchung?«

»Die Untersuchung wurde abgesagt.«

»Was?«

Judge Harlan nickte. »Black Dick Curry ist aus der Stadt verduftet. Anscheinend hat er erfahren, was ihm drohte, und sich für die Vorsicht als besseren Teil der Tapferkeit entschieden, wie Shakespeare sagen würde. Da Dick nicht mehr da ist, wäre eine Untersuchung sinnlos. Sie können gehen.«

»Aber die Kavallerie hat jetzt schon einen halben Tag Vorsprung«, sagte Johnson. »Die hole ich nie mehr ein.«

»Stimmt«, sagte der Richter. »Ihre Unannehmlichkeit tut mir sehr leid, mein Sohn. Schätze, jetzt werden Sie noch eine Weile länger in Deadwood bleiben.«

Die Geschichte von Johnsons belastendem Foto und wie es dazu gekommen war, dass er nicht mit der Kavallerie abreisen konnte, machte in der Stadt die Runde und hatte ernsthafte Folgen.

Die Beziehung zwischen Johnson und Black Dick Curry, Goldgräbers Freund, verschlechterte sich. Alle Curry-Brüder begegneten ihm nun offen feindselig, vor allem da Judge Harlan allem Anschein nach kein Interesse daran hatte, eine neue gerichtliche Untersuchung zum Tod von Texas Tom anzusetzen. Wenn sie sich in der Stadt aufhielten, was immer dann der Fall war, wenn in den folgenden ein oder zwei Tagen keine Postkutsche die Stadt verließ, wohnten sie im Grand Central Hotel. Und wenn sie aßen, was nicht oft vorkam, nahmen sie die Mahlzeiten ebenfalls dort ein.

Dick regte sich über Johnson auf, behauptete, er verhalte sich mit seinem »Phi-la-del-phia-Getue«, wie er das nannte, allen anderen gegenüber arrogant. »›Könnten Sie mir bitte die Butter reichen?‹ O Mann. Kann dieses Larifari nicht ertragen.«

Nach einiger Zeit fing Dick an, Johnson zu belästigen, was seine Brüder sehr amüsierte. Johnson ertrug es schweigend; schließlich konnte er nichts dagegen tun, denn Dick war nur zu bereit, einen Streit auf der Straße mit Revolvern auszutragen. Auch betrunken war er noch ein guter Schütze und tötete alle paar Tage einen Mann.

Niemand in der Stadt, der Dick kannte, würde sich gegen

ihn stellen, und auch Johnson hatte das keinesfalls vor. Aber es wurde so schlimm, dass er den Speisesaal, selbst wenn er gerade aß, verlassen musste, wenn Dick hereinkam.

Und dann war da noch die Sache mit Miss Emily.

Emily

Frauen gab es in Deadwood nur wenige, und keine von ihnen war besser, als sie sein musste. Die meisten lebten in einem Haus mit dem Namen The Cricket, unten am Ende der Südkurve, wo sie unter den kalten und wachsamen Augen von Mrs. Marshall, die Opium rauchte und der das Haus gehörte, ihrem Gewerbe nachgingen. Andere waren unabhängig, wie Calamity Jane, die in den letzten Wochen unter großem Getue den Tod von Bill Hickok betrauert hatte, sehr zum Verdruss von Hickoks Freunden. Calamity Jane war so maskulin, dass sie oft Soldatenuniform trug, unerkannt mit den Jungs in Blau reiste und ihnen im Feld zu Diensten war; mehr als ein Mal war sie mit Custers 7th Cavalry geritten. Sie war so männlich, dass sie oft damit prahlte, »wenn du mir im Dunkeln einen Dildo gibst, kann mich keine Frau von einem echten Mann unterscheiden«. Wie ein Beobachter bemerkte, verlieh das Janes Reizen etwas Zweifelhaftes.

Einige wenige Goldgräber hatten ihre Frauen und Familien mit nach Deadwood gebracht, aber die zeigten sich nicht oft in der Stadt. Colonel Ramsey hatte eine dicke Squaw namens Sen-a-lise; auch Mr. Samuels hatte eine Frau, aber sie litt an der Schwindsucht und blieb immer im Haus. Das weibliche Element bestand also vorwiegend aus den Frauen des Cricket und den Mädchen, die in den Saloons arbeiteten. Mit den Worten eines Besuchers in Deadwood waren sie »freundliche Frauen eines gewissen Alters, aber im Auftreten so hart und gemein wie der Rest dieser elenden Goldgräberstadt. Diejenigen, die in den Saloons an den Tischen die Karten ausgaben, rauchten und fluchten wie die Männer und kannten so viele Tricks, dass erfahrene Spieler sie mieden und Männer als Geber bevorzugten.«

In dieser raubeinigen Welt erschien Miss Emily Charlotte Williams wie eine schwebende Vision des Liebreizes.

Eines Mittags kam sie mit einem einfachen, vierrädrigen Wagen in die Stadt, ganz in Weiß gekleidet, die blonden Haare anmutig am Hinterkopf zusammengefasst. Sie war jung – allerdings vielleicht ein paar Jahre älter als Johnson; sie war makellos; sie war zart und frisch und süß, und sie besaß einige bemerkenswerte Kurven. Als sie im Grand Central Hotel ein Zimmer bezog, wurde sie zum interessantesten Neuankömmling, seit der junge Foggy mit einer Wagenladung mysteriöser Kisten und zwei schneebedeckten Toten aufgekreuzt war.

Die Nachricht von Miss Emilys Ankunft, ihrem wunderbaren Aussehen und ihrer anrührenden Geschichte verbreitete sich in der Stadt wie ein Lauffeuer. Perkins' Speisesaal, sonst nie voll, war jeden Abend bis auf den letzten Platz besetzt, jeder wollte einen Blick auf dieses liebreizende Wesen werfen.

Sie war eine Waise, Tochter eines Priesters, des Reverend Williams, der in der nahen Stadt Gayville getötet worden war, während er gerade eine Kirche baute. Zuerst hieß es, er sei von einem teuflischen Desperado erschossen worden, aber später stellte sich heraus, dass er von dem halb fertigen Dach gefallen war und sich den Hals gebrochen hatte.

Weiter hieß es, in ihrem Kummer habe Miss Emily ihre wenigen Habseligkeiten zusammengepackt und sich auf den Weg gemacht, um ihren Bruder Tom Williams zu finden, von dem sie wisse, dass er irgendwo in den Black Hills nach Gold grabe. Sie sei bereits in Montana City und Crook City gewesen, habe ihn aber dort nicht finden können. Jetzt sei sie nach Deadwood gekommen und habe vor, drei oder vier Tage oder vielleicht auch länger zu bleiben.

An diesem Abend waren die Männer im Grand Central Hotel frisch gebadet und trugen die saubersten Sachen, die sie besaßen; Johnson schrieb in sein Tagebuch, dass »es amüsant war, wie die Männer mit stolzgeschwellter Brust bei Tisch saßen und versuchten, ihre Suppe zu essen, ohne dabei zu schlürfen«.

Aber im Saal herrschte auch eine beträchtliche Anspannung, die sich noch erhöhte, als Black Dick zu Miss Emilys Tisch ging (das Objekt aller Blicke speiste allein) und sich vorstellte. Er bot ihr für diesen Abend eine Führung durch die Stadt an, und sie dankte ihm mit bewundernswerter Haltung, sagte aber, dass sie sich früh zurückziehen werde. Dann bot er ihr an, ihr bei der Suche nach ihrem Bruder zu helfen, und wieder dankte sie ihm, sagte aber, dass sie bereits sehr viele Hilfsangebote habe.

Dick wurde von allen anderen beobachtet, und er wusste es. Er schwitzte, sein Gesicht wurde rot, und seine Miene verfinsterte sich.

»Anscheinend kann ich Ihnen bei nichts behilflich sein. Darum geht's doch, oder?«

»Ich weiß Ihr Angebot sehr zu schätzen, wirklich sehr«, sagte sie sanft.

Dick schien ein wenig besänftigt, als er an seinen Tisch zurückstürmte, mit seinen Brüdern die Köpfe zusammensteckte und sich bemitleiden ließ.

Und damit hätte es sein Bewenden haben können, hätte Miss Emily sich nicht an Johnson gewandt und mit ihrer süßesten Stimme gesagt: »Ach, sind Sie der junge Fotograf, von dem ich schon so viel gehört habe?«

Johnson sagte, ja, das sei er.

»Ich würde mich sehr freuen, Ihre Bildergalerie sehen zu dürfen«, sagte sie. »Vielleicht ist mein Bruder dabei.«

»Morgen Vormittag werde ich sie Ihnen sehr gerne zeigen«, antwortete Johnson, und sie schenkte ihm ein anmutiges Lächeln.

Black Dick sah aus, als wollte er jemanden töten – vor allem Johnson.

»Es gibt kein größeres Vergnügen, als zu gewinnen, was jeder begehrt«, schrieb Johnson in sein Tagebuch und ging als glücklicher Mann zu Bett. Inzwischen war er daran gewöhnt, neben den aufgestapelten Kisten zu schlafen, nicht nur an den feinen Staub, der von ihnen herunterrieselte, sondern auch an die grabähnliche Dunkelheit des Zimmers und das merkwürdige Gefühl der Intimität, das ihn beschlich, wenn er neben den Knochen dieser großartigen Kreaturen schlief. Und natürlich neben den riesigen Zähnen, den Zähnen wirklicher Drachen, die früher die Erde bevölkert hatten. Ihre Nähe spendete ihm einen merkwürdigen Trost.

Und am nächsten Tag würde er sich mit Emily treffen.

Aber sein Glück war nur von kurzer Dauer. Emily war enttäuscht von seinen Bildern, weil sie ihren Bruder darauf nicht finden konnte.

»Vielleicht sollten Sie sich die Bilder noch einmal anschauen«, schlug er vor. Sie hatte sie nur sehr schnell durchgesehen.

»Nein, nein, auf diesen ist er nicht zu finden.« Dann ging sie unruhig auf und ab und schaute sich um. »Haben Sie mir alle gezeigt, die Sie haben?«

»Alle, die ich in Deadwood gemacht habe, ja.«

Sie deutete zu einem Regal in einer Ecke. »Diese da haben Sie mir nicht gezeigt.«

»Die sind aus meiner Zeit im Ödland. Ihr Bruder ist nicht auf diesen Aufnahmen, das kann ich Ihnen versichern.«

»Aber sie interessieren mich. Wollen Sie sie herbringen, sich neben mich setzen und mir vom Ödland erzählen?«

Sie war so charmant, dass er es ihr unmöglich abschlagen konnte. Er holte die Platten herunter und zeigte ihr seine Bilder, die jetzt aus einem ganz anderen Leben zu stammen schienen.

»Wer ist dieser Mann mit dem winzigen Pickel?«

»Das ist Professor Cope mit seinem geologischen Hammer.«

»Und das neben ihm?«

»Das ist der Schädel eines Säbelzahntigers.«

»Und dieser Mann?«

»Das ist Cookie. Unser Fuhrmann und Koch.«

»Und der? Steht er mit einem Indianer zusammen?«

»Das sind Charlie Sternberg und Little Wind. Er war ein Snake Scout. Er ist tot.«

»Oje. Und das ist das Ödland? Sieht aus wie eine Wüste.«

»Ja, hier können Sie sehen, wie erodiert alles ist.«

»Wie lange waren Sie dort?«

»Sechs Wochen.«

»Und warum wollten Sie gerade dorthin?«

»Nun ja, wo es Erosion gibt, ragen die Knochen aus der Erde und sind leichter zu bergen.«

»Sie waren wegen der Knochen dort?«

»Ja, natürlich.«

»Wie merkwürdig«, sagte sie. »Haben die Knochen Ihnen gutes Geld eingebracht?«

»Nein, ich habe alles aus eigener Tasche bezahlt.«

»Alles aus eigener Tasche.« Sie deutete auf die trostlose Aufnahme. »Um dorthin zu gehen?«

»Das ist eine lange Geschichte«, sagte er. »Wissen Sie, ich habe in Yale eine Wette abgeschlossen, und dann musste ich gehen.«

Aber er merkte, dass sie ihm nicht mehr zuhörte. Sie schaute die Glasplatten durch, hielt jede ans Licht, warf einen kurzen Blick darauf, wandte sich der nächsten zu.

»Was hoffen Sie denn zu finden?«, fragte er, während er sie beobachtete.

»Das ist alles so fremd für mich«, sagte sie. »Ich war einfach neugierig auf die Bilder. Hier, legen Sie sie zurück.«

Als er sie wieder zum Regal brachte, fragte sie: »Haben Sie Knochen gefunden?«

»Ja, sehr viele.«

»Wo sind sie jetzt?«

»Die eine Hälfte wurde mit einem Dampfer nach Missouri gebracht. Die andere Hälfte habe ich.«

»Sie haben sie? Wo?«

»Im Hotel.«

»Kann ich diese Knochen sehen?«

Etwas an ihrer Art machte ihn argwöhnisch. »Warum denn?«

»Ich bin einfach nur neugierig auf die Knochen, jetzt, da Sie sie erwähnt haben.«

»Jeder in der Stadt ist neugierig auf die Knochen.«

»Natürlich nur, wenn es nicht zu viele Umstände macht ...«

»Ach nein«, sagte Johnson. »Das sind keine Umstände.«

In seinem Zimmer öffnete er die erste Kiste. Etwas körnige Erde fiel auf den Boden.

»Das sind ja nur alte Steine«, sagte Emily, als sie die Brocken schwarzen Schiefers sah.

»Nein, nein, das ist ein Fossil. Sehen Sie hier?«, sagte er und strich am Umriss eines Dinosaurierbeins entlang. Es war ein perfektes Exemplar.

»Aber ich dachte, Sie hätten Knochen gefunden, keine Steine.«

»Fossile Knochen sind Steine.«

»Kein Grund, hochnäsig zu werden.«

»Tut mir leid, Emily. Aber wissen Sie, diese Dinge haben in Deadwood absolut keinen Wert. Das sind Knochen, die seit Millionen von Jahren in der Erde gelegen haben und Kreaturen gehörten, die längst verschwunden sind. Dieser Knochen stammt vom Bein eines Tieres mit einem Horn auf der Nase, wie ein Nashorn, nur sehr viel größer.«

»Wirklich?«

»Ja.«

»Aber das ist ja wunderbar, Bill«, sagte Emily, die offensichtlich beschlossen hatte, ihn bei diesem Namen zu nennen. Ihre sanfte Begeisterung rührte ihn. Sie war die erste verständnisvolle Person, der er seit Langem begegnet war.

»Ich weiß«, sagte er. »Aber niemand glaubt mir. Je mehr ich ihnen erkläre, desto ungläubiger werden sie. Und irgendwann werden sie hier einbrechen und alles kaputt machen, wenn ich nicht bald aus Deadwood herauskomme.«

Gegen seinen Willen rollten ihm Tränen über die Wangen, und er wandte sich ab.

»Aber, Bill, was ist denn los?«, fragte sie und setzte sich neben ihn aufs Bett.

»Ach, nichts«, sagte er, wischte sich übers Gesicht und drehte sich wieder um. »Es ist nur so – ich habe mich um diese Aufgabe nicht gerissen, ich kam einfach in den Westen, und jetzt stecke ich hier mit diesen Knochen fest und bin verantwortlich für sie, und ich will sie beschützen, damit der

Professor sie untersuchen kann, aber die Leute glauben mir einfach nicht.«

»Ich glaube Ihnen«, sagte sie.

»Da sind Sie in Deadwood die Einzige.«

»Soll ich Ihnen jetzt auch ein Geheimnis von mir verraten?«, fragte sie. »Ich bin nicht wirklich eine Waise.«

Er schwieg und wartete.

»Ich komme aus White Wood, wo ich seit dem Sommer gelebt habe.«

Er sagte noch immer nichts.

Sie biss sich auf die Unterlippe. »Dick hat mich dazu angestiftet.«

»Zu was angestiftet?«, fragte er und wunderte sich, dass sie Dick kannte.

»Er dachte, Sie würden einer Dame vertrauen und mir sagen, was wirklich in diesen Kisten ist.«

»Und Sie haben sich darauf eingelassen?«, fragte er verstimmt.

Sie senkte den Blick, als würde sie sich schämen. »Ich war selbst auch neugierig.«

»Sie enthalten wirklich Knochen.«

»Das sehe ich jetzt.«

»Ich will sie nicht – ich will nichts mit ihnen zu tun haben –, aber ich bin verantwortlich für sie.«

»Ich glaube Ihnen.« Sie runzelte die Stirn. »Jetzt muss ich Dick überzeugen. Er ist ein harter Mann, wissen Sie?«

»Ich weiß.«

»Aber ich rede mit ihm«, sagte sie. »Wir sehen uns dann beim Abendessen.«

An diesem Abend erschienen im Speisesaal des Grand Central Hotel zwei neue Gäste. Auf den ersten Blick schienen sie Zwillinge zu sein, so ähnlich waren sie sich in ihrer Erscheinung: zwei große, schlanke, drahtige Männer Mitte zwanzig, mit identischen breiten Schnauzbärten und identischen sauberen weißen Hemden. Stille, verschlossene Männer, die eine kraftvolle Ruhe verströmten.

»Wissen Sie, wer die beiden sind?«, flüsterte Perkins beim Kaffee Johnson zu.

»Nein.«

»Das sind Wyatt Earp und sein Bruder Morgan Earp. Wyatt ist der Größere.«

Bei der Erwähnung ihrer Namen schauten die beiden Männer zu Johnsons Tisch und nickten höflich.

»Das hier ist Foggy Johnson, er ist ein Fotograf vom Yale College«, sagte Perkins.

»Tag«, sagten die Earp-Brüder und wandten sich wieder ihrem Essen zu.

Johnson kannte diese Namen nicht, aber Perkins' Verhalten deutete darauf hin, dass es sich um wichtige und berühmte Männer handelte. Johnson flüsterte: »Wer sind sie?«

»Sie kommen aus Kansas«, sagte Perkins. »Abilene und Dodge City?«

Johnson schüttelte den Kopf.

»Berühmte Revolverhelden«, flüsterte Perkins. »Beide.«

Johnson hatte noch immer keine Ahnung, warum sie so bedeutend waren, aber jeder neue Besucher in Deadwood gab ein gefundenes Fressen für einen Fotografen ab, also brachte er sich nach dem Essen in Stellung. In seinem Tagebuch beschrieb Johnson seine erste Begegnung mit den berühmten Earp-Brüdern. Nicht gerade ein dramatischer Höhepunkt.

»Hätten die Herren vielleicht gerne eine Fotografie?«, fragte Johnson.

»Eine Fotografie? Könnte sein«, sagte Wyatt Earp. Aus der

Nähe betrachtet, wirkte er jungenhaft und schmächtig. Er hatte eine besonnene Art, einen stetigen Blick, eine fast schläfrige Ruhe. »Was kostet das?«

»Vier Dollar«, sagte Johnson.

Die Earp-Brüder wechselten stumme Blicke.

»Nein danke«, sagte Wyatt Earp.

Emilys Nachricht

Es sieht nicht so gut aus«, flüsterte sie ihm auf der Terrasse des Hotels vor dem Abendessen zu. »Die Curry-Jungs sind beunruhigt, seit die Wyatt-Brüder hier wohnen. Die machen sie ganz nervös. Also wollen sie sich heute Abend Ihre Knochen holen. Sie prahlen schon damit.«

»Aber sie werden sie nicht kriegen«, sagte Johnson.

»Ich glaube, sie sind es gewöhnt, immer zu kriegen, was sie wollen.«

»Diesmal nicht.«

»Was haben Sie vor?«

»Ich werde sie bewachen«, sagte Johnson und griff nach seiner Waffe.

»Das würde ich nicht tun.«

»Und was sollte ich Ihrer Meinung nach tun?«

»Am besten, Sie gehen ihnen aus dem Weg und lassen sie die Knochen haben.«

»Das kann ich nicht tun, Emily.«

»Das sind harte Kerle.«

»Das weiß ich. Aber ich muss die Knochen bewachen.«

»Es sind doch nur Knochen.«

»Nein, das sind sie nicht.«

Er sah, wie ihre Augen aufleuchteten. »Dann sind sie wertvoll?«

»Sie sind unbezahlbar. Ich hab's Ihnen doch gesagt.«

»Sagen Sie's mir ehrlich. Was haben Sie da wirklich?«

»Emily, es sind nur Knochen. Wie ich es Ihnen gesagt habe.«

Sie schaute ihn entrüstet an. »Wenn ich Sie wäre, würde ich mein Leben nicht für einen Haufen alter Knochen aufs Spiel setzen.«

»Sie sind aber nicht ich, und diese Knochen sind wichtig. Es sind historische Knochen, und sie sind wichtig für die Wissenschaft.«

»Die Curry-Jungs scheren sich keinen Deut um die Wissenschaft, und obendrein würden sie Sie mit Freuden umbringen.«

»Das weiß ich. Aber ich muss die Knochen behalten.«

»Dann sollten Sie sich besser Hilfe holen, Bill.«

Er fand den berühmten Revolverhelden im Melodeon Saloon, wo er Blackjack spielte.

»Mr. Earp, könnte ich heute Nacht Ihre Dienste in Anspruch nehmen?«

»Kann ich mir vorstellen«, sagte Earp. »In welcher Eigenschaft?«

»Zur Bewachung«, sagte Johnson und erzählte ihm von den fossilen Knochen in seinem Zimmer und den Plänen der Curry-Brüder.

»Das geht in Ordnung«, sagte Earp, als er alles gehört hatte. »Ich verlange fünf Dollar.«

Johnson willigte ein.

»Im Voraus.«

Johnson bezahlte ihn gleich noch im Saloon. »Aber kann ich mich auf Sie verlassen?«

»Hundertprozentig«, sagte Wyatt Earp. »Ich komme um zehn Uhr heute Abend in Ihr Zimmer. Besorgen Sie Munition und genug Whiskey und machen Sie sich weiter keine Sorgen.

Sie haben jetzt Wyatt Earp an Ihrer Seite. Ihre Probleme sind Geschichte.«

Zu Abend aß er mit Emily im Speisesaal des Hotels.

»Es wäre mir lieber, wenn Sie aufgeben würden.«

Er empfand das genauso. Aber er sagte: »Ich kann es nicht, Emily.«

Sie gab ihm einen flüchtigen Kuss auf die Wange.

»Viel Glück, Bill. Ich hoffe, ich sehe Sie morgen.«

»Seien Sie unbesorgt.«

Sie ging in ihr Zimmer hoch. Er ging in seines und schloss sich ein.

Es war neun Uhr abends.

Zehn Uhr verstrich, dann halb elf. Er schüttelte seine Taschenuhr und fragte sich, ob sie richtig ging. Schließlich schloss er sein Zimmer wieder auf und ging in die Hotellobby.

Hinter der Rezeption stand als Nachtportier ein pickeliger Junge. »Hallo, Mr. Johnson.«

»Hallo, Edwin. Hast du Mr. Earp gesehen?«

»Heute Abend nicht, nein. Aber ich weiß, wo er sich aufhält.«

»Was weißt du?«

»Er ist im Melodeon und spielt Blackjack.«

»Er war heute Nachmittag schon im Melodeon.«

»Nun ja, er ist noch immer dort.«

Johnson schaute auf die Wanduhr. Auch sie zeigte halb elf. »Er sollte sich eigentlich hier mit mir treffen.«

»Wahrscheinlich hat er es vergessen«, sagte Edwin.

»Wir hatten eine Übereinkunft.«

»Wahrscheinlich trinkt er«, sagte Edwin.

»Könntest du da rübergehen und ihn für mich holen?«

»Würde ich sehr gerne. Aber ich muss hierbleiben. Machen Sie sich keine Sorgen. Mr. Earp ist ein verantwortungsbewusster Mensch. Wenn er sagt, er kommt, dann kommt er auch. Ich bin mir sicher, er wird bald hier sein.«

Johnson nickte und schloss sich wieder in seinem Zimmer ein.

Und wartete. Wenn sie bei der Tür hereinkommen, dachte er, sollte ich besser vorbereitet sein. Er steckte seine beiden Revolver in seine Stiefel am Fußende des Bettes.

Die Stunden schleppten sich dahin. Um Mitternacht ging er auf seinen Wollsocken noch einmal hinaus, um nach Earp zu fragen, aber Edwin war eingeschlafen, und Earps Schlüssel hing immer noch hinter ihm an der Wand, was bedeutete, dass er aus dem Saloon noch nicht zurückgekehrt war.

Johnson ging auf sein Zimmer zurück und wartete.

Im Hotel war alles still.

Er starrte die Zeiger seiner Taschenuhr an. Er lauschte ihrem Ticken, und er wartete.

Um zwei Uhr nachts war an der Wand ein Scharren zu hören. Er sprang auf und hob seine Waffe.

Wieder scharrte es.

»Wer ist da?«

Keine Antwort. Nur wieder Scharren.

»Geht weg!«, sagte er mit bebender Stimme.

Er hörte ein leises Quieken, und das Scharren bewegte sich schnell davon. Jetzt erkannte er das Geräusch.

»Ratten.«

Angespannt und erschöpft, ließ er sich wieder aufs Bett fallen. Er schwitzte. Seine Hände zitterten. Das war nicht seine Branche. Er hatte nicht die Nerven dafür. Wo war Wyatt Earp eigentlich?

»Ich verstehe nicht, warum Sie sich so aufregen«, sagte Earp am nächsten Tag.

»Wir hatten eine Abmachung«, sagte Johnson. »Deshalb rege ich mich so auf.« Er hatte die ganze Nacht nicht geschlafen; er war wütend und müde.

»Ja, die hatten wir«, sagte Earp. »Ihre Fossilien vor den Curry-Jungs zu schützen.«

»Und ich habe Sie im Voraus bezahlt.«

»Ja, das haben Sie.«

»Und wo waren Sie?«

»Ich habe getan, wofür ich bezahlt wurde«, sagte Earp. »Ich habe die ganze Nacht Blackjack gespielt. Mit den Curry-Jungs.«

Johnson seufzte. Er war zu müde, um zu streiten.

»Also, was erwarten Sie von mir?«, fragte Earp. »Dass ich mit Ihnen im Dunkeln sitze und warte?«

»Ich hätte das nur gern gewusst.«

»Sie sehen abgespannt aus«, sagte Earp mitfühlend. »Sie sollten sich schlafen legen.«

Johnson nickte und wollte ins Hotel zurückkehren.

»Wollen Sie mich für heute Nacht wieder anheuern?«

»Ja«, sagte Johnson.

»Das wären dann fünf Dollar«, sagte Earp.

»Ich bezahle Ihnen keine fünf Dollar, damit Sie Blackjack spielen.«

Earp zuckte die Achseln. »Wie Sie wollen, Kleiner.«

An diesem Abend steckte er seine geladenen Revolver und zusätzliche Patronen in die Stiefel. Nach Mitternacht musste er eingeschlafen sein, denn er wurde vom Geräusch splitternden Holzes geweckt. Die kaputte Tür ging auf, und eine Gestalt glitt herein. Die Tür ging wieder zu. Wegen der Kisten, die das Fenster verstellten, war es stockdunkel.

»Foggy«, flüsterte eine Stimme.

»Wyatt?«, flüsterte Johnson.

Das scharfe Klicken eines Hahnes, der gespannt wurde. Ein Schritt. Stille. Atmen in der Dunkelheit. Johnson begriff, dass er ein einfaches Ziel abgab, also kroch er aus dem Bett und darunter. Er zog den Revolver aus seinem Stiefel und warf diesen kurz darauf gegen die Wand.

Als der Stiefel gegen das Holz polterte, blitzte ein Feuerstoß auf, der Schuss, der dem Stiefel gegolten hatte, zerriss die Stille. Sofort schrie jemand irgendwo anders im Hotel.

»Verschwinden Sie, wer Sie auch sind!«, rief Johnson in das jetzt rauchgeschwängerte Zimmer. »Ich habe eine geladene Waffe, verschwinden Sie.«

Stille. Wieder ein Schritt. Atmen.

»Bist du das, Foggy, Junge?«

Die Tür ging wieder auf, und ein zweiter Mann kam herein.

»Er ist in seinem Bett«, sagte eine Stimme.

»Foggy, wir werden jetzt eine Lampe anzünden. Bleib einfach still sitzen, und wir kriegen das schon geregelt.«

Stattdessen eröffneten die Männer das Feuer aufs Bett, man hörte den Rahmen splittern. Johnson packte den zweiten Revolver, hob beide Waffen und leerte beide Trommeln ohne Geschick.

Er hörte Holz splittern, ein Stöhnen, jemanden fallen, dann vielleicht das Öffnen der Tür.

Er hielt inne, um nachzuladen, und fummelte in der Dunkelheit herum. Er hörte Atmen – da war er sich ganz sicher. Das machte ihn nervös. Er stellte sich vor, dass der Mörder irgendwo kauerte, Johnsons panisches Atmen und das Klicken hörte, wenn die Patronen in die Kammern glitten, sich darauf konzentrierte, woher das Geräusch kam, und Johnson so lokalisieren konnte …

Er steckte die letzte Patrone in die Kammer seines Revolvers. Noch immer nichts.

»Ach, Carnella«, war nun eine traurige und müde Stimme zu vernehmen. »Ich weiß, wir hatten …« Der Atem des Mannes wurde schwerer. »Wenn ich nur genug Luft …« Johnson hörte ein Husten, einen Tritt gegen den Boden, ein krächzendes, würgendes Geräusch. Dann nichts mehr.

In sein Tagebuch schrieb Johnson:

Dann begriff ich, dass ich einen Mann getötet hatte, aber im Zimmer war es zu dunkel, um zu sehen, wer es war. Mit schussbereiten Waffen wartete ich dort auf dem Boden für den Fall, dass der andere Schütze zurückkam, und ich beschloss, erst zu schießen und dann Fragen zu stellen. Doch dann hörte ich Mr. Perkins, den Besitzer, vom Gang her rufen. Ich antwortete ihm. Ich sagte ihm, ich würde nicht schießen, und dann tauchte er mit einer Lampe in der Tür auf, die Licht ins Zimmer und auf den Boden warf, wo ein großer, kräftiger Mann tot dalag, sein Blut glänzte wie ein roter Teppich unter seiner Leiche.

Im Rücken des Mannes waren deutlich drei Einschusslöcher zu sehen, Perkins drehte die Leiche um. Im flackernden Licht der Lampe schaute er in die starren Augen von Clem Curry. »Mausetot«, murmelte er.

Der Gang füllte sich nun mit Stimmen, dann wurden neugierig Köpfe durch die Tür gesteckt.

»Zurücktreten, Leute, zurücktreten.«

Judge Harlan schob sich ruppig durch die Schaulustigen ins Zimmer. Harlan war schlecht gelaunt, wahrscheinlich, dachte Johnson, weil man ihn aus dem Bett geholt hatte. Wie sich zeigte, lag er falsch. »Ich musste ein verdammt gutes Pokerspiel abbrechen«, sagte der Richter, »um mich um diesen Mord hier zu kümmern.«

Er starrte die Leiche an.

»Das ist Clem Curry, nicht?«

Johnson erwiderte, das sei richtig.

»Was mich angeht, ist das kein Verlust für die Gemeinde«, sagte der Richter. »Was wollte er hier?«

»Mich ausrauben«, sagte Johnson.

»Das passt«, sagte Judge Harlan. Er trank einen Schluck aus einem Flachmann und gab ihn an Johnson weiter. »Wer hat ihn erschossen?«

Johnson sagte, er habe es getan.

»Na ja«, sagte der Richter, »was mich angeht, ist das okay. Das Problem ist nur, Sie haben ihm drei Mal in den Rücken geschossen.«

Johnson sagte, er habe nicht vorgehabt, irgendjemanden zu töten.

»Da bin ich mir sicher. Mit mir kriegen Sie keine Probleme, aber Sie könnten Schwierigkeiten mit Black Dick bekommen, wenn er davon hört, morgen oder übermorgen, je nachdem, wann er in der Stadt ist.«

Der Gedanke war ihm auch schon gekommen, und er wollte sich damit lieber nicht länger als nötig befassen.

»Haben Sie vor, aus Deadwood zu verschwinden?«

»Noch nicht«, sagte Johnson.

Judge Harlan trank noch einen Schluck aus dem Flachmann. »Also, ich würde mich noch vor Tagesanbruch aus dem Staub machen.«

»O Mann«, sagte Sam Perkins und betastete die Einschusslöcher in der Wand, nachdem die Schaulustigen verschwunden waren. »Da haben Sie aber ganze Arbeit geleistet, Mr. Johnson.«

»Diese Wegelagerer haben die Knochen nicht bekommen.«

»Das nicht, aber Sie haben jeden meiner Gäste mitten in der Nacht aus dem Bett gejagt, Mr. Johnson.«

»Das tut mir leid.«

»Edwin, dem Nachtportier, haben Sie eine solche Angst eingejagt, dass er sich in die Hose machte. Das ist kein Witz.«

»Tut mir leid.«

»So kann ich ein Hotel nicht führen, Mr. Johnson. Das Grand Central hat einen gewissen Ruf. Ich will, dass diese Knochen noch heute von hier verschwinden«, sagte Perkins.

»Mr. Perkins ...«

»Heute«, sagte Perkins, »und das ist mein letztes Wort. Und Sie schulden mir die Reparatur dieser Einschusslöcher. Das geht dann mit auf Ihre Rechnung.«

»Wohin soll ich sie denn bringen?«

»Das ist nicht mein Problem.«

»Mr. Perkins, diese Knochen sind sehr wertvoll für die Wissenschaft.«

»Wir sind hier sehr weit weg von der Wissenschaft. Schaffen Sie sie einfach hier raus.«

Wohin mit den Knochen?

Am nächsten Morgen fuhr Johnson seine Kisten zuerst zur Deadwood Bank, aber die hatte nur Platz, um Goldstaub zu lagern.

Dann versuchte er es bei Sutter's Dry Goods. Mr. Sutter hatte hinter dem Laden einen gesicherten Raum, in dem er die zum Verkauf bestimmten Waffen aufbewahrte. Mr. Sutter weigerte sich rundweg. Immerhin konnte Johnson die Gelegenheit nutzen, sich neue Munition zu kaufen.

Das National Hotel war nicht so pingelig wie das Grand Central und als entgegenkommend bekannt. Aber der Mann an der Rezeption sagte, er habe keine Lagermöglichkeiten.

Fielder's Saloon and Gaming House hatte rund um die Uhr geöffnet und war Schauplatz so vieler Auseinandersetzungen, dass Fielder einen bewaffneten Wachmann angestellt hatte, um für etwas Ordnung zu sorgen. Hier gab es ein Hinterzimmer, das groß genug war.

Fielder sagte Nein.

»Es sind doch nur Knochen, Mr. Fielder.«

»Von mir aus. Was immer das ist, die Curry-Jungs sind scharf drauf. Ich will nichts damit zu tun haben.«

»Hat denn hier jeder Angst vor den Curry-Brüdern?«

»Jeder mit einem Funken Verstand.«

Der Nachmittag neigte sich bereits dem Ende zu, das Licht

wurde schwächer, und die Temperatur in der Stadt fiel schnell. Johnson kehrte in sein Fotostudio zurück, aber die Kundschaft blieb aus. Es hatte den Anschein, als wäre er über Nacht enorm unbeliebt geworden. Er schaute sich eben im Studio um und überlegte, ob er die Knochen hier unterbringen könnte, als sein Vermieter Kim Sing von der Wäscherei herüberkam, zusammen mit seinem Sohn, der die Leiche von der Straße geschafft hatte.

Sing nickte und lächelte, sprach aber wie üblich nicht. Der Sohn sagte: »Sie brauchen Platz, um ein paar Dinge unterzubringen?«

Das Englisch des Jungen war ziemlich gut. »Ja, den brauche ich. Wie heißt du denn?«

»Kang.«

»Mir gefallen deine Stiefel, Kang.«

Der Junge lächelte. Chinesische Jungs trugen nie Lederstiefel. Sein Vater sagte etwas zu ihm. »Sie lagern Ihre Sachen in Chinatown.«

»Darf ich das?«

»Ja. Sie dürfen.«

»Es müsste ein sicherer Ort sein.«

»Ha. Ling Chow hat einen Werkzeugschuppen, sehr solide und ganz neu, und er hat ein Schloss und keine Fenster bis auf ein kleines ganz oben.«

»Wo ist der Schuppen?«

»Hinter Ling Chows Restaurant.«

Mitten in Chinatown. Das wäre perfekt. Johnson spürte eine große Dankbarkeit. »Das ist sehr freundlich von Ihnen, und ich weiß Ihr Angebot sehr zu schätzen. Niemand sonst in der Stadt denkt auch nur ...«

»Zehn Dollar die Nacht.«

»Was?«

»Zehn Dollar die Nacht. Okay?«

»Zehn Dollar die Nacht kann ich mir nicht leisten.«

Ohne mit der Wimper zu zucken, sagte Kang: »Sie können es.«

»Das ist unverschämt.«

»Das ist der Preis. Okay?«

Johnson dachte kurz darüber nach. »Okay«, sagte er. »Okay.«

»Zu der Zeit hatte ich noch mehr als tausend Pfund Fossilien«, erinnerte sich Johnson später.

In zehn Kisten, die jeweils etwa hundert Pfund wogen. Ich engagierte Kim Sings Jungen Kang, damit er mir mit dem Wagen half. Ich bezahlte ihm zwei Dollar für den Nachmittag, und die hatte er sich auch verdient. Immer wieder fragte er: »Was ist das?«, und ich sagte ihm jedes Mal, es seien alte Knochen. Aber meine Geschichte wurde dadurch nicht überzeugender. Ich hatte auch nicht gewusst, dass es in Deadwood so viele Chinesen gab. Mir kam es so vor, als wären ihre glatten, teilnahmslosen Gesichter überall, sie beobachteten mich, tuschelten untereinander, standen scharenweise um den Werkzeugschuppen herum, spähten von den Fenstern der umgebenden Gebäude herunter.

Als schließlich alle Kisten sauber im Werkzeugschuppen aufgestapelt waren, schaute Kang sie an und sagte: »Warum sind die Ihnen so wichtig?«

Ich sagte, ich wisse das nicht mehr. Dann ging ich zum Abendessen ins Grand Hotel und kehrte bei Einbruch der Dunkelheit zum Schuppen zurück, um bei meinen Dinosaurierknochen Nachtwache zu halten.

Er musste nicht lange warten. Gegen zehn tauchten schemenhafte Gestalten vor dem Oberlicht auf. Johnson spannte den Hahn seiner Waffe. Draußen waren mehrere Personen; er hörte ihr Flüstern.

Das Fenster ging knarrend auf. Eine Hand griff hindurch. Johnson sah einen dunklen Kopf in der schmalen Scheibe auftauchen. Er richtete seine Waffe darauf.

»Verschwindet, ihr Mistkerle!«

Ein hohes Kichern machte ihn stutzig. Es waren Kinder, chinesische Kinder. Er senkte seine Waffe.

»Geht weg. Na los, haut ab.«

Erneutes Kichern. Dann Scharren von Schritten, und er war wieder allein. Er seufzte. Nur gut, dass er nicht übereilt geschossen hatte, dachte er.

Wieder war Scharren zu hören.

»Habt ihr mich nicht verstanden? Verschwindet von hier!«

Wahrscheinlich verstanden sie kein Englisch, dachte er. Aber fast alle jungen Chinesen konnten ganz passabel Englisch. Und die älteren sprachen viel besser Englisch, als sie zugeben wollten.

Wieder der schemenhafte Umriss eines Kopfes am Fenster.

»Verschwindet, Kinder!«

»Mr. Johnson.« Es war Kang.

»Ja.«

»Ich habe schlechte Nachrichten für Sie.«

»Was denn?«

»Ich glaube, jeder weiß, dass Sie hier sind. Leute in Wäscherei sagen, da ist Gerede, dass Sie die Kisten hierhergeschafft haben.«

Johnson erstarrte. Natürlich wussten es alle. Er war ja nur von einem Raum in der Stadt in einen anderen gezogen. »Kang, du kennst meinen Wagen?«

»Ja, ja.«

»Er ist im Mietstall. Kannst du ihn holen und herbringen?«

»Ja.«

Wenig später kehrte Kang zurück.

»Sag deinen Freunden, sie sollen die Kisten so schnell wie möglich auf den Wagen laden.«

Kang tat es, und bald war der Wagen beladen. Johnson gab jedem einen Dollar und sagte ihnen, sie sollten verduften. »Kang, du bleibst bei mir.«

Chinatown war größer, als es den Anschein hatte, und dauernd wurden neue Straßen gebaut. Kang zeigte ihm, wie er den Wagen durch die engen Gassen lenken musste. Einmal blieben sie stehen, weil vier Männer sehr schnell über die nächste Querstraße ritten.

»Die suchen nach Ihnen, denke ich«, sagte Kang.

Sie schlichen sich auf einer Seitenstraße aus der Stadt, und nach wenigen Minuten kamen sie zu der Kiefer, unter der Johnson Little Wind begraben hatte. Der Boden war noch weich, und behutsam grub er mit Kang Little Wind wieder aus. Als sie ihn aus dem Loch hoben, mussten sie den Atem anhalten. Der Gestank war fürchterlich. Die zehn Kisten brauchten noch mehr Platz, und Johnson verbreiterte das Loch, das er für Little Wind ausgehoben hatte, und stapelte die Kisten so gleichmäßig hinein, wie es nur ging. Dann legte er Little Wind auf die Kisten, als würde er darauf schlafen.

Wenn ich meine Kamera dabeihätte und es Tag wäre, würde ich das fotografieren, dachte Johnson.

Dann schaufelte er wieder Erde auf Little Wind und verteilte sie ringsherum, damit die neue Grabstelle nicht so auffällig war, und schob schließlich Kiefernnadeln über die Stelle.

»Das ist unser Geheimnis«, sagte er zu Kang.

»Ha, aber es sollte auch ein Geheimnis bleiben.«

»Ja, natürlich.« Johnson zog eine goldene Fünf-Dollar-Münze aus seiner Tasche. »Du darfst es niemandem sagen.«

»Nein, nein.«

Aber er traute dem Jungen nicht ganz. »Wenn ich abreise, Kang, gebe ich dir noch einmal fünf Dollar, wenn du das Geheimnis bewahrt hast.«

»Noch mal fünf Dollar?«

»Ja, an dem Tag, an dem ich Deadwood verlasse.«

Das Duell

Schon an diesem Morgen zur Frühstückszeit tauchte Black Dick kochend vor Wut im Grand Hotel auf. Er trat die Tür auf. »Wo ist der kleine Mistkerl?«

Sein Blick fiel auf Johnson.

»Ich mag keine Schießereien«, sagte Johnson, so ruhig er konnte.

»Kein Feigling tut das«, erwiderte Black Dick.

»Denken Sie, was Sie wollen.«

»Du hast Clem in den Rücken geschossen. Du bist eine gelbbäuchige Schlange.«

»Er wollte mich ausrauben.«

Dick spuckte aus. »Du hast ihn in den Rücken geschossen, du Sohn einer Straßenhure.«

Johnson schüttelte den Kopf. »Ich lasse mich nicht provozieren.«

»Dann hör mir gut zu«, sagte Dick. »Du kommst jetzt mit mir nach draußen, oder ich gehe zu diesem Schuppen in Chinatown und stecke Dynamit in jede deiner kostbaren Kisten und sprenge sie in Stücke. Und ein paar von diesen Chinesen, die dir geholfen haben, könnte ich auch noch in die Luft jagen.«

»Das würden Sie nicht wagen.«

»Wer sollte mich davon abhalten? Willst du zusehen, wie ich deine kostbaren Knochen in die Luft jage?«

Johnson spürte, wie eine merkwürdige, große Wut in ihm hochkroch. All sein Frust, all die Schwierigkeiten, die Deadwood ihm bereitet hatte, überwältigten ihn. Er war froh, dass er die Kisten weggebracht hatte. Er fing an, tief und langsam zu atmen. Sein Gesicht fühlte sich merkwürdig straff an.

»Nein«, sagte Johnson. Er stand auf. »Man sieht sich draußen, Dick.«

»Das ist gut«, sagte Dick. »Ich warte auf dich.«

Dick knallte die Tür hinter sich zu.

Johnson saß im Speisesaal des Hotels. Die anderen Frühstücksgäste schauten ihn an. Niemand sagte etwas. Die Sonne schien durch die Fenster. Er hörte einen Vogel zwitschern.

Er hörte Wagen auf der Straße vorbeirattern, Leute, die einander zuriefen, man solle die Straße räumen, es werde eine Schießerei geben. Er hörte Mrs. Wilsons Klavierunterricht im Nachbargebäude, ein Kind, das die Tonleiter spielte.

Für Johnson fühlte sich alles völlig unwirklich an.

Minuten später kam Wyatt Earp in den Speisesaal gestürzt. »Was soll dieser Wahnwitz mit Ihnen und Dick Curry?«

»Es stimmt.«

Earp starrte ihn einen Augenblick an, dann sagte er: »Ich gebe Ihnen einen Rat: Steigen Sie aus.«

»Das werde ich nicht«, sagte Johnson.

»Können Sie schießen?«

»Nicht wirklich gut.«

»Das ist bedauerlich.«

»Aber ich werde mich ihm auf jeden Fall stellen.«

»Wollen Sie einen Rat, oder wollen Sie auf Ihre eigene Art sterben?«

»Ich wäre für jeden Rat dankbar«, sagte Johnson. Er merkte, dass seine Lippe bebte und seine Hände zitterten.

»Setzen Sie sich«, sagte Earp. »Ich habe das schon oft erlebt, und es ist immer dasselbe. Man hat so einen Schießwütigen wie Dick, er ist ziemlich von sich eingenommen, und er hat schon einen oder zwei Männer erschossen. Er ist schnell. Aber meistens waren seine Opfer betrunken oder verängstigt oder beides.«

»Angst habe ich auf jeden Fall.«

»Das ist gut. Und denken Sie daran, die meisten dieser Revolverhelden sind Feiglinge und Rabauken, und sie wenden so ihre Tricks an. Sie dürfen nicht darauf hereinfallen.«

»Was zum Beispiel? Welche Tricks?«

»Manche versuchen, einen zu hetzen, andere versuchen, einen abzulenken – sie rauchen eine Zigarre, werfen sie weg und rechnen damit, dass Ihr Blick dem Stummel folgt. Manche versuchen es mit Reden. Andere gähnen, versuchen, den anderen ebenfalls zum Gähnen zu bringen. Tricks eben.«

»Was soll ich tun?« Johnsons Herz hämmerte so laut, dass er seine eigene Stimme kaum hören konnte.

»Wenn Sie da rausgehen, nehmen Sie sich Zeit. Und lassen Sie ihn nie aus den Augen – er könnte versuchen, auf Sie zu schießen, wenn Sie gerade erst auf die Straße treten. Lassen Sie ihn nie aus den Augen. Dann nehmen Sie Ihre Position ein, stellen sich breitbeinig hin, damit Sie einen sicheren Stand haben. Lassen Sie sich nicht in ein Gespräch verwickeln. Konzentrieren Sie sich auf ihn. Lassen Sie ihn nie aus den Augen, egal, was er tut. Beobachten Sie seine Augen. Sie sehen es in seinen Augen, wenn er ziehen will, noch bevor seine Hand sich bewegt.«

»Woran werde ich das erkennen?«

»Sie werden es sehen, keine Angst. Lassen Sie ihn zuerst schießen, dann ziehen Sie mit Bedacht, Sie zielen mit Bedacht, und Sie feuern einmal mitten auf seinen Bauch. Versuchen Sie nichts Raffiniertes wie auf den Kopf zielen. Der eine Schuss muss sitzen. Schießen Sie ihm in den Bauch und töten Sie ihn.«

»O Gott.« Allmählich dämmerte Johnson, was ihm da bevorstand.

»Sind Sie sicher, dass Sie nicht aussteigen wollen?«

»Ganz sicher!«

»Gut«, sagte Earp. »Ich glaube, dass Sie da lebend rauskommen. Dick ist eingebildet, er hält Sie für leichte Beute. Was Besseres als einen eingebildeten Kerl können Sie nicht kriegen.«

»Da bin ich ja sehr beruhigt.«

»Sie kommen da lebend raus«, sagte Wyatt Earp noch einmal. »Ist Ihre Waffe geladen?«

»Nein.«

»Dann laden Sie sie besser, Kleiner.«

Johnson trat aus dem Hotel ins Morgenlicht. Die Hauptstraße von Deadwood war verlassen. Es herrschte Stille, bis auf Mrs. Wilsons Klavierunterricht, eintönige Tonleitern.

Black Dick stand am Nordende der Straße und wartete. Er paffte eine Zigarre. Sein breitkrempiger Hut tauchte sein Gesicht in tiefe Schatten. Johnson hatte Schwierigkeiten, seine Augen zu erkennen. Er zögerte.

»Komm schon raus, Foggy«, rief Dick.

Johnson trat vom Hotel weg und auf die Straße. Er spürte seine Stiefel durch den Schlamm patschen. Er schaute nicht nach unten.

Immer im Blick behalten. Nie aus den Augen lassen.

Johnson ging bis zur Straßenmitte und blieb stehen.

Sicheren Stand finden, breitbeinig hinstellen.

Deutlich hörte er Mrs. Wilson sagen: »Nein, nein, Charlotte. Tempo.«

Konzentrier dich. Konzentrier dich auf ihn.

Sie waren gut zehn Meter voneinander entfernt, auf der Hauptstraße von Deadwood, im morgendlichen Sonnenschein.

Dick lachte. »Komm näher, Foggy.«

»Das passt schon«, sagte Johnson.

»Ich kann dich ja kaum sehen, Foggy.«

Kein Gespräch. Beobachte ihn.

»Ich sehe ganz gut«, sagte Johnson.

Dick lachte. Das Lachen verklang in der Stille.

Beobachte seine Augen. Beobachte seine Augen.

»Irgendwelche letzten Wünsche, Foggy?«

Johnson antwortete nicht. Er spürte sein Herz in der Brust pochen.

Black Dick warf seine Zigarre weg. Sie segelte durch die Luft, verlöschte im Schlamm.

Egal, was er tut, lass ihn nie aus den Augen.

Dick zog.

Es passierte sehr schnell, Dicks Körper wurde von einer Wolke schwarzen Rauches verhüllt, zwei Kugeln pfiffen an Johnson vorbei, bevor er seine Waffe gezogen hatte, und er spürte, wie eine dritte ihm den Hut vom Kopf riss, während er zielte und feuerte. Der Revolver bockte in seiner Hand. Er hörte einen Schmerzensschrei.

»Hurensohn! Ich bin getroffen.«

Johnson spähte verwirrt durch den Rauch. Anfangs konnte er gar nichts sehen; Dick schien völlig von der Straße verschwunden zu sein.

Dann verzog sich der Rauch, und er sah eine Gestalt sich im Schlamm winden.

»Du hast mich angeschossen! Du hast mich angeschossen!«

Johnson stand nur da und starrte vor sich hin. Dick rappelte sich mühsam auf, hielt sich die blutende Schulter, sein verletzter Arm hing schlaff herunter. Er war schlammverschmiert.

»Scheißkerl!«

Erschieß ihn, dachte Johnson.

Aber er hatte bereits einen Mann getötet und brachte es nicht übers Herz, noch einmal zu schießen. Er sah zu, wie Dick über die Straße taumelte und sich auf sein Pferd schwang. »Dafür krieg ich dich. Ich krieg dich!«, schrie er und ritt aus der Stadt.

Johnson sah ihm nach. Er hörte vereinzelte Jubelrufe und Applaus aus den umliegenden Gebäuden. Ihm war schwindelig, die Knie wurden ihm weich.

»Gut gemacht«, sagte Wyatt Earp, »außer dass Sie ihn nicht getötet haben.«

»Ich bin kein Revolverheld.«

»Das ist gut so«, sagte Earp. »Aber lassen Sie es sich gesagt sein, Sie hätten ihn töten sollen. Für mich sah es nicht so aus, als wäre seine Wunde tödlich, und jetzt haben Sie einen Feind fürs Leben.«

»Ich konnte ihn nicht töten, Wyatt.«

Earp schaute ihn eine Weile an. »Sie sind ein Ostküstler, das ist das Problem. Haben keinen gesunden Menschenverstand. Jetzt müssen Sie schnell aus der Stadt verschwinden, das wissen Sie.«

»Warum denn?«

»Weil Sie jetzt einen Ruf haben, Kleiner.«

Johnson lachte. »Jeder in der Stadt weiß, wer ich bin.«

»Jetzt nicht mehr«, sagte Wyatt.

Es zeigte sich, dass Foggy Bill Johnson, der Mann, der Clem Curry erschossen und es mit seinem Bruder Dick aufgenommen hatte, in Deadwood zu einer berüchtigten Berühmtheit geworden war. Jeder Mann, der dachte, er könne gut mit der Waffe umgehen, wollte sich plötzlich mit ihm treffen.

Nach zwei Tagen, in denen er sich nur mühsam aus Duellen herausreden konnte, erkannte Johnson, dass Wyatt recht hatte.

Er würde Deadwood sehr bald verlassen müssen. Er hatte gerade genug Geld für die Fahrt- und Frachtkosten in der Expresskutsche und kaufte die Fahrkarte gleich am nächsten Tag. In der Dämmerung nahm er eines der Pferde und ritt zu Little Winds Grab, um nachzusehen, ob es unberührt geblieben war. Das war es. Die Erde war in der Kälte hart geworden, und er hatte keine Spuren hinterlassen. Dennoch zwang er sich zu einem schnellen Aufbruch, damit man ihn nicht bemerkte.

Earp hatte inzwischen keine Lust mehr, Karten zu spielen und Emily halbherzig den Hof zu machen. Er hatte erwartet, dass Deadwood ihm die Stellung des Marshals anbot, doch ein solches Angebot kam nicht, und er wollte deshalb über den Winter weiter in den Süden.

»Wann brechen Sie auf?«, fragte Johnson.

»Was geht es Sie an?«

»Vielleicht könnten Sie ja mit mir reiten?«

»Mit Ihnen und Ihren Knochen?« Earp lachte. »Kleiner, so ziemlich jeder Bandit und Desperado von hier bis Cheyenne wartet nur darauf, dass Sie mit Ihren Knochen Deadwood verlassen.«

»Ich bin mir sicher, dass ich es schaffe, wenn Sie mit mir reiten.«

»Ich glaube, ich warte lieber noch, um dann Miss Emily zu begleiten.«

»Auch Miss Emily könnte ja morgen mitkommen, vor allem, wenn Sie mit uns reiten würden.«

Earp fixierte ihn mit einem Blick. »Was ist für mich drin, Kleiner?«

»Ich möchte wetten, die Kutsche bezahlt Sie als Kurier.« Ein Kurier war ein Wachmann und verdiente gutes Geld.

»Haben Sie kein besseres Angebot?«

»Schätze nicht.«

Beide schwiegen. Schließlich sagte Earp: »Ich sag Ihnen was. Wenn ich Sie bis Cheyenne durchbringe, geben Sie mir die Hälfte Ihrer Fracht.«

»Die Hälfte meiner Knochen?«

»Genau«, sagte er, grinste breit und zwinkerte. »Die Hälfte Ihrer Knochen. Wie klingt das?«

»In diesem Augenblick erkannte ich«, schrieb Johnson am Abend des 28. September,

> *dass Mr. Earp wie alle anderen war und nicht glaubte, dass diese Kisten überhaupt Knochen enthielten. Ich steckte in einem moralischen Dilemma. Mr. Earp war freundlich zu mir gewesen und hatte mir mehr als einmal geholfen. Ich bat ihn, sich einer ernsthaften Gefahr zu stellen, und er dachte, er riskiere sein Leben für einen Schatz. Ich war verpflichtet, ihn von diesem habgierigen Irrglauben abzubringen. Aber ich hatte hier im Westen eine solide Erziehung genossen, eine, die Yale mir nicht hatte angedeihen lassen. Ein Mann muss auf sich selbst schauen, hatte ich gelernt. Deshalb sagte ich nur: »Mr. Earp, wir haben eine Abmachung.«*

Die Kutsche würde Deadwood am nächsten Morgen verlassen.

Ein paar Stunden nach Mitternacht wachte er auf. Zeit, die Kisten zu holen. Mit Kang hatte er vereinbart, dass er ihm noch einmal mit den Knochen half, da kein weißer Mann einen toten Indianer ausgraben würde. Sie fuhren mit dem Wagen aus der Stadt, und als Allererstes gruben sie Little Wind aus, der wegen der kalten Luft nicht mehr so schlimm stank wie zuvor.

Eine nach der anderen, luden sie die Kisten auf den Wagen. Sie waren schmutzig und feucht von der Erde, schienen aber sonst in Ordnung. Diesmal füllte Johnson einen Großteil des Grabes wieder auf, bevor er Little Wind in die Erde zurücklegte. Bei seinem Anblick hielt er kurz inne. Das Groteske an ihm war nicht Little Winds verfaulendes graues Gesicht, erkannte Johnson, es war die Tatsache, dass er diesen armen Mann jetzt drei Mal beerdigt hatte. Little Wind war gestorben, um ihn zu schützen, und er hatte ihn im Gegenzug nicht in Frieden ruhen lassen.

Die Strasse nach Cheyenne

Als sie wieder in der Stadt waren, fuhr Johnson direkt zur Postkutschenstation. Die Kutsche stand schon bereit. Es hatte wieder zu schneien begonnen, und ein kalter Wind heulte durch Deadwood Gulch. Johnson war froh wegzukommen und hievte die Kisten methodisch auf den Wagen. Trotz der Versicherung des Stationsvorstehers passten die Kisten nicht alle hinter den enorm dicken Fahrer Tiny Tim Edwards. Johnson musste einen zusätzlichen Sitzplatz im Inneren bezahlen und einige Kisten daraufstellen. Zum Glück waren Miss Emily und er die einzigen Fahrgäste.

Dann mussten sie auf Wyatt Earp warten, der nirgends zu finden war. Johnson stand mit Miss Emily im Schnee und schaute die öde Hauptstraße Deadwoods auf und ab.

»Vielleicht kommt er gar nicht«, sagte Johnson.

»Ich glaube, er kommt«, sagte Miss Emily.

Während sie warteten, kam ein rothaariger Junge zu Johnson gelaufen. »Mr. Johnson?«

»Ja.«

Der Junge gab Johnson einen Zettel und lief davon. Johnson schlug ihn auf, las ihn schnell und zerknüllte ihn.

»Was ist?«

»Nur ein Abschiedsgruß von Judge Harlan.«

Gegen neun sah er die Earp-Brüder auf der Straße zur Kutschenstation kommen. Sie schienen beide schwer beladen zu sein. »Beim Näherkommen«, schrieb Johnson, »sah ich, dass die Earps sich eine ganze Sammlung von Feuerwaffen zugelegt hatten. Zuvor hatte ich Wyatt Earp nie eine Waffe tragen sehen – in der Öffentlichkeit sah man ihn nur selten bewaffnet –, jetzt aber trug er ein veritables Arsenal.«

Earp war spät dran, weil er hatte warten müssen, bis Sutters Trockenwarenhandlung öffnete, damit er die Waffen kaufen konnte. Er trug zwei abgesägte Schrotflinten, drei Pierce-Repetiergewehre, vier Colt-Revolver und ein Dutzend Kisten mit Munition.

Johnson sagte: »Wie's aussieht, erwarten Sie hitzige Zeiten.«

Earp bat Miss Emily, in die Kutsche zu steigen. »Ich will Sie nicht beunruhigen«, gab er ihr mit. Dann verriet er Johnson, dass er denke, ihnen stehe »eine Menge Ärger« bevor, und dass es nichts bringe, »so zu tun, als würde er nicht kommen«.

Johnson zeigte Earp den Zettel, auf dem stand:

ICH VERSPRECH, DU BIST HEUTE NOCH
EIN TOTER MANN,
ODER MEIN NAME IST NICHT DICK CURRY.

»Na schön«, sagte Earp. »Wir erwarten ihn.«

Wyatts Bruder Morgan hatte ein einträgliches Geschäft über den Transport von Brennholz abgeschlossen und wollte den Winter über in Deadwood bleiben, aber er sagte, er werde mit Wyatt und der Kutsche bis Custer City reiten, die fünfzig Meilen im Süden lag.

Tiny Tim beugte sich vom Bock herunter. »Wollen die Herren den ganzen Tag palavern, oder sind Sie so weit, die Allerwertesten aufs Leder zu platzieren?«

»Sind wir«, sagte Earp.

»Dann aufsteigen bitte. Wenn wir nur auf der Straße stehen, kommen wir nirgendwohin, oder?«

Johnson stieg zu Miss Emily in die Kutsche und kümmerte sich zum zehnten Mal an diesem Vormittag um seine Kisten, zog die Gurte noch ein wenig straffer. Morgan Earp kletterte aufs Kutschdach, und Wyatt setzte sich schwer bewaffnet neben den Fahrer.

Ein chinesischer Junge in Cowboystiefeln kam auf die Postkutsche zugelaufen. Es war Kang, und er machte ein besorgtes Gesicht.

Johnson griff in seine Tasche und zog eine goldene Fünf-Dollar-Münze heraus.

»Kang!«

Er beugte sich aus der offenen Tür und warf die funkelnde Goldmünze hoch in die Luft. Kang fing sie mit erstaunlicher Behändigkeit. Johnson nickte ihm zu und wusste, dass er den Jungen nie wiedersehen würde.

Tiny Tim ließ die Peitsche knallen, und in wirbelndem Schneetreiben galoppierten sie aus Deadwood hinaus.

Bis nach Fort Laramie war es eine dreitägige Reise: ein Tag bis Custer City mitten in den Black Mountains, der zweite Tag durch den tückischen Red Canyon bis zur Red-Canyon-Postkutschenstation am Südrand der Black Hills; und der dritte über die Wyoming Plains bis zu der neu gebauten Eisenbrücke, die bei Laramie über den Platte River führte.

Earp versicherte ihm, dass die Fahrt von Tag zu Tag sicherer werden würde; und wenn sie Laramie erreichten, hätten sie es geschafft, denn auf der Straße von Laramie nach Cheyenne patrouilliere die Kavallerie.

Falls sie Laramie erreichten.

»Drei Hindernisse standen zwischen uns und unserem Ziel«, schrieb Johnson später in sein Tagebuch.

Das erste war Black Dick mit seiner Bande von Raufbolden. Wir durften damit rechnen, gleich am ersten Tag auf sie zu treffen. Das zweite war Persimmons Bill mit seinen abtrünnigen Indianern. Wir durften damit rechnen, am zweiten Tag im Red Canyon auf sie zu treffen. Das dritte Hindernis war das gefährlichste von allen – und ich hatte überhaupt nicht damit gerechnet.

Johnson hatte sich auf eine gefährliche Reise gefasst gemacht, aber auf die rein körperlichen Strapazen war er nicht vorbereitet gewesen.

Die miserablen Straßen durch die Black Hills konnten nur langsam befahren werden, und an den steilen Abhängen schwankte die Kutsche unter ihrer Last aus Knochen bedrohlich nahe an den bröckelnden Rändern, was nicht gerade zur Beruhigung beitrug. Die jüngsten Schneefälle hatten mehrere Bäche – den Bear Butte, den Elk und den Boxelder – zu reißenden Flüssen anschwellen lassen. Die schwere Ladung der Kutsche machte die Querungen besonders gefährlich.

Wie Tiny Tim erklärte: »Wenn diese Karre mitten im Fluss im Treibsand stecken bleibt, kommen wir nirgendwohin, außer wir reiten zurück und holen ein zusätzliches Gespann und ziehen sie raus.«

Darüber hinaus lebten sie mit der ständigen Bedrohung durch einen Überfall, der jeden Augenblick stattfinden konnte. Die Anspannung war nervenaufreibend, denn schon das kleinste Hindernis konnte gefährlich werden.

Gegen Mittag hielt die Kutsche an. Johnson schaute hinaus. »Warum halten wir?«

»Kopf rein«, blaffte Earp, »wenn Sie ihn nicht verlieren wollen. Vor uns liegt ein umgestürzter Baum.«

»Und?«

Morgan Earp spähte über den Dachrand. »Miss Emily? Ich wäre Ihnen sehr verbunden, wenn Sie sich auf den Boden kauern und dort unten bleiben könnten, bis wir wieder fahren.«

»Ist doch nur ein umgestürzter Baum«, sagte Johnson. An vielen Stellen in den Black Hills war die Krume dünn, und oft stürzten Bäume über die Straße.

»Vielleicht«, sagte Earp. Er wies darauf hin, dass hohe Hügel die Straße auf allen Seiten umringten. Die Bäume wuchsen bis an die Straße und boten gute Deckung. »Wenn sie's auf uns abgesehen haben, ist das hier eine gute Stelle.«

Tiny Tim stieg vom Bock, um sich den Baum genauer anzusehen. Johnson hörte das scharfe Klacken von Schrotflinten, die gespannt wurden.

»Sind wir wirklich in Gefahr?«, fragte Miss Emily. Sie wirkte nicht im Geringsten ängstlich.

»Schätze schon«, sagte Johnson. Er zog seinen Revolver, schaute den Lauf entlang, drehte die Trommel.

Miss Emily neben ihm erschauderte leicht vor Aufregung.

Aber der Baum war klein und offenbar einfach umgestürzt. Tiny Tim zog ihn zur Seite, und sie fuhren weiter. Eine Stunde später wurden sie bei Silver Peak und Pactola von einem Erdrutsch aufgehalten, konnten jedoch wieder ohne Schwierigkeiten weiterfahren.

»Als wir dann schließlich angegriffen wurden«, schrieb Johnson, »fühlte sich das fast wie eine Erleichterung an.«

Wyatt Earp rief: »Ihr da unten! Köpfe einziehen!«, und seine Flinte donnerte.

Die Antwort war Gewehrfeuer von hinten.

Sie waren am Grund des Sand Creek Gulch. Die Straße verlief hier gerade, zu beiden Seiten war Platz, sodass Angreifer neben die Kutsche reiten und ins Innere des offenen Wagens schießen konnten.

Direkt über sich hörten sie Morgan Earp über das Dach kriechen und spürten das Schwanken der Kutsche, als er am hinteren Ende in Position ging. Wieder war Gewehrfeuer zu hören. Wyatt rief laut: »Runter, Morg, ich schieße.« Wieder Schusswechsel. Tiny trieb fluchend die Pferde an.

Kugeln gruben sich ins Holz der Kutsche. Johnson und Emily kauerten auf dem Boden, die Kisten mit Fossilien, die auf dem Sitz über ihnen festgeschnallt waren, drohten, auf sie herabzustürzen. Johnson erhob sich auf die Knie und versuchte, die Gurte noch fester zu zurren. Ein Reiter kam neben die Kutsche, zielte auf Johnson – und verschwand in einer plötzlichen Explosion vom Pferd.

Erstaunt schaute Johnson hinaus.

»Foggy! Kopf runter. Ich schieße!«

Johnson tauchte wieder ins Innere, und eine Ladung aus Earps Flinte pfiff am offenen Fenster vorbei. Weitere Schüsse von den Reitern ließen die Türpfosten der Kutsche splittern; ein Schrei war zu hören.

Fluchend und schreiend trieb Tiny die Pferde an; die Kutsche ruckelte und schwankte über die holperige Straße; im Inneren wurden Johnson und Emily hin und her geworfen und stießen aneinander, und zwar »auf eine Art, die sich peinlich ausgenommen hätte, wären die Umstände nicht so prekär gewesen«, schrieb Johnson später. »Die nächsten Minuten – die uns vorkamen wie Stunden – verrannen in einer nervösen Mischung aus pfeifenden Kugeln, galoppierenden Pferden, Rufen und Schreien, Rütteln und Schießen – bis schließlich unsere Kutsche um eine Kurve bog und wir den Sand Creek Gulch hinter uns hatten. Die Schüsse verstummten, und wir konnten unseren Weg sicher fortsetzen.

Wir hatten den Überfall der berüchtigten Curry-Bande überlebt!«

»Nur ein Narr kann das glauben«, sagte Wyatt, als sie an der Tigerville-Kutschenstation anhielten, um die Pferde zu wechseln.

»Warum, war das nicht die Curry-Bande, die uns angegriffen hat?«

»Hören Sie, Kleiner«, sagte Wyatt. »Ich weiß, dass Sie von der Ostküste sind, aber so dumm kann niemand sein.« Während er redete, lud er seine Schrotflinte.

Johnson konnte nicht folgen, deshalb erklärte Morgan Earp: »Black Dick will Sie unbedingt, und er würde nicht alles aufs Spiel setzen mit einer so stümperhaften Attacke.«

Johnson, der den Angriff furchterregend gefunden hatte, fragte: »Warum war die Attacke stümperhaft?«

»Ein Angriff aus dem Sattel ist der riskanteste, den es gibt«, sagte Morgan. »Die Reiter können nicht vernünftig schießen, die Kutsche ist dauernd in Bewegung, und wenn man nicht eines der Pferde des Gespanns erschießt, ist es sehr wahrscheinlich, dass die Kutsche davonkommt, so wie es bei uns war.«

»Warum haben sie's dann überhaupt versucht?«

»Um uns in Sicherheit zu wiegen«, sagte Wyatt. »Damit wir unachtsam werden. Lassen Sie's sich gesagt sein, die wissen, dass wir in Tigerville anhalten und die Pferde wechseln müssen. Im Augenblick reiten sie wie der Teufel, um einen neuen Hinterhalt vorzubereiten.«

»Und wo?«

»Wenn ich das wüsste«, sagte Wyatt, »würde ich mir keine Sorgen machen. Was denkst du, Morg?«

»Irgendwo zwischen hier und Sheridan, würde ich meinen«, antwortete Morgan Earp.

»Das denke ich auch«, sagte Wyatt Earp und ließ seine Flinte zuschnappen. »Und beim nächsten Mal meinen sie's wirklich ernst.«

Der zweite Überfall

Eine halbe Stunde später hielten sie am Rand eines Kiefernwäldchens, direkt vor dem sandigen Ufer des Spring Creek. Das mäandernde Wasser war täuschend flach und mehr als hundert Meter breit. Die späte Nachmittagssonne funkelte auf dem langsamen, friedvollen Kräuseln. Der Kiefernwald am anderen Ufer stand dicht und dunkel.

Schweigend betrachteten sie einige Minuten lang das Wasser.

Schließlich streckte Johnson den Kopf zum Fenster hinaus und fragte, worauf sie warteten. Morgan Earp beugte sich vom Dach herunter, klopfte ihm auf den Kopf und hielt sich den Finger an die Lippen.

Johnson lehnte sich wieder zurück, rieb sich den Kopf und schaute Miss Emily fragend an.

Miss Emily zuckte die Achseln und schlug nach einem Moskito.

Mehrere Minuten vergingen, bis Wyatt Earp zu Tiny sagte: »Wie sieht's aus, was meinen Sie?«

»Weiß auch nicht«, sagte Tiny.

Earp betrachtete die Spuren auf dem sandigen Ufer. »Hier kamen erst kürzlich viele Pferde durch.«

»Das will nichts heißen«, sagte Tiny. »Sheridan liegt nur ein paar Meilen südlich auf der anderen Seite.«

Sie verstummten wieder, lauschten dem leisen Plätschern des Wassers, dem Wind in den Kiefern.

»Wissen Sie, hier am Spring Creek gibt's normalerweise Vögel«, sagte Tiny schließlich.

»Zu still?«, fragte Wyatt.

»Ich würde sagen, zu still.«

»Wie sieht's mit dem Grund aus?«, fragte Earp mit Blick auf den Fluss.

»Das weiß man erst, wenn man drin ist. Wollen Sie einen Versuch wagen?«

»Schätze, ja«, sagte Wyatt. Er sprang vom Bock, ging nach hinten und schaute zu Johnson und Miss Emily in den Wagen.

»Wir versuchen jetzt, den Fluss zu durchqueren«, sagte er leise. »Wenn wir rüberkommen, gut. Wenn wir in Schwierigkeiten geraten, bleiben Sie unten, egal, was Sie sehen oder hören. Morg weiß, was zu tun ist. Überlassen Sie alles ihm. In Ordnung?«

Sie nickten. Johnsons Kehle war trocken. »Denken Sie, es ist eine Falle?«

Earp zuckte die Achseln. »Ist eine gute Stelle dafür.«

Er stieg wieder auf den Bock und spannte seine Flinte. Tiny trieb die Pferde an, und sie fuhren mit halsbrecherischer Geschwindigkeit in den Fluss hinein, die Kutsche schlingerte, als die Räder in den weichen Sand des Ufers sanken, und spritzte und hüpfte dann über die Steine im Flussbett.

Und plötzlich fielen die ersten Schüsse. Johnson hörte das Wiehern der Pferde, mit einem letzten Schlingern blieb die Kutsche mitten im Fluss stehen, Tiny rief: »Jetzt reicht's«, und Morgan Earp feuerte los. »Ich geb dir Deckung, Wyatt.«

Johnson und Miss Emily duckten sich. Kugeln pfiffen um sie herum, und die Kutsche schwankte, als die Männer sich auf ihr bewegten. Johnson spähte über die Fensterbank und sah Wyatt Earp spritzend durch den Fluss auf das andere Ufer zurennen.

»Er lässt uns im Stich. Wyatt lässt uns im Stich!«, schrie Johnson, dann ließ eine Salve ihn wieder abtauchen.

»Er würde uns nie alleinlassen«, sagte Emily.

»Hat er eben getan!«, rief Johnson völlig in Panik. Plötzlich schwang die Kutschtür auf, und Johnson schrie, als Tiny hineinsprang und auf ihnen landete.

Tiny keuchte und war kreideweiß im Gesicht; er zog die Tür zu, als ein halbes Dutzend Kugeln das Holz zersplitterte.

»Was ist los?«, fragte Johnson.

»Da draußen hab ich nichts verloren«, sagte Tiny.

»Aber was ist los?«

»Wir stecken mitten in diesem verdammten Fluss fest, das ist los«, sagte Tiny. »Sie haben ein Pferd getötet, wir kommen also nicht weg, und die Earp-Jungs schießen auf Teufel komm raus. Wyatt ist weg.«

»Haben die beiden einen Plan?«

»Das hoffe ich doch«, sagte Tiny. »Weil ich keinen habe!« Während der Schusswechsel andauerte, faltete er die Hände und schloss die Augen. Seine Lippen zuckten.

»Was tun Sie da?«

»Beten«, sagte Tiny. »Sollten Sie besser auch. Weil, wenn Black Dick diese Kutsche einnimmt, tötet er uns alle.«

Im rötlichen Nachmittagslicht stand die Postkutsche unbeweglich mitten im Spring Creek. Morgan Earp lach flach auf dem Dach und feuerte in die Bäume am anderen Ufer. Wyatt hatte es unbeschadet hinübergeschafft und verschwand jetzt im Kiefernwald.

Augenblicklich ließ das Feuer vom anderen Ufer nach: Die Curry-Bande musste sich jetzt um ein neues Problem kümmern.

Dann war am anderen Ufer ein Flintenschuss zu hören, gefolgt von einem lauten, durchdringenden Schrei. Er verklang. Einen Augenblick später noch ein Flintenschuss und ein erstickter Schrei.

Die Curry-Bande stellte das Feuer auf die Kutsche ein.

Eine Stimme rief: »Nicht schießen, Wyatt, bitte nicht …«, und dann ein Schuss.

Plötzlich waren ein halbes Dutzend Stimmen am anderen Ufer zu hören, die einander zuschrien, und Pferde, die davongaloppierten.

Dann nichts mehr.

Morgan Earp klopfte aufs Kutschdach. »Es ist vorbei«, sagte er. »Sie sind weg. Sie können wieder atmen.«

Die Fahrgäste im Inneren stemmten sich hoch, klopften sich ab. Johnson schaute hinaus und sah Wyatt Earp grinsend am anderen Ufer stehen. Die abgesägte Schrotflinte hing locker in seiner Hand.

Langsam watete er durchs Wasser zu ihnen zurück. »Die erste Regel bei einem Angriff aus dem Hinterhalt«, sagte er. »Immer aufs Feuer zulaufen, nie davon weg.«

»Wie viele haben Sie getötet?«, fragte Johnson. »Alle?«

Earp grinste noch einmal. »Keinen.«

»Keinen?«

»Dieser Wald ist sehr dicht, weiter als drei Meter sieht man nicht. Ich hätte sie da drin nie gefunden. Aber ich wusste, dass sie sich am Ufer ausgebreitet hatten und einander wahrscheinlich nicht sehen konnten. Also habe ich einfach ein paarmal geschossen und ein paar entsetzliche Schreie ausgestoßen.«

»Wyatt kann wirklich ganz fürchterlich schreien«, sagte Morgan.

»Ist wohl so«, sagte Wyatt. »Die Curry-Bande ist in Panik geraten und geflohen.«

»Soll das heißen, Sie haben sie ausgetrickst?«, fragte Johnson. Er war auf eine merkwürdige Weise enttäuscht.

»Hören Sie«, sagte Wyatt Earp. »Ein Grund, warum ich noch am Leben bin, ist der, dass ich's nicht auf Ärger abgesehen habe. Diese Jungs sind nicht sehr fix, und sie haben eine lebhafte Fantasie. Außerdem haben wir jetzt ein größeres Problem, als die Curry-Jungs loszuwerden.«

»Wirklich?«

»Ja. Wir müssen diese Kutsche aus dem Fluss schaffen.«

»Warum ist das ein Problem?«

Earp seufzte. »Kleiner, haben Sie schon mal versucht, ein totes Pferd zu bewegen?«

Es dauerte eine Stunde, das Pferd loszuschneiden und es flussabwärts treiben zu lassen. Johnson sah dem dunklen Kadaver nach, den die Strömung mit sich trug, bis er verschwunden war. Mit den restlichen fünf Pferden des Gespanns schafften sie es, die Kutsche aus dem Sand und aufs gegenüberliegende Ufer zu schaffen. Inzwischen war es dunkel, und sie fuhren schnell bis nach Sheridan, wo sie sich ein frisches Gespann besorgten.

Sheridan war eine kleine Stadt aus fünfzig Holzhäusern, aber wie es aussah, war jeder auf der Straße, um sie zu begrüßen; Johnson war überrascht, als er sah, wie Geld den Besitzer wechselte.

Earp sammelte eine Menge davon ein.

»Was ist da los?«

»Die Leute haben gewettet, ob wir es schaffen«, sagte Earp. »Ich habe selbst ein paar Wetten gesetzt.«

»Worauf haben Sie gewettet?«

Earp lächelte nur und nickte in Richtung eines Saloons. »Wissen Sie, es wäre wirklich sehr anständig von Ihnen, wenn

Sie jetzt mit mir da reingehen und eine Runde Whiskey spendieren würden.«

»Glauben Sie wirklich, dass wir gerade jetzt trinken sollten?«

»Bis Red Canyon werden wir keine Probleme mehr bekommen«, sagte Earp, »und ich bin durstig.«

Red Canyon

Spätabends um zehn erreichten sie die Stadt Custer. Die Nacht war dunkel, was Johnson enttäuschte; vom berühmtesten Ort in den Black Hills, der Gordon Stockade am French Creek, war nicht viel zu sehen.

Erst ein Jahr zuvor, 1875, hatten die ersten Goldgräber von Gordons Truppe Blockhütten gebaut und mit einem über drei Meter hohen Holzzaun umgeben. Sie waren unter Missachtung des Indianervertrags in die Black Mountains eingedrungen, wollten Gold suchen und die Indianer mit ihrer Palisade abhalten. Eine Kavallerieexpedition aus Fort Laramie war nötig gewesen, um sie zu vertreiben; damals setzte die Armee den Indianervertrag noch durch, und die Palisadensiedlung war von da an verlassen.

Jetzt redete jeder in Custer über den neuen Indianervertrag. Die Regierung bekämpfte die Sioux noch immer, die Kosten des Krieges stiegen – auf bereits mehr als fünfzehn Millionen Dollar –, und es war ein Wahljahr. Sowohl die Kriegskosten als auch die Legitimität der Regierungspolitik waren in Washington heiße Wahlkampfthemen. Deshalb war es dem Großen Weißen Vater, wie die Indianer den Präsidenten nannten, lieber, die Auseinandersetzung friedlich zu beenden, indem er einen neuen Vertrag aushandelte, und dazu hatten staatliche Unterhändler ein Treffen mit Sioux-Häuptlingen in Sheridan vereinbart.

Aber sogar die sorgsam ausgesuchten Häuptlinge waren entrüstet über die neuen Vorschläge. Die meisten Unterhändler der Regierung konnten da nur zustimmen. Einer von ihnen, inzwischen auf dem Rückweg nach Washington, sagte zu Johnson, es sei »das Härteste gewesen, was ich in meinem Leben je getan habe. Mir ist es egal, wie viele Federn ein Mann in den Haaren trägt, er ist immer noch ein Mann. Einer von ihnen, Red Legs, schaute mich an und sagte: ›Hältst du das für gerecht? Würdest du ein solches Papier unterschreiben?‹ Ich konnte ihm nicht in die Augen schauen. Es war widerlich.

Wissen Sie, was Thomas Jefferson gesagt hat?«, fuhr der Mann fort. »1803 sagte Thomas Jefferson, es werde tausend Jahre dauern, bis der Westen völlig befriedet sein werde. Und jetzt wird er in weniger als hundert Jahren befriedet sein. Das ist Fortschritt.«

Johnson schrieb in sein Tagebuch, »dass er ein redlicher Mann zu sein schien, den man ausgeschickt hatte, um einen unredlichen Auftrag zu erfüllen, und er konnte sich selbst nicht verzeihen, dass er die Anweisungen seiner Regierung ausgeführt hatte. Er war betrunken, als er ankam, und er trank noch mehr, als er abreiste.«

Morgan Earp verließ sie in Custer, und sie fuhren ohne ihn weiter. Gegen Mitternacht kamen sie an der Fourmile Ranch vorbei und steuerten Pleasant Valley an. In der Dunkelheit passierten sie die Twelvemile und die Eighteenmile Ranch.

Kurz vor Tagesanbruch erreichten sie den Eingang zum Red Canyon.

Die Red-Canyon-Postkutschenstation war niedergebrannt, alle Pferde waren gestohlen worden. Fliegen umschwirrten ein halbes Dutzend skalpierter Leichen, Beweise für Persimmons Bills Verwüstungen.

»Schätze, die haben von dem neuen Vertrag noch nichts gehört«, sagte Earp lakonisch. »Essen werden wir hier wohl eher nicht.«

Sie machten sich sofort an die Durchquerung des Canyons – angespannt und, weil sie keine frischen Pferde hatten, langsam, aber sie schafften es ohne Zwischenfall. Am hinteren Ende des Canyons folgten sie dem Hawk Creek nach Camp Collier, dem südlichen Zugang zu den Black Mountains.

Im Morgenlicht legten sie eine einstündige Pause ein, um die Pferde grasen zu lassen und selbst erleichtert durchzuatmen. »Jetzt dauert's nicht mehr lange, Mr. Johnson«, sagte Earp, »und Sie schulden mir die Hälfte Ihrer Knochen.«

Johnson fand, dass es Zeit war, ihm die Wahrheit zu sagen. »Mr. Earp«, setzte er an.

»Ja?«

»Ich bin Ihnen natürlich sehr dankbar für alles, was Sie getan haben, um mich aus Deadwood herauszubringen.«

»Da bin ich mir sicher.«

»Aber ich muss Ihnen noch etwas sagen.«

Earp runzelte die Stirn. »Sie wollen sich doch nicht vor unserer Abmachung drücken?«

»Nein, nein.« Johnson schüttelte den Kopf. »Aber ich muss Ihnen sagen, die Kisten enthalten wirklich nur Fossilien.«

»Aha«, sagte Wyatt Earp.

»Es sind nur Knochen.«

»Ich habe Sie schon verstanden.«

»Sie sind wertvoll für Wissenschaftler, für Paläontologen.«

»Damit kann ich leben.«

Johnson lächelte schwach. »Ich hoffe nur, Sie sind nicht zu enttäuscht.«

»Ich werde mich bemühen«, sagte Earp, zwinkerte und

knuffte ihn in die Schulter. »Aber vergessen Sie nicht, Kleiner. Die Hälfte dieser Knochen gehört mir.«

»Er war ein starker Freund gewesen«, schrieb Johnson, »und ich befürchtete, dass er einen gefährlichen Feind abgeben würde. Deshalb verspürte ich eine gewisse Beklommenheit, als ich die Reise nach Fort Laramie fortsetzte, den ersten zivilisierten Ort, den ich seit Monaten gesehen hatte.«

Fort Laramie

Fort Laramie war ein Außenposten der Armee, aus dem sich eine Grenzstadt entwickelt hatte, aber die Garnison prägte noch immer die Stimmung, und die war jetzt sehr gedrückt. Mehr als acht Monate lang hatte die Armee gegen die Indianer gekämpft und dabei ernste Verluste erlitten, vor allem bei dem Massaker an Custers Kolonne am Little Bighorn. Es hatte auch andere blutige Gefechte gegeben, am Powder River und bei Slim Buttes, und auch wenn nicht gekämpft wurde, war der Feldzug brutal und beschwerlich. Die Nachrichten aus dem Osten deuteten darauf hin, dass Washington und der Rest des Landes ihre Bemühungen nicht unterstützten; zahlreiche Artikel kritisierten das militärische Verhalten in diesem Feldzug gegen den »edlen und wehrlosen roten Mann«. Für junge Männer, die ihre Kameraden hatten fallen sehen, die auf ein Schlachtfeld zurückgekehrt waren, um die skalpierten und verstümmelten Leichen von Freunden zu begraben, Leichen, denen man die Genitalien abgeschnitten und in den Mund gestopft hatte – für diese Soldaten waren die Kommentare aus dem Osten eine harte Lektüre.

Was die Armee anging, hatte sie den Befehl erhalten, diesen Krieg zu führen, ohne dass man sie nach ihrer Meinung zu Machbarkeit und moralischer Vertretbarkeit gefragt hätte; man hatte die Befehle befolgt, so gut es ging, und das mit beträchtlichem Erfolg, und jetzt machte es Offiziere und Mannschaften wütend, so wenig Unterstützung zu erfahren und einen unpopulären Krieg führen zu müssen.

Die Tatsache, dass die Politiker in Washington die Schwierigkeiten eines Feldzugs gegen »nichts als Wilde« unterschätzt hatten, und die Entrüstung, die er im liberalen Establishment der Städte im Osten hervorrufen würde – uninformierte Schreiberlinge, die noch nie einen Indianer mit eigenen Augen gesehen hatten und sich nur zusammenfantasierten, wie der Indianer sein könnte –, waren nicht die Schuld der Armee.

Wie ein Captain es formulierte: »Sie wollen, dass die Indianer eliminiert werden und das Land weißen Siedlern zur Verfügung steht, aber sie wollen nicht, dass dabei irgendjemand verletzt wird. Das ist einfach nicht möglich.«

Dazu kam die hässliche Tatsache, dass der Krieg jetzt in eine neue Phase eingetreten war. Die Armee führte einen Zermürbungskrieg gegen die Indianer mit dem Plan, alle Bisons zu töten und damit die Indianer so sehr auszuhungern, dass sie sich ergaben. Dennoch erwarteten die meisten Militärs, dass sich der Krieg noch mindestens drei Jahre hinziehen und noch einmal fünfzehn Millionen Dollar kosten würde – wenngleich niemand in Washington das hören wollte.

Die Diskussion über diesen Krieg wogte in der Postkutschenstation am Rand der Stadt hin und her. Johnson würgte ein wenig appetitliches Mittagessen aus Schinken und Brötchen hinunter und setzte sich dann vor der Station in die Sonne. Von seinem Platz aus sah er die Eisenbrücke über den Platte River.

Mehr als ein Jahrzehnt lang war der Platte River in Broschüren der Union Pacific als »Blumenwiese von großer Fruchtbarkeit, bedeckt von nahrhaften Gräsern und bewässert von zahlreichen Bächen« gerühmt worden. Tatsächlich aber war es raues, gottverdammtes Land. Und dennoch strömten die Siedler hierher.

Seit den frühen Pioniertagen war der Platte River selbst berühmt-berüchtigt als tückisch und schwierig zu durchqueren, und diese neue Eisenbrücke stellte eine kleine Verbesserung in einer Reihe von Veränderungen dar, die den Westen zugänglicher machten.

Johnson döste ein und wachte erst wieder auf, als eine Stimme sagte: »Schon ein irrer Anblick, nicht?«

Er öffnete die Augen. Ein großer Mann rauchte eine Zigarre und schaute zur Brücke hinüber.

»Ja, schon.«

»Ich weiß noch, letztes Jahr war diese Brücke nur ein Gerücht.« Der große Mann drehte sich um. Das Gesicht war vertraut, aber das Wiedererkennen dauerte eine Weile.

Navy Joe Benedict.

Marshs rechte Hand.

Johnson setzte sich schnell auf. Ihm blieb nur ein Augenblick, um sich zu fragen, was Navy Joe hier tat, als eine ebenfalls vertraute, korpulente Gestalt aus der Station trat und sich neben Benedict stellte.

Professor Marsh schaute Johnson flüchtig an und sagte auf seine förmliche Art: »Ihnen einen guten Morgen, Sir.« Er ließ sich nicht anmerken, ob er Johnson wiedererkannt hatte, und wandte sich sofort Benedict zu. »Warum die Verzögerung, Joe?«

»Ein frisches Gespann muss angeschirrt werden, Professor. In fünfzehn oder zwanzig Minuten werden wir aufbrechen können.«

»Sehen Sie zu, dass Sie es beschleunigen können.«

Navy Joe ging weg, und Marsh wandte sich Johnson zu. Er schien nicht zu wissen, wer er war, denn Johnson hatte sich seit ihrer letzten Begegnung sehr verändert. Er war schlanker und muskulöser, trug einen Vollbart, und seine Haare hatten keine Schere mehr gesehen, seit er vor mehr als drei Monaten Philadelphia verlassen hatte. Sie hingen ihm fast bis auf die Schultern. Seine Kleidung war derb, schmutzig und schlammbespritzt.

Marsh fragte: »Auf der Durchreise?«

»Ja.«

»Wohin wollen Sie?«

»Nach Cheyenne.«

»Sie kommen aus den Hügeln?«

»Ja.«

»Von wo?«

»Deadwood.«

»Auf der Goldsuche?«

»Ja«, sagte Johnson.

»Fündig geworden?«

»Nicht wirklich«, sagte Johnson. »Und was ist mit Ihnen?«

»Nun, ich selbst bin auf dem Weg nach Norden, in die Hügel.«

»Auf der Suche nach Gold?«, fragte Johnson spaßeshalber.

»Kaum. Ich bin Professor der Paläontologie am Yale College«, sagte Marsh. »Ich studiere Fossilien.«

»Tatsächlich?« Johnson konnte nicht glauben, dass Marsh ihn nicht erkannt hatte, aber es sah ganz so aus.

»Ja«, sagte Marsh. »Und ich habe gehört, dass in Deadwood Fossilien zu haben sind.«

»In Deadwood? Tatsächlich?«

»Das habe ich zumindest gehört«, sagte Marsh. »Anscheinend hat ein junger Mann sie in seinem Beitz. Ich hoffe, sie erwerben zu können. Ich bin bereit, gut dafür zu bezahlen.«

»Ach so?«

»In der Tat.« Marsh zog ein dickes Bündel Dollarscheine heraus und betrachtete sie im Sonnenlicht. »Ich würde auch für Informationen über diesen jungen Mann und seinen Verbleib bezahlen.« Er schaute Johnson genau an. »Wenn Sie verstehen, was ich meine.«

»Nun, wohl eher nicht.«

»Nun ja, Sie kommen doch eben aus Deadwood«, sagte Marsh. »Ich frage mich, ob Sie etwas über diesen jungen Mann wissen.«

»Hat dieser Mann auch einen Namen?«, fragte Johnson.

»Sein Name ist Johnson. Er ist ein ziemlich skrupelloser, junger Kerl. Er hat einmal für mich gearbeitet.«

»Ach, tatsächlich?«

»In der Tat. Aber er verließ meine Truppe und tat sich mit einer Bande aus Dieben und Räubern zusammen. Soweit ich weiß, wird er in anderen Territorien wegen Mordes gesucht.«

»Tatsächlich?«

Marsh nickte. »Wissen Sie etwas über ihn?«

»Noch nie von ihm gehört. Wie wollen Sie an diese Knochen kommen?«

»Sie kaufen, wenn nötig«, sagte Marsh. »Aber ich bin fest entschlossen, sie in meinen Besitz zu bringen, mit welchen Mitteln auch immer.«

»Sie wollen sie also unbedingt.«

»Ja«, sagte Marsh. »Wissen Sie«, sagte er und machte eine theatralische Pause, »diese Knochen, von denen ich spreche, gehören eigentlich mir. Der junge Johnson hat sie mir gestohlen.«

Johnson spürte Wut in sich aufsteigen. Diese Scharade hatte ihm Vergnügen bereitet, aber jetzt packte ihn der Zorn. Es kostete ihn das Äußerste an Selbstbeherrschung, um so beiläufig wie möglich zu sagen: »Tatsächlich?«

»Er ist ein verlogener Schweinehund, das steht außer Frage.«

»Klingt nach einem üblen Zeitgenossen.«

In diesem Augenblick kam Wyatt Earp um die Ecke und sagte: »Hey, Johnson! Auf die Beine! Wir brechen auf.«

Marsh grinste Johnson an. »Du kleiner Mistkerl«, sagte er.

Der Handel in Laramie

»Wie es aussah«, schrieb Johnson in sein Tagebuch, »rächten sich in Laramie einige Sünden der Vergangenheit.«

Der Großteil der Stadt war mit einer anderen Gestalt aus Johnsons Vergangenheit beschäftigt, nämlich Broken Nose Jack McCall. Jack war aus Deadwood geflüchtet und hatte es bis Laramie geschafft, wo er sich brüstete, Wild Bill Hickok erschossen zu haben. Der Grund, warum er so unbekümmert darüber sprach, war die Tatsache, dass ein örtliches Gericht in Deadwood ihn wegen dieses Mordes angeklagt, dann aber freigesprochen hatte, weil er behauptete, Wild Bill habe viele Jahre zuvor seinen jüngeren Bruder getötet, und er habe dieses Verbrechen nur gerächt. In Laramie sprach Jack ganz offen über diesen Mord an Hickok, weil er sich sicher war, dass er wegen desselben Verbrechens nicht zweimal angeklagt werden konnte.

Aber Jack war nicht bewusst, dass dieses örtliche Gericht in Deadwood juristisch nicht anerkannt war, er wurde deshalb in Laramie umgehend ins Gefängnis geworfen und des Mordes an Hickok angeklagt. Da Jack den Mord bereits öffentlich zugegeben hatte, war das Verfahren kurz; er wurde zum Tod durch den Strang verurteilt, eine Wende des Schicksals, die »ihn mächtig ärgerte«.

Noch im Verlauf des Prozesses gegen Jack ereignete sich ein

paar Häuser weiter in Sutter's Saloon eine Episode, die für William Johnson sehr viel wichtiger war. Wyatt Earp saß an einem Tisch, trank Whiskey mit Othniel C. Marsh und verhandelte über den Verkauf seiner Hälfte von Johnsons Knochen.

Sie waren beide hartgesottene Feilscher, und die Verhandlungen dauerten bereits eine ganze Weile. Earp schien sich dabei sehr zu amüsieren.

Johnson saß mit Miss Emily in einer Ecke und schaute den Verhandlungen zu. »Ich kann das nicht glauben«, sagte er.

»Warum überrascht es Sie?«

»Wie stehen die Chancen, dass er diesem Professor begegnet?« Er seufzte. »Eins zu einer Million oder noch weniger.«

»Ach, das glaube ich nicht«, sagte sie. »Wyatt wusste, dass Professor Marsh im Territorium war.«

Johnson beschlich ein merkwürdiges Gefühl. »Wirklich?«

»Natürlich.«

»Woher?«

»Ich war bei ihm im Speisesaal des Hotels«, sagte sie, »als er das Gerücht hörte, in Cheyenne gebe es einen College-Lehrer, der alle möglichen Fossilien aufkaufe und sich über gewisse Knochen in Deadwood erkundige. Die Goldsucher lachten darüber, aber Wyatts Augen blitzten auf, als er die Geschichte hörte.«

Johnson runzelte die Stirn. »Also beschloss er, mir zu helfen, die Knochen von Deadwood nach Cheyenne zu schaffen?«

»Ja«, sagte sie. »Wir sind einen Tag, nachdem er die Geschichte gehört hatte, aufgebrochen.«

»Soll das heißen, Wyatt hatte von Anfang an vor, meine Knochen an Marsh zu verkaufen?«

»Ich glaube schon«, sagte sie leise.

Johnson starrte quer durch den Saloon zu Earp hinüber. »Und ich dachte, er ist mein Freund.«

»Sie dachten, er ist ein Narr«, erwiderte Emily. »Aber er ist Ihr Freund.«

»Wie können Sie das sagen? Schauen Sie nur, wie er hier feilscht, sich um jeden Dollar streitet. Wenn die so weitermachen, sitzen sie den ganzen Tag da.«

»Ja«, sagte Emily. »Und doch bin ich mir sicher, Wyatt könnte den Handel in fünf Minuten abschließen, wenn er das vorhätte.«

Johnson starrte sie an. »Sie meinen ...«

Sie nickte. »Ich bin mir sicher, er fragt sich, warum Sie noch hier herumsitzen, während er Professor Marsh für Sie hinhält.«

»Ach, Emily«, rief er. »Ich könnte Sie küssen.«

»Wenn Sie es nur tun würden«, sagte sie leise.

»Zu viele Dinge passierten auf einmal«, schrieb Johnson.

Bei all diesen neuen Entwicklungen wurde mir beinahe schwindelig. Ich eilte mit Emily nach draußen, verschob das Küssen und schickte sie stattdessen los, um einen Hundert-Pfund-Sack Reis, einen Ballen Abdeckplane und eine Schaufel mit langem Stiel zu besorgen. Unterdessen versorgte ich mich eilends mit den erforderlichen großen Felsbrocken, die zum Glück gleich in der Nähe vorhanden waren, Überreste der Sprengung, die man für die neue Brücke über den Platte unternommen hatte.

Er suchte sich wieder eine chinesische Wäscherei und bezahlte eine kleine Summe, damit er dort das Feuer und den Eisenkessel benutzen durfte, in dem das Wasser erhitzt wurde. Drei Stunden lang kochte er frische Reispaste, bis sie gallertartig genug war, packte dann die Brocken mit Wäschezangen aus Bambus, tauchte sie in den klebrigen Brei und überzog sie damit. Als sie trocken waren, streute er Staub darüber, damit sie angemessen schmutzig waren. In der Hitze des Feuers trockneten sie sehr schnell. Schließlich holte er die kostbaren Knochen aus allen zehn Kisten, legte die Steine in die alten Kisten und vernagelte sie dann wieder sorgfältig.

Um fünf Uhr an diesem Nachmittag war er erschöpft. Aber alle seine fossilen Knochen lagen gut versteckt im hinteren Teil des Mietstalls, bedeckt mit der Plane und begraben unter einem Haufen frischen Mist, die Schaufel lag daneben unter Stroh, und die Kisten mit den Steinen standen unter einer Plane genauso aufgestapelt da, wie die Originale es gewesen waren. Kurz darauf kamen Earp und Marsh. Marsh grinste Johnson an. »Ich gehe davon aus, dass dies unsere letzte Begegnung sein wird, Mr. Johnson.«

»Das hoffe ich«, sagte Johnson mit einer Ernsthaftigkeit, die sich Marsh nie hätte vorstellen können.

Sie machten sich an die Aufteilung. Marsh wollte alle zehn Kisten öffnen und die Fossilien vor der Aufteilung inspizieren, aber Johnson weigerte sich beharrlich. Die Aufteilung sollte zwischen ihm und Earp stattfinden und nur vom Zufall bestimmt sein. Marsh murrte, stimmte dann aber zu.

Plötzlich sagte Marsh: »Ich denke, ich sollte mir eine der Kisten genauer anschauen, um mich vom Inhalt zu überzeugen.«

»Ich habe keine Einwände«, sagte Earp. Er schaute Johnson direkt an.

»Ich habe jede Menge Einwände«, sagte Johnson.

»Ach? Und welche?«

»Ich habe es eilig«, sagte Johnson. »Und außerdem ...«

»Außerdem?«

»Ist da noch Ihr Vater«, soufflierte ihm Emily.

»Ja, mein Vater«, sagte Johnson. »Wie viel hat Professor Marsh Ihnen für diese Kisten geboten, Wyatt?«

»Zweihundert Dollar«, sagte Wyatt.

»Zweihundert Dollar? Das ist eine Schande.«

»Ich glaube, das sind zweihundert mehr, als Sie haben«, sagte Marsh.

»Hören Sie, Wyatt«, sagte Johnson. »Hier in Laramie gibt es ein Telegrafenamt. Ich kann meinem Vater kabeln und ihn um Geld bitten, und morgen um diese Zeit kann ich Ihnen fünfhundert Dollar für Ihren Anteil geben.«

Marshs Miene verfinsterte sich. »Mr. Earp, wir haben eine Abmachung.«

»Das stimmt schon«, sagte Earp. »Aber fünfhundert Dollar klingen gut.«

»Ich gebe Ihnen sechs«, sagte Marsh. »Jetzt gleich.«

»Sieben fünfzig«, sagte Johnson. »Morgen.«

Marsh sagte: »Mr. Earp, ich dachte, wir haben eine Abmachung.«

»Schon erstaunlich«, sagte Earp, »wie die Dinge sich in dieser Welt dauernd ändern.«

»Aber Sie wissen nicht einmal, ob dieser junge Mann das Geld überhaupt aufbringen kann.«

»Ich nehme an, er kann es.«

»Achthundert«, sagte Johnson.

Eine halbe Stunde später erklärte Marsh sich bereit, Earps Anteil an den Knochen, sofort und ohne Untersuchung, für eintausend Dollar in bar zu übernehmen. »Aber ich will diese Kiste«, sagte er plötzlich, als er die mit dem kleinen X an der Seite entdeckte. »Das hat doch was zu bedeuten.«

»Nein!«, schrie Johnson.

Marsh zog seine Waffe. »Mir scheint, diese Kiste hat einen Inhalt, der besonders wertvoll ist. Und wenn Sie glauben, dass Ihr Leben ähnlich wertvoll ist, Mr. Johnson, was ich nicht glaube, würde ich vorschlagen, Sie übergeben mir diese Kiste ohne weitere Diskussion.«

Marsh ließ die Kisten auf einen Wagen laden, und er fuhr mit Navy Joe Benedict in den Norden nach Deadwood, um den Rest der Knochen zu holen.

»Was meint er damit, den Rest der Knochen?«, fragte Johnson, als er dem in den Sonnenuntergang davonfahrenden Wagen nachblickte.

»Ich habe ihm gesagt, wir hätten noch weitere tausend Pfund in Deadwood zurückgelassen, versteckt in Chinatown, aber Sie wollten nicht, dass er davon erfährt«, berichtete Earp.

»Dann sollten wir uns besser auf den Weg machen«, sagte Johnson. »Er wird nicht weit fahren, bevor er eine dieser Kisten aufstemmt und sieht, dass er wertlosen Granit gekauft hat. Und er wird stinkwütend sein.«

»Ich bin so weit«, sagte Earp und blätterte das Geld durch. »Und sehr zufrieden mit dem, was mir diese Reise eingebracht hat.«

»Da wäre natürlich noch ein Problem.«

»Sie müssen die Kisten ersetzen, die Sie verloren haben«, sagte Earp. »Ich wette, die Garnison hat welche, bei ihrem Bedarf an Vorräten.«

Innerhalb einer Stunde hatten sie zehn Kisten beschafft, die mehr oder weniger so groß waren wie die, die Marsh mitgenommen hatte. Johnson buddelte die Knochen wieder aus dem Mist und packte sie vorsichtig, aber schnell ein. Die Kiste mit den Drachenzähnen erhielt wieder ein X, was ihn mehr befriedigte, als er in Worte fassen konnte.

Nach wenigen Minuten brachen sie auf nach Cheyenne.

Earp saß bei Tiny oben auf dem Bock. In der Kutsche schaute Miss Emily Johnson an. »Und?«

»Und was?«

»Ich glaube, Sie waren sehr geduldig.«

»Ich dachte, Sie sind vielleicht Wyatts Mädchen«, sagte er.

»Wyatts Mädchen? Wie kommen Sie denn nur auf eine solche Idee?«

»Na ja, ich dachte eben.«

»Wyatt Earp ist ein Gauner und Herumtreiber. Der Mann lebt nur für Abenteuer, Schießereien und andere Beschäftigungen ohne Wert.«

»Und ich?«

»Sie sind anders«, sagte Emily. »Sie sind mutig, aber Sie sind auch kultiviert. Ich wette, Sie küssen auch sehr kultiviert.«

Sie wartete.

»Eine Lektion«, schrieb Johnson in sein Tagebuch, »habe ich sehr schnell gelernt, nämlich, wie unklug es ist, in einer holpernden Postkutsche zu küssen. Meine Lippe wurde aufgebissen und blutete heftig, was weitere Erkundungen dieser Art zwar behinderte, aber nicht beendete.«

Er fügte hinzu: »Ich hoffe, sie hat nicht gemerkt, dass ich noch nie ein Mädchen so geküsst habe, auf die leidenschaftliche, französische Art, die ihr so sehr zu gefallen schien. Bis auf dieses eine Mal Lucienne. Aber eines will ich zu Emilys Gunsten sagen. Falls sie es merkte, dann sagte sie nichts, und dafür – und auch für andere Erfahrungen in Cheyenne – bin ich ihr ewig dankbar.«

Cheyenne

In der unvorstellbaren Pracht eines Zimmers im Inter-Ocean Hotel (das er noch vor einigen Monaten als schabenverseuchtes Loch betrachtet hatte) erholte Johnson sich einige Tage mit Emily. Doch gleich nach der Ankunft, beim Eintragen ins Hotelverzeichnis, fand er heraus, dass das Inter-Ocean eine Stahlkammer mit einem dieser neuen Kombinationsschlösser hatte, wie sie für Banken zum Schutz vor Bankräubern entwickelt worden waren. Die Kisten wurden von Trägern in die Stahlkammer gebracht. Er gab ihnen ein großzügiges Trinkgeld, damit sie sich nicht über ihn ärgerten und vor ihren weniger freundlichen Kollegen über die Kisten tratschten.

Am ersten Tag entspannte er sich in vier Bädern hintereinander, denn nach jedem hatte er das Gefühl, noch schmutzig zu sein. Es war, als würde der Staub der Prärie nie von seiner Haut weichen.

Er ging zum Friseur, der ihm Haare und Bart stutzte. Es war verblüffend, auf dem Stuhl zu sitzen und sein eigenes Gesicht im Spiegel zu sehen. Er konnte sich nicht daran gewöhnen; seine Züge waren ihm nicht mehr vertraut; er hatte das Gesicht eines ganz anderen Menschen – schlanker, härter, mit Entschlossenheit in den Zügen. Und da war die Narbe an seiner Oberlippe; sie gefiel ihm recht gut und Emily auch. Der Friseur trat einen Schritt zurück, die Schere in der einen Hand, den

Kamm in der anderen. »Wie sieht das aus, Sir?« Wie jeder in Cheyenne behandelte der Friseur Johnson mit Respekt. Nicht weil er reich war – niemand in Cheyenne wusste, dass er reich war –, sondern eher ob seiner Art, seines Auftretens. Ohne es eigentlich zu wollen, wirkte er wie ein Mann, der einen anderen erschießen könnte – weil er genau das getan hatte.

»Sir? Wie sieht das aus?«, fragte der Friseur noch einmal.

Johnson wusste es nicht. Schließlich sagte er: »Es gefällt mir gut.«

Er führte Emily zum Essen ins beste Restaurant der Stadt aus. Sie genossen Austern aus Kalifornien, Wein aus Frankreich und *poulet à estragon*. Ihm fiel auf, dass sie den Namen des Weines kannte. Nach dem Essen spazierten sie Arm in Arm durch die Straßen der Stadt. Er erinnerte sich noch, wie gefährlich Cheyenne sich angefühlt hatte, als er das erste Mal hier gewesen war. Jetzt wirkte es wie ein verschlafener, kleiner Eisenbahnknotenpunkt, bevölkert von Maulhelden und Spielern, die sich aufplusterten. Auch die härtesten Burschen machten ihm auf dem Bürgersteig Platz.

»Sie sehen, dass du eine Waffe trägst«, sagte Emily, »und dass du sie zu benutzen weißt.«

Zufrieden brachte Johnson Emily früh ins Hotel zurück und ins Bett. Fast den ganzen nächsten Tag blieben sie im Bett. Er hatte eine wunderbare Zeit, und sie ebenfalls.

»Wohin wirst du jetzt fahren?«, fragte sie ihn am dritten Tag.

»Zurück nach Philadelphia«, antwortete er.

»Ich war noch nie in Philadelphia«, sagte sie.

»Es wird dir dort sehr gefallen«, sagte er lächelnd.

Sie strahlte glücklich zurück. »Willst du wirklich, dass ich mitkomme?«

»Natürlich.«

»Wirklich?«

»Sei nicht albern.«

Doch allmählich beschlich ihn das Gefühl, dass sie ihm immer einen Schritt voraus war. Sie schien das Hotel besser zu kennen, als er erwartet hätte, und legte eine entspannte, fast schon zu große Vertrautheit mit den Männern hinter der Rezeption und den Kellnern im Speisesaal an den Tag. Einige schienen sie sogar wiederzuerkennen. Und als er mit Emily einen Schaufensterbummel machte, schien sie sich mit der Ostküstenmode sehr gut auszukennen.

»Dieses da finde ich sehr schön.«

»Hier wirkt es allerdings fehl am Platze, wobei ich kein Experte bin«, sagte Johnson.

»Na ja, ein Mädchen aus dem Westen weiß halt gern, was gerade in Mode ist.«

Schon bald sollte er sich veranlasst sehen, über diese Aussage genauer nachzudenken.

Ein paar Schritte weiter auf dem hölzernen Bürgersteig fragte sie: »Was für ein Mensch ist deine Mutter?«

Johnson hatte schon sehr lange nicht mehr an seine Mutter gedacht. Der Gedanke erschreckte ihn in gewisser Weise. »Warum fragst du mich das?«

»Ich habe mich nur gefragt, wie es sein wird, sie zu treffen.«

»Wie meinst du das?«

»Ob sie mich mögen wird.«

»Ach, natürlich.«

»Du glaubst, sie mag mich, Bill?«

»Oh, das wird sie bestimmt«, sagte Johnson.

»Du klingst nicht sehr überzeugt.« Sie spitzte reizend die Lippen.

»Sei nicht albern«, sagte er und drückte ihren Arm.

»Lass uns ins Hotel zurückgehen«, sagte sie und leckte ihm schnell das Ohr.

»Lass das, Emily.«

»Was ist denn los? Ich dachte, du magst das.«

»Schon, aber nicht hier. Nicht in der Öffentlichkeit.«

»Warum? Kein Mensch schaut uns zu.«

»Ich weiß, aber es schickt sich nicht.«

»Was macht es denn aus?« Sie runzelte die Stirn. »Wenn uns niemand zuschaut, was kann es denn dann ausmachen?«

»Ich weiß auch nicht, aber es macht etwas aus.«

»Du bist schon wieder in Philadelphia«, sagte sie, löste sich von ihm und starrte ihn an.

»Aber, Emily.«

»Du bist es.«

Doch er sagte nur: »Sei nicht albern.«

»Ich bin nicht albern«, sagte sie. »Und ich komme nicht mit nach Philadelphia.«

Er wusste nicht, was er sagen sollte.

»Ich würde da einfach nicht hinpassen«, sagte sie und wischte sich eine Träne von der Wange.

»Emily ...«

Sie weinte jetzt ganz offen. »Ich weiß, was du denkst, Bill. Ich weiß das schon seit Tagen.«

»Emily, bitte ...« Er hatte keine Ahnung, was sie meinte, denn die letzten drei Tage waren die glücklichsten und angenehmsten seines Lebens gewesen.

»Es ist nicht gut – bitte fass mich nicht an –, es ist einfach nicht gut.«

Sie gingen ins Hotel zurück, nebeneinander, aber ohne miteinander zu sprechen. Sie hielt den Kopf hoch erhoben und schniefte gelegentlich. Er fühlte sich unbehaglich, linkisch, wusste nicht, was er tun sollte.

Nach einer Weile schaute er sie an und sah, dass sie nicht mehr weinte. Sie war wütend. »Nach allem, was ich für dich getan habe«, sagte sie. »Dick hätte dich längst erschossen, wenn ich dir nicht geholfen hätte, und du wärst nie aus Deadwood rausgekommen, wenn ich Wyatt nicht dazu überredet hätte, dir zu helfen, und du hättest dich in Laramie von deinen Knochen verabschieden können, wenn ich dir nicht mit einem Plan geholfen hätte …«

»Das stimmt, Emily.«

»Und das ist der Dank, den ich dafür bekomme. Du wirfst mich weg wie einen alten Lumpen.«

Sie war wirklich wütend. Und doch dämmerte es ihm, dass er es war, der weggeworfen wurde. »Emily …«

»Ich sagte, fass mich nicht an.«

Es war eine Erleichterung, als der Sheriff zu ihnen kam, sich, zu Emily gewandt, höflich an den Hut tippte und sagte: »Sind Sie William Johnson aus Philadelphia?«

»Der bin ich.«

»Sie sind derjenige, der im Inter-Ocean wohnt?«

»Bin ich.«

»Haben Sie irgendeinen Ausweis, der mir zeigt, wer Sie sind?«

»Natürlich.«

»Das ist schön«, sagte der Sheriff und zog seine Waffe. »Sie sind verhaftet. Wegen des Mordes an William Johnson.«

»Aber ich bin William Johnson.«

»Das kann ich mir nicht vorstellen. William Johnson ist tot. Wer Sie auch sind, er sind Sie auf jeden Fall nicht, oder?«

Er wurde in Handschellen gelegt. Verdutzt schaute er Emily an. »Emily, sag's ihm.«

Emily drehte sich auf dem Absatz um und ging ohne ein Wort davon.

»Emily!«

»Gehen wir, Mister«, sagte der Sheriff und schubste Johnson Richtung Gefängnis.

Es dauerte eine Weile, bis die Details ans Licht kamen. An seinem ersten Tag hatte Johnson seinem Vater in Philadelphia gekabelt und ihn gebeten, fünfhundert Dollar zu schicken. Sein Vater hatte sofort dem Sheriff gekabelt, dass irgendjemand in Cheyenne sich für seinen toten Sohn ausgebe.

Alles, was Johnson auf den Tisch legte – seinen Klassenring aus Yale, zerknüllte Korrespondenz, einen Artikel aus dem Deadwooder *Black Hills Weekly Pioneer* –, wurde als Beweis dafür betrachtet, dass er einen Toten ausgeraubt und ihn wahrscheinlich auch ermordet hatte.

»Dieser Johnson ist ein College-Student von der Ostküste«, sagte der Sheriff und musterte ihn prüfend. »Der können Sie ja kaum sein, oder?«

»Aber der bin ich«, beharrte Johnson.

»Außerdem ist er reich.«

»Das bin ich.«

Der Sheriff lachte. »Guter Witz«, sagte er. »Sie sind ein reicher Student von der Ostküste, und ich bin Santa Claus.«

»Fragen Sie das Mädchen. Fragen Sie Emily.«

»Oh, das habe ich getan«, erwiderte der Sheriff. »Sie sagt, sie ist sehr von Ihnen enttäuscht, Sie hätten ihr eine große Geschichte über sich selbst aufgetischt, und jetzt sieht sie, wer Sie wirklich sind. Sie wohnt weiter in Ihrem Hotelzimmer und verkauft diese Kisten mit dem Zeug, das Sie da in die Stadt gebracht haben, was immer das ist.«

»Was?«

»Sie ist Ihnen nicht wohlgesinnt, Mister«, sagte der Sheriff.

»Sie kann diese Kisten nicht verkaufen.«

»Warum nicht? Sie sagt, sie gehören ihr.«

»Aber sie gehören mir.«

»Sie sollten sich nicht so aufregen«, sagte der Sheriff. »Ich habe mich bei einigen Leuten erkundigt, die aus Deadwood gekommen sind. Wie's aussieht, sind Sie dort mit einem toten Indianer und einem toten Weißen aufgetaucht. Ich wette hundert zu eins, dass der Weiße William Johnson war.«

Johnson setzte zu einer Erklärung an, aber der Sheriff hob die Hand. »Ich bin mir sicher, Sie haben eine Geschichte, um das zu erklären«, sagte er. »Die hat Ihresgleichen doch immer.«

Damit verließ der Sheriff das Gefängnis. Johnson hörte den Deputy fragen: »Wer ist dieser Kerl?«

»Irgendein Desperado, der sich aufspielt«, sagte der Sheriff und ging einen trinken.

Der Deputy war ein sechzehnjähriger Junge. Johnson schenkte ihm seine Stiefel, damit er ihn ein zweites Telegramm nach Philadelphia schicken ließ.

»Der Sheriff wird ziemlich wütend sein, wenn er das herausfindet«, sagte der Deputy. »Er will Sie nach Yankton schaffen, damit Sie dort wegen Mordes angeklagt werden.«

»Schicken Sie's einfach ab«, sagte Johnson und schrieb schnell.

> LIEBER VATER:
> TUT MIR LEID DASS ICH JACHT DEMOLIERT HABE. ERINNERST DU DICH AN EICHHÖRNCHEN ALS HAUSTIER. SOMMER 71. MUTTERS FIEBER NACH EDWARDS GEBURT. REKTOR ELLIS WARNUNG IN EXETER. ICH LEBE WIRKLICH NOCH UND DU VERURSACHST GROSSE SCHWIERIGKEITEN. SCHICK GELD UND INFORMIERE SHERIFF
> DEIN DICH LIEBENDER SOHN PINKY

Der Deputy las das Telegramm langsam und formte die Wörter mit den Lippen. Dann schaute er hoch. »Pinky?«

»Einfach abschicken«, sagte Johnson.

»Pinky?«

»Das war mein Kosename als Baby.«

»Mein lieber Mr. Johnson«, sagte der Sheriff ein paar Stunden später und schloss die Zelle auf. »Das war ein bedauerliches Missverständnis. Ich habe nur meine Pflicht getan.«

»Sie haben das Telegramm bekommen?«, fragte Johnson.

»Ich habe drei Telegramme«, sagte der Sheriff. »Eins von Ihrem Vater, eins von Senator Cameron aus Pennsylvania und eins von Mr. Hayden vom Geological Survey in Washington. Soweit ich weiß, sind noch mehr zu erwarten. Ich sage Ihnen, das war ein bedauerliches Missverständnis.«

»Ist schon gut«, sagte Johnson.

»Sie tragen es mir nicht nach?«

Johnson hatte bereits ganz andere Dinge im Kopf. »Wo ist meine Waffe?«

Emily fand er in der Lobby des Inter-Ocean. Sie trank Wein.

»Wo sind meine Kisten?«

»Ich habe dir nichts zu sagen.«

»Was hast du mit meinen Knochen gemacht, Emily?«

»Nichts.« Sie schüttelte den Kopf. »Es sind nur alte Knochen. Niemand will sie haben.«

Erleichtert ließ sich Johnson in den Sessel neben ihr fallen.

»Ich verstehe einfach nicht, warum sie dir so wichtig sind«, sagte sie.

»Sie sind es, das ist alles.«

»Na ja, ich hoffe, du hast Geld, weil das Hotel bezahlt werden will und mein Lächeln vor dem Mann an der Rezeption sich langsam abnutzt.«

»Ich habe Geld. Mein Vater hat mir ...«

Doch sie hörte schon nicht mehr zu, sondern starrte quer durch den Saal zur Rezeption. Ihre Augen leuchteten auf. »Collis!«

Johnson drehte sich um. Hinter ihm stand ein korpulenter, mürrischer Mann an der Rezeption. Der Mann schaute zu ihnen herüber. Er hatte die traurige Miene eines Basset Hound. »Miranda? Miranda Lapham?«

Johnson runzelte die Stirn. »Miranda?«

Emily sprang auf und strahlte. »Collis Huntington, was tust du denn hier in Cheyenne?«

»Du lieber Himmel, Miranda Lapham!«

»Miranda? Lapham?«, fragte Johnson, nicht nur verwirrt von Emilys neuem Namen, sondern auch von dem unvermittelten Gedanken, dass er ihre wahre Identität vielleicht gar nicht kannte. Und warum hatte sie ihn angelogen?

Der schwergewichtige Mann umarmte Emily herzlich und mit inniger Vertrautheit. »Mein Gott, Miranda, du siehst wunderbar aus, einfach wunderbar.«

»Ich freue mich so, dich zu sehen, Collis.«

»Lass mich dich anschauen«, sagte er, trat einen Schritt zurück und strahlte. »Du hast dich kein bisschen verändert, Miranda. Ich muss dir gestehen, ich habe dich vermisst, Miranda.«

»Und ich dich, Collis.«

Der schwere Mann wandte sich Johnson zu. »Diese wunderschöne junge Dame ist die beste Lobbyistin, die die Eisenbahnen in Washington je hatten.«

Johnson sagte nichts. Er versuchte noch immer, sich einen Reim auf alles zu machen. Collis Huntington, Washington, Eisenbahnen ... *Mein Gott, Collis Huntington!* Einer der Großen Vier der Central Pacific in Kalifornien. Collis Huntington, der dreiste Bestecher, der jedes Jahr mit einem Koffer voller Geld für die Kongressabgeordneten nach Washington reiste, der Mann, den man einmal als »gewissenhaft unehrlich« beschrieben hatte.

»Alle vermissen dich, Miranda«, fuhr Huntington fort. »Sie fragen immer noch nach dir. Bob Arthur …«

»Der liebe Senator Arthur …«

»Und Jack Kearns …«

»Commissioner Kearns, was für ein lieber Mann …«

»Und sogar der General …«

»Er fragt noch immer nach mir?«

»Tut er«, sagte Huntington traurig und schüttelte den Kopf. »Warum kommst du nicht zurück, Miranda? Washington war doch immer deine erste Liebe.«

»Na gut«, sagte sie unvermittelt. »Du hast mich überzeugt.«

Huntington wandte sich Johnson zu. »Willst du mich deinem Begleiter gar nicht vorstellen?«

»Er ist niemand«, sagte Miranda Lapham und schüttelte den Kopf, sodass ihre Locken reizend schwangen. Sie nahm Huntingtons Arm. »Komm, Collis, jetzt essen wir einen köstlichen Lunch, und du kannst mir alle Neuigkeiten aus Washington erzählen. Und es gibt so viel zu tun, du wirst für mich ein Haus finden müssen, und ich brauche auch eine gewisse Ausstattung …«

Arm in Arm gingen sie zum Speisesaal davon.

Johnson saß nur völlig verblüfft da.

Mit dem Gefühl, ein Jahrzehnt in wenigen Monaten durchlebt zu haben, nahm Johnson um acht Uhr am nächsten Morgen den Zug der Union Pacific in den Osten. Seine zehn Kisten waren im ratternden Gepäckwagen verstaut. Die Monotonie der Reise behagte ihm, und er beobachtete, wie die Landschaft immer grüner wurde. Die Ankunft des Herbstes war in den obersten Blättern der Eichen und Ahorne und Apfelbäume zu sehen. Bei jedem Halt stieg er aus, kaufte sich die örtlichen Tageszeitungen und merkte beim Lesen, dass sich in die Leitartikel über die Indianerkriege immer mehr die Standpunkte der Ostküste einschlichen – und auch bei diversen anderen Themen.

Am Morgen des vierten Tages telegrafierte er von Pittsburgh aus Cope, um ihm zu sagen, dass er überlebt habe und gern zu ihm kommen würde, um mit ihm zu sprechen; die Kisten mit den Knochen erwähnte er nicht. Dann telegrafierte er seinen Eltern und bat sie, für diesen Abend ein zusätzliches Gedeck auflegen zu lassen.

Am 8. Oktober kam er in Philadelphia an.

Vier Begegnungen

Am Bahnhof engagierte Johnson einen Gemüsehändler, der ihn mit seinem Wagen zu Copes Anwesen in der Pine Street in Philadelphia bringen sollte. Es war keine lange Fahrt, und bei seiner Ankunft stellte er fest, dass Cope zwei identische dreistöckige steinerne Reihenhäuser besaß, eines war das Wohnhaus, das andere ein Privatmuseum und Büro. Das Überraschendste war, dass Cope nur etwa sieben oder acht Blocks vom Rittenhouse Square entfernt wohnte, wo Johnsons Mutter in diesem Augenblick alles für die Rückkehr ihres tot geglaubten Sohnes vorbereitete.

»Welches Haus ist das Wohnhaus?«, fragte er den Wagenbesitzer.

»Ich weiß es nicht, aber ich glaube, dieser Kerl da kann es Ihnen sagen«, erwiderte der Mann.

Es war Cope persönlich, der die Stufen heruntergesprungen kam. »Johnson.«

»Professor!«

Er begrüßte Johnson mit einem kräftigen Händedruck und einer entschieden festen Umarmung.

»Sie sind am Leben und ...« Er entdeckte die Plane über der Ladefläche des Wagens. »Ist es möglich?«

Johnson nickte. »Es war nicht unmöglich, so könnte man vielleicht sagen.«

Die Kisten wurden direkt in das Museum auf Copes Anwesen gebracht. Mrs. Cope kam mit Limonade und Waffeln dazu, und sie setzten sich; sie staunten über seine Geschichten, bewunderten sein Aussehen und begeisterten sich für seine Kisten mit den Knochen.

»Ich werde einen Sekretär einen kompletten Bericht über Ihr Abenteuer schreiben lassen«, sagte Cope. »Wir müssen in der Lage sein zu beweisen, dass die Knochen, die wir in Montana ausgegraben haben, die sind, die sich jetzt in Philadelphia befinden.«

»Einige sind vielleicht zerbrochen, weil der Waggon und die Kutschen so holperten«, sagte Johnson. »Außerdem gibt es vielleicht ein paar Kugellöcher und abgeplatzte Knochensplitter, aber ansonsten dürfte alles da sein.«

»Die *Brontosaurus*-Zähne?«, fragte Cope mit vor Aufregung zitternden Händen. »Haben Sie die Zähne noch? Es wirft vielleicht ein schlechtes Bild auf mich, aber ich habe mir darüber den Kopf zerbrochen seit dem Tag, als wir dachten, Sie seien getötet worden.«

»Das ist diese Kiste hier, Professor«, sagte Johnson und deutete auf die mit dem X.

Cope packte sie sofort aus, hob die Zähne einen nach dem anderen heraus und starrte sie sehr lange wie verzaubert an. Er legte sie in eine Reihe, so wie er es vor vielen Wochen vor der Schieferwand fast zweitausend Meilen weiter westlich getan hatte. »Das ist außerordentlich«, sagte er. »Ganz außerordentlich. Marsh wird viele Jahre lang Schwierigkeiten haben, etwas Vergleichbares zu präsentieren.«

»Edward«, sagte Mrs. Cope, »sollten wir Mr. Johnson nicht besser heim zu seiner Familie schicken?«

»Aber ja, natürlich«, sagte Cope. »Die muss sich schon sehr darauf freuen, Sie zu sehen.«

Sein Vater umarmte ihn herzlich. »Ich danke Gott für deine Rückkehr, mein Sohn.«

Seine Mutter stand oben auf der Treppe und sagte wehmütig: »Der Bart lässt dich schrecklich gewöhnlich aussehen, William. Du musst ihn sofort loswerden.«

»Was ist mit deiner Lippe passiert?«, fragte sein Vater. »Wurdest du verwundet?«

»Indianer«, sagte Johnson.

»Sieht für mich aus wie eine Bissspur«, sagte Edward, sein Bruder.

»Das stimmt«, sagte Johnson. »Dieser Indianer ist auf den Wagen gesprungen und hat mich gebissen. Wollte sehen, wie ich schmecke.«

»In die Lippe gebissen. Was, wollte er dich küssen?«

»Sie sind Wilde«, sagte Johnson. »Und unberechenbar.«

»Von einem Indianer geküsst!«, rief Edward und klatschte in die Hände. »Von einem Indianer geküsst.«

Johnson krempelte sein Hosenbein hoch und zeigte allen die Narbe, wo der Pfeil sein Bein durchstochen hatte. Er holte den Pfeilstummel hervor. Er zog es vor, ihnen viele Details nicht zu erzählen, und er sagte auch nichts von Emily Williams oder Miranda Lapham oder wie ihr wahrer Name auch lautete. Doch er erzählte ihnen, wie er Toad und Little Wind beerdigt hatte.

Edward brach in Tränen aus und lief nach oben in sein Zimmer.

»Wir sind einfach nur froh, dich zurückzuhaben, mein Sohn«, sagte sein Vater und sah plötzlich sehr viel älter aus.

Das Herbstsemester hatte bereits begonnen, aber der Dekan des Yale College erlaubte ihm trotzdem, sich einzuschreiben. Johnson war sich nicht zu schade für die Inszenierung, seine

Westernkleidung und seine Waffe anzulegen und damit in den Speisesaal zu marschieren.

Der gesamte Saal verstummte. Dann rief jemand: »Das ist Johnson, Willy Johnson.«

Johnson ging zu Marlins Tisch. Marlin aß mit Freunden.

»Ich glaube, Sie schulden mir Geld«, sagte Johnson mit seiner robustesten Stimme.

»Wie exotisch Sie aussehen«, sagte Marlin lachend. »Sie müssen mich Ihrem Schneider vorstellen, William.«

Johnson sagte nichts.

»Sollte ich annehmen, dass Sie viele Wild-West-Abenteuer erlebt und Männer in echten Schießereien getötet haben?«

»Ja«, sagte Johnson. »Das wäre zutreffend.« Marlins blasiertes Lächeln verschwand, weil er nicht so recht wusste, wie Johnson das meinte.

»Ich glaube, Sie schulden mir Geld«, sagte Johnson noch einmal.

»Mein lieber Kommilitone, ich schulde Ihnen rein gar nichts. Wenn Sie sich erinnern, die Bedingungen unserer Wette waren, dass Sie Professor Marsh begleiten, und die gesamte Schule weiß, dass Sie mit ihm nicht sehr weit gekommen sind, bevor er Sie als Schurken und Halunken auf die Straße setzte.«

In einer einzigen schnellen Bewegung packte Johnson Marlin am Kragen, zerrte ihn mühelos auf die Beine und rammte ihn gegen die Wand. »Du schnöseliger, kleiner Mistkerl, du gibst mir diese tausend Dollar, oder ich breche dir den Schädel auf.«

Marlin keuchte, und dann fiel sein Blick auf Johnsons Narbe. »Ich kenne Sie nicht.«

»Nein, aber du schuldest mir was. Jetzt sag allen, was du tun wirst.«

»Ich werde Ihnen tausend Dollar bezahlen.«

»Lauter.«

Marlin wiederholte es laut. Der Saal lachte. Johnson ließ ihn zu Boden sacken und verließ den Speisesaal.

Othniel Marsh lebte allein in einem Herrenhaus, das er sich auf einem Hügel außerhalb von New Haven erbaut hatte. Als Johnson den Hügel hochging, bekam er eine Ahnung von der Einsamkeit und Isolation von Marshs Leben, seinem Drang nach Beifall, Status und Akzeptanz. Er wurde in den Salon geführt; Marsh schaute von dem Manuskript hoch, an dem er schrieb.

»Sie haben nach mir geschickt, Professor?«

Marsh starrte ihn böse an. »Wo sind sie?«

»Sie meinen die Knochen?«

»Natürlich meine ich die Knochen! Wo sind sie?«

Johnson hielt Marshs Blick stand. Er merkte, dass er absolut keine Angst mehr vor dem Mann hatte. »Professor Cope hat die Knochen, in Philadelphia. Und zwar alle.«

»Stimmt es, dass Sie die Überreste eines bis dahin unbekannten, sehr großen Dinosauriers gefunden haben?«

»Es ist mir nicht gestattet, darüber zu sprechen, Professor.«

»Sie sind ein naiver Narr«, sagte Marsh. »Sie haben Ihre Chance auf eine Großtat verschleudert. Cope wird nie veröffentlichen, und falls er es doch tut, wird sein Bericht schlampig und so voller Ungenauigkeiten sein, dass er nie die Anerkennung der wissenschaftlichen Gemeinde finden wird. Sie hätten sie nach Yale bringen sollen, wo man sie anständig hätte untersuchen können. Sie sind ein Narr und ein Verräter Ihres Colleges, Johnson.«

»Ist das alles, Professor?«

»Ja, das ist alles.« Johnson wandte sich zum Gehen. »Nur noch eins«, sagte Marsh.

»Ja, Professor?«

»Ich nehme an, Sie können die Knochen nicht wiederbeschaffen?«

»Nein, Professor.«

»Dann ist die Chance vertan«, sagte Marsh wehmütig. »Alles vertan.« Er wandte sich wieder seinem Manuskript zu. Seine Feder kratzte über das Papier.

Johnson verließ das Zimmer. Auf dem Weg nach draußen kam er an dem kleinen Skelett des winzigen, kreidezeitlichen Pferdes *Eohippus* vorbei. Es war wunderschön geformt, wunderschön zusammengefügt, dieses bleiche Skelett aus einer fernen Vergangenheit. Irgendwie machte es Johnson traurig. Er wandte sich ab und eilte den Hügel hinunter zum College.

Postskriptum

Cope

Edward Drinker Cope starb mittellos 1897 in Philadelphia, nachdem er das Vermögen seiner Familie und seine Energie im Kampf gegen Marsh erschöpft hatte. Er war noch relativ jung, nur sechsundfünfzig Jahre alt. Aber er durfte miterleben, wie das erste *Brontosaurus*-Skelett im Peabody Museum in Yale zusammengesetzt und ausgestellt wurde, und veröffentlichte mehr als vierzehnhundert Aufsätze. Ihm schreibt man die Entdeckung und Benennung von mehr als tausend Wirbeltierarten und mehr als fünfzig Arten von Dinosauriern zu. Einen, *Anisonchus cophater,* habe er, wie er sagte, »zu Ehren der zahlreichen Cope-Hasser, die mich umgeben« benannt. Er stiftete seine Leiche der Wissenschaft mit der Anweisung, dass nach seinem Tod seine Gehirngröße mit der von Marsh verglichen werde, entsprechend der damals gängigen Lehre, dass die Gehirngröße die Intelligenz bestimme. Marsh weigerte sich, diese Herausforderung anzunehmen.

Marsh

Othniel Charles Marsh starb zwei Jahre nach Cope allein und verbittert in dem Haus, das er für sich selbst gebaut hatte. Er wurde auf dem Grove Street Cemetery in New Haven, Connecticut, begraben. Er und seine Fossilienjäger entdeckten ungefähr fünfhundert verschiedene fossile Tiere, darunter etwa achtzig Dinosaurier, denen er allen selbst einen Namen gab.

Earp

Wyatt Earp starb am 13. Januar 1929 in einem gemieteten Bungalow in der Nähe der Kreuzung Venice und Crenshaw Boulevard in Los Angeles, nachdem er in Stummfilmen aufgetreten war und die Rechte an seiner Lebensgeschichte an Columbia Pictures verkauft hatte. In späteren Jahren war er stark beeinflusst von den Wünschen seiner Frau Josie. Er erzählte die Geschichte seines Lebens, so wie er sich daran erinnerte oder sich erinnern wollte, zwei Jahre vor seinem Tod dem Schriftsteller Stuart N. Lake aus Pasadena. Der Text mit dem Titel *Wyatt Earp, Frontier Marshal*, machte enormen Eindruck und begründete Earps fortdauernden Ruhm.

Sternberg

Charles Hazelius Sternberg wurde ein berühmter amerikanischer Fossiliensammler und Amateurpaläontologe, der über seine Zeit mit Cope schrieb. Er arbeitete sogar noch für Cope, als dieser starb, und erfuhr drei Tage später von seinem Tod, in einem Telegramm, das dessen Frau ihm schrieb. Sternberg veröffentlichte zwei Bücher: *The Life of a Fossil Hunter* (1909) und *Hunting Dinosaurs in the Badlands of the Red River, Alberta, Canada* (1917). Er war verantwortlich für die Entdeckung des *Monoclius,* des gehörnten Dinosauriers, wie er allgemein bekannt ist. Er zitierte Cope mit den Worten: »Niemand kann sagen, dass er uns liebt, wenn er mutwillig unsere Arbeit zerstört; niemand liebt Gott, der mutwillig seine Schöpfungen zerstört.« Von Sternberg gesammelte Fossilien sind in Museen auf der ganzen Welt ausgestellt.

Anmerkung des Autors

Biografie«, schrieb Oscar Wilde, »verleiht dem Tod einen neuen Schrecken.« Auch in einem fiktionalen Werk über längst verstorbene Menschen gibt es Gründe, über diese Aussage nachzudenken.

Leser, die mit dieser Episode der amerikanischen Geschichte nicht vertraut sind, interessiert es vielleicht, dass die Professoren Marsh und Cope reale Menschen waren, deren Rivalität hier ohne Übertreibung dargestellt wird – genau genommen wurde sie sogar abgeschwächt, da das neunzehnte Jahrhundert Exzesse der gegenseitigen persönlichen Herabwürdigung produzierte, die heute unvorstellbar sind.

Cope war 1876 tatsächlich im Ödland von Montana und entdeckte die Zähne des *Brontosaurus,* im Wesentlichen so, wie es hier dargestellt wurde.*

Die Feindseligkeiten zwischen Cope und Marsh, die sich tatsächlich über zehn Jahre hinzogen, wurden hier auf einen einzigen Sommer komprimiert, mit einigen Veränderungen. So war es Marsh, der für Cope den falschen Schädel bastelte und so weiter. Allerdings stimmt es, dass die Mitarbeiter von Cope

* Anmerkung der Herausgeberin: Charles H. Sternberg schrieb diese Entdeckung in seinen Memoiren von 1909, *The Life of a Fossil Hunter,* Cope zu. Andere schreiben die Entdeckung des *Brontosaurus* Marsh zu.

und Marsh bei vielen Gelegenheiten aufeinander schossen – mit viel ernsteren Absichten als hier angedeutet.

Die Figur des William Johnson ist rein fiktional. Ich würde diese Geschichte nicht als historische Abhandlung lesen. Was die historischen Fakten angeht, lesen Sie Charles Sternbergs detaillierten Bericht über Copes Expedition nach Montana in *The Life of a Fossil Hunter*.

Zu Dank verpflichtet bin ich E. H. Colbert, dem herausragenden Paläontologen und Kurator des American Museum of Natural History, weil er mich auf die Geschichte von Cope und Marsh überhaupt erst aufmerksam machte; in seiner freundlichen Korrespondenz schlug er einen Roman über die beiden vor; außerdem lieferte er mir in seinen Büchern erste Anhaltspunkte.

Schließlich sollten Leser, die sich Fotobände anschauen, wie ich es getan habe, bei den Bildunterschriften extrem vorsichtig sein. Inzwischen gibt es Fotobücher, in denen authentische Bilder aus dem Westen von dürftiger, aber elegischer Prosa begleitet werden. Die Bildunterschriften scheinen zu den Bildern zu passen, aber sie passen nicht zu den Tatsachen – diese traurige, melancholische Haltung ist ein völliger Anachronismus. Städte wie Deadwood mögen jetzt auf uns deprimierend wirken, damals aber waren sie aufregende Orte, und die Menschen, die dort wohnten, waren ebendeshalb aufgeregt. Zu oft schwelgen Leute, die Bildunterschriften verfassen, in ihren eigenen, uninformierten Fantasien über diese Bilder und was sie bedeuten.

Alle Ereignisse des Jahres 1876 passierten, wie hier berichtet wird, außer dass Marsh in diesem Jahr keine Studentengruppe in den Westen führte (in den vorangegangenen sechs Jahren hatte er das jedes Jahr getan, blieb aber 1876 in New Haven, um den englischen Biologen T. H. Huxley zu treffen); dass sämtliche Knochen Copes sicher auf einem Dampfschiff auf dem Missouri reisten und niemand nach Deadwood weiterzog; und dass Robert Louis Stevenson erst 1879 in den Westen ging. Die Beschreibungen der Indianerkriege sind – leider – präzise, und aus dem Blickwinkel von gut hundert Jahren später kann man wohl mit Sicherheit sagen, dass der auf diesen Seiten beschriebene amerikanische Westen, wie die längst versunkene Welt der Dinosaurier, bald darauf für immer verloren sein sollte.

Nachwort

Michaels Hingabe an seine Kunst war grenzenlos; im Verlauf seiner über vierzigjährigen Karriere schrieb er zweiunddreißig Bücher; und als Regisseur, Drehbuchautor und Produzent erschuf er Filme und Fernsehserien mit Kultstatus. Er arbeitete nicht nur ständig an seinem nächsten Projekt, er arbeitete ständig an seinen nächsten Projekten. Michael las dauernd, er schnitt interessante Zeitungsartikel aus, sammelte Informationen für neue Werke, indem er sich die Vergangenheit anschaute, die Gegenwart genau beobachtete und über unsere Zukunft nachdachte. Er erzählte gerne Geschichten, in denen die Grenzen zwischen Tatsachen und Was-wäre-wenn-Szenarios verwischten. Aus einem Roman, einem Film oder einem Fernsehereignis von Crichton ging man immer schlauer und wissbegieriger hervor. Weil sein Werk so detailgenau recherchiert war, konnte man gar nicht anders, als zu glauben, dass, ja, Dinosaurier mithilfe von aus gut erhaltenen Moskitos extrahierter DNS vielleicht wieder zum Leben erweckt werden könnten oder dass Nanoroboter intelligent und unabhängig operieren und unter ihren menschlichen Schöpfern und in der Umwelt Chaos und Verwüstung anrichten könnten.

Sein Werk ist so relevant und so fesselnd wie eh und je, wie man am gigantischen Erfolg des Phänomens *Jurassic Park* und der Neuinszenierung seines klassischen Films *Westworld* als Fernsehserie durch HBO erkennen kann.

Michaels Vermächtnis zu bewahren ist seit seinem Tod meine Mission. Bei der Gründung der Michael Crichton Archives erkannte ich sehr schnell, dass die Geburt von *Dragon Teeth* auf einen Brief an den Kurator für Wirbeltierpaläontologie am American Museum of Natural History von 1974 zurückzuführen sein könnte. Nachdem ich das Manuskript gelesen hatte, konnte ich *Dragon Teeth* nur als »Crichton pur« beschreiben. Der Roman hat Michaels Stimme, in ihm ist seine Liebe zur Geschichte, zu Forschung und Wissenschaft dynamisch zu einer epischen Erzählung verwoben. Fast vierzig Jahre nachdem Michael die Idee für einen Roman über die Faszination und die Gefahren der frühen Paläontologie ausbrütete, fühlt sich die Geschichte heute so frisch und so spannend an, wie sie es damals für ihn war. *Dragon Teeth* war für Michael ein sehr wichtiges Buch – es war Vorläufer seiner »anderen Dinosaurier-Geschichte«. Seine Veröffentlichung ist eine wunderbare Gelegenheit, Michael einer neuen Generation von Lesern auf der ganzen Welt vorzustellen, und ein absoluter Leckerbissen für alle langjährigen Crichton-Fans.

Die Veröffentlichung von *Dragon Teeth* war für mich ein Akt der Liebe, und ich möchte den folgenden Personen für ihre Mithilfe bei diesem Projekt danken: meinem kreativen Partner Laurent Bouzereau; Johnson Burnham, Jennifer Barth und dem Team bei Harper; Jennifer Joel und Sloan Harris von ICM Partners; dem erstaunlichen Team von Michael Crichton Archives; Michael S. Sherman und Page Jenkins; und natürlich unserem geliebten Sohn John Michael Crichton (jr.).

Sherri Crichton

Bibliografie

Barnett, Leroy. »Ghastly Harvest: Montana's Trade in Buffalo Bones.« *Montana: The Magazine of Western History*, Bd. 25, Nr. 3 (Sommer 1975): 2–13.

Barton, D. R. »Middlemen of the Dinosaur Resurrection: The ›Jimmy Valentines‹ of Science.« *Natural History* (Mai 1938): 385–87.

–. »The Story of a Pioneer ›Bone-Setter‹.« *Natural History* (März 1938): 224–27.

Colbert, Edwin H. »Battle of the Bones. Cope & Marsh, the Paleontological Antagonists.« *Geo Times*, Bd. 2, Nr. 4 (Oktober 1957): 6–7, 14.

–. *Men and Dinosaurs: The Search in Field and Laboratory*. New York: Dutton, 1968.

–. *Dinosaurs: Their Discovery and Their World*. New York: Dutton, 1961.

Connell, Evan. *Son of the Morning Star: Custer and the Little Big Horn*. Berkeley, Kalifornien: North Point Press, 1984.

Dippie, Brian W. »Bold but Wasting Race: Stereotypes and American Indian Policy.« *Montana: The Magazine of Western History*, Bd. 25, Nr. 3 (Sommer 1975): 2–13.

Eiseley, Loren. *The Immense Journey: An Imaginative Naturalist Explores the Mysteries of Man and Nature*. New York: Vintage Books, 1959.

Fisher, David. »The Time They Postponed Doomsday.« *New Scientist* (Juni 1985): 39–43.
Grinnell, George Bird. »An Old-Time Bone Hunt.« *Natural History* (Juli–August 1923): 329–36.
Hanson, Stephen and Patricia Hanson. »The Last Days of Wyatt Earp.« *Los Angeles Magazine* (März 1985): 118–26.
Howard, Robert West. *The Dawnseekers: The First History of American Paleontology*. New York: Harcourt Brace Jovanovich, 1975.
Jeffery, David. »Fossils: Annals of Life Written in Rock.« *National Geographic*, Bd. 168, Nr. 2 (August 1985): 182–91.
Josephson, Matthew. *The Robber Barons: The Great American Capitalists 1861–1901*. New York: Harcourt Brace Jovanovich, 1934.
Lake, Stuart. *Wyatt Earp: Frontier Marshal*. New York: Houghton Mifflin Company, 1931.
Lanham, Url. *The Bone Hunters*. New York: Columbia University Press, 1973.
Marsh, Othniel Charles. »The Dinosaurs of North America.« *Annual Report of U. S. Geological Survey* (Januar 1896).
Matthew, W. D. »Early Days of Fossil Hunting in the High Plains.« *Natural History* (September–Oktober 1926): 449–54.
Mountfield, David. *The Railway Barons*. New York: W. W. Norton, 1979.
Nield, Ted. »Sticks, Stones and Broken Bones.« *New Scientist* (Dezember 1985): 64–67.
O'Connor, Richard. *Iron Wheels and Broken Men*. New York: Putnam, 1973.
Osborn, Henry Fairfield. Cope: *Master Naturalist: The Life and Letters of Edward Drinker Cope*. Princeton, New Jersey: Princeton University Press, 1931.

Ostrom, John H. and J. S. McIntosh. *Marsh's Dinosaurs.* New Haven, Connecticut: Yale University Press, 1966.

Parker, Watson. *Gold in the Black Hills.* Norman: University of Oklahoma Press, 1966.

Plate, Robert. *The Dinosaur Hunters: Othniel C. Marsh and Edward D. Cope.* New York: D. McKay Co., 1964.

Reinhardt, Richard. *Out West on the Overland Train.* New Jersey: Castle Books, 1967.

Rice, Larry. »Badlands.« *Adventure Travel* (Juli-August 1981): 38–44.

–. »The Great Northern Plains.« *Backpacker* (Mai 1986): 48–52.

Romer, A. S. »Cope Versus Marsh.« *Systemic Zoology*, Bd. 13, Nr. 4 (1964): 201–7.

Scott, Douglas D. and Melissa A. Connor. »Post-mortem at the Little Bighorn.« *Natural History* (Juni 1986): 46–55.

Shor, Betty. *The Fossil Feud Between E. D. Cope and O. C. Marsh.* Hicksville, New York: Exposition Press, 1974.

Stein, Ross S. and Robert C. Bucknam. »Quake Replay in the Great Basin.« *Natural History* (Juni 1986): 28–36.

Sternberg, Charles H. *The Life of a Fossil Hunter.* New York: Henry Holt and Company, 1909.

Taft, Robert. *Photography and the American Scene.* New York: Dover Publications Inc., 1964.

West, Linda und Dan Chure. *Dinosaur: The Dinosaur National Monument Quarry.* Jensen, Utah: Dinosaur Nature Association, 1984.

Wolf, Daniel. *The American Space.* Middletown, Connecticut: Wesleyan University Press, 1983.

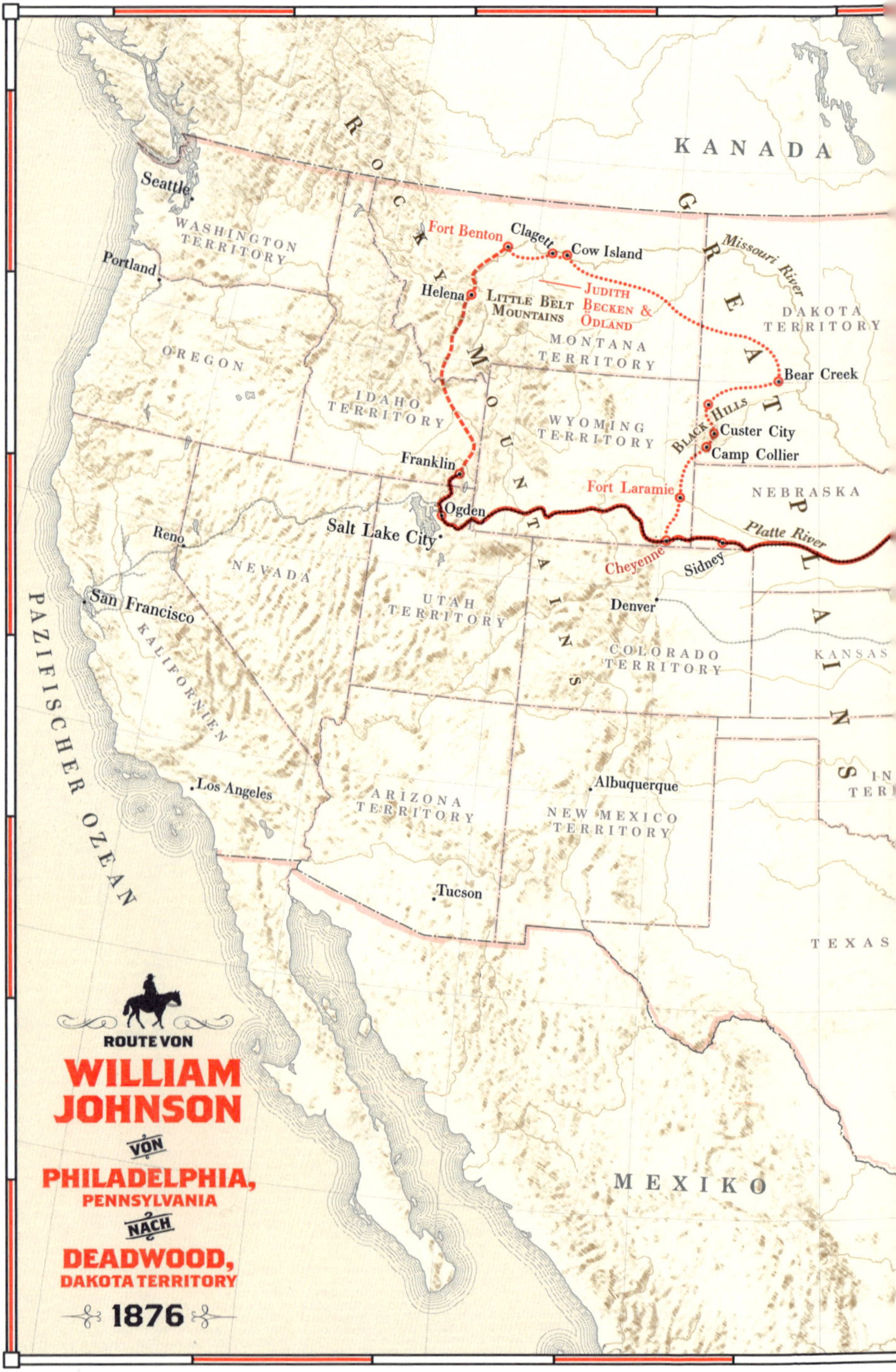

ROUTE VON
WILLIAM JOHNSON
VON
PHILADELPHIA, PENNSYLVANIA
NACH
DEADWOOD, DAKOTA TERRITORY
1876
KANADA
ROCKY MOUNTAINS
GREAT PLAINS
PAZIFISCHER OZEAN
MEXIKO
WASHINGTON TERRITORY
OREGON
IDAHO TERRITORY
MONTANA TERRITORY
WYOMING TERRITORY
DAKOTA TERRITORY
NEBRASKA
NEVADA
UTAH TERRITORY
COLORADO TERRITORY
KANSAS
KALIFORNIEN
ARIZONA TERRITORY
NEW MEXICO TERRITORY
TEXAS
Seattle
Portland
Fort Benton
Clagett
Cow Island
Missouri River
Helena
Little Belt Mountains
Judith
Becken & Ödland
Bear Creek
Black Hills
Custer City
Camp Collier
Franklin
Fort Laramie
Ogden
Salt Lake City
Platte River
Cheyenne
Sidney
Reno
Denver
San Francisco
Los Angeles
Albuquerque
Tucson